D0292817

MEURTRES À LA POMME D'OR

Membre du conseil scientifique de *Slowfood France* (mouvement pour la sauvegarde du patrimoine culinaire mondial), Michèle Barrière fait partie de l'association de *Honnesta Voluptate*, fondée sur les travaux de Jean-Louis Flandrin. Journaliste culinaire, elle est l'auteur pour ARTE de la série *Histoire en cuisine*.

Paru dans Le Livre de Poche :

MEURTRES AU POTAGER DU ROY

NATURES MORTES AU VATICAN

SOUPER MORTEL AUX ÉTUVES

MICHÈLE BARRIÈRE

Meurtres
à la pomme d'or

AGNÈS VIÉNOT ÉDITIONS

© Agnès Viénot Éditions, 2006.
ISBN : 978-2-253-12514-3 – 1re publication LGF

À Camille
À Jacques
À la rue Cauchois

Avertissement

Cette histoire purement imaginaire fait apparaître des personnages qui ont bel et bien existé dans le milieu scientifique foisonnant de la Renaissance : Felix Platter, Guillaume Rondelet, Jean Saporta, Jean Schyrron, Ulisse Aldrovandi, Michel de Nostre-Dame, Gabriel Fallope, ainsi que le peintre Bartolomeo Passerroti.

1

« Salopiotes de scarabasses ! protestait François *in petto*. Je ne vais pas passer ma vie à courir derrière ces maudits coléoptères. Même si, réduits en poudre et mélangés avec cornouilles, oximel et miel rosat, ils sont, selon le Docteur Saporta, un remède souverain contre le flux de ventre. J'aurais mieux à faire de récolter tous ces petits escargots de garrigue qui seraient excellents en fricassée aillée. Je pourrais leur adjoindre thym et sarriette qui poussent en quantité par ici. Voilà qui changerait des ragougnasses fadasses que l'on sert à Paris. »

Les six étudiants menés par le Docteur Saporta s'étaient égaillés dans les buissons de chênes verts et de les voir ainsi, le nez au ras du sol, pieusement occupés à ramasser des *choses* qui ne finiraient jamais dans une assiette mais dans un pot d'apothicaire fit soupirer François de plus belle. D'autant que la chaleur était insupportable en ce mois d'août 1556. Herboriser dans cette garrigue sans ombre relevait de la punition divine.

Mais quelle idée avait bien pu avoir Symphorien Poquet, son père, maître rôtisseur rue de l'Oye à Paris, de l'envoyer dans ce lointain Languedoc suivre des études de médecine à l'Université de Montpellier ?

Tout petit déjà, François n'avait en tête que la cuisine. Son enfance s'était déroulée entre les pâtés de Guillaume Langlois, les salmis de Jehan Siguier, les sauces de Nicolas Pensier, tous ces artistes de la gueule qui peuplaient la rue de l'Oye, saluée par les Parisiens et les étrangers comme le temple de la bonne chair.

À huit ans, sous le regard attentif de Maître Langlois, François réussit parfaitement sa première dariole, une jolie tourte garnie d'un mélange d'œufs, de lait et de crème auquel on ajoute du gingembre, de la cannelle et du safran. Il ne cessa, alors, de tournicoter autour des fourneaux des uns et des autres, se faisant expliquer les tours de main. Il finit par acquérir une certaine notoriété et les connaisseurs ne manquaient pas de se précipiter chez Nicolas Pensier quand François préparait sa fameuse « sauce d'enfer ». Une sauce à base d'oignons, de moutarde forte et de verjus qui accompagne divinement bien les oreilles de porc.

Pour lui, le chemin était tout tracé : il ouvrirait boutique de traiteur. Il inventerait des mets que seigneurs et bourgeois se disputeraient. Il écrirait des livres comme ce *Livre de cuisine très utile et profitable* que son oncle Malvert, maître juré de la halle aux poissons, lui avait présenté comme une grande nouveauté. Il y avait vu tant de recettes d'anguilles, d'esturgeons, de chapons, de brouets, de crèmes qu'il s'était juré de vivre la poêle et le fouet à la main.

D'autant que son oncle lui avait parlé d'une lointaine aïeule, Constance, qui avait épousé un maître queux du roi Charles le Bien Aimé. Elle avait bien connu Taillevent, l'auteur du très célèbre *Viandier*, livre de cuisine qui faisait florès depuis plus de cent cinquante ans. On disait, dans la famille, qu'elle-même avait écrit plusieurs centaines de recettes, mais, qu'hélas, le manuscrit lui avait été volé. Voilà bien la preuve que François était né pour faire la cuisine et l'écrire.

Hélas, son père ne l'entendait pas ainsi. Trois générations s'étaient succédé derrière le tournebroche. La maison Poquet était devenue prospère. Son mariage avec Jacquette Malvert le fit entrer dans le monde des notables. Il n'eut alors de cesse de grimper les échelons au sein de la corporation des rôtisseurs. En 1546, une mauvaise fièvre emporta Jacquette et leur fils nouveau-né. François avait alors onze ans. Symphorien Poquet ne se remaria pas, il se consacra plus que jamais à son métier. En 1550, il devint maître juré des « Rôtisseurs et oyers de Paris ».

Aussi voulait-il pour son fils unique un établissement autrement plus distingué que celui de cuisinier. D'autant que François avait fait de très honorables études au Collège Sainte-Barbe, rue des Carmes. Il avait suivi les huit classes obligatoires : grammaire, logique, rhétorique, mathématiques, physique, métaphysique, humanité et théologie. Pas question avec un tel bagage de revenir farcir oies et gélines.

Symphorien ne put faire entendre raison à sa tête de pioche de fils, mais celui-ci ne pouvait qu'obéir à son père. Deux mois après son vingtième anniversaire, le 1er septembre 1555, François, la mort dans l'âme, prenait la route de Montpellier.

Soulager la souffrance humaine ne l'inspirait guère. L'expérience universitaire qu'il vivait depuis un an ne le réjouissait pas plus. Non pas que la ville lui déplaise ; avec ses centaines d'étudiants, Montpellier vivait plutôt joyeusement. Tout événement était prétexte à fête. Que ce soit la réception d'un nouveau docteur en médecine ou en droit, la promotion en maîtrise d'un apothicaire, la Saint-Luc, patron des médecins, ou la Saint-Roch, patron de la ville, on chantait fort, on buvait sec, on ripaillait vaillamment. Les tavernes ne manquaient pas, les tripots non plus.

Pensionnaire à pot et à feu chez Laurent Catalan, apothicaire, il n'avait pas à se plaindre des ragoûts qu'on lui servait ni du muscat de Frontignan et de quelques autres douceurs qu'il avait découvertes dans les tavernes de la ville.

Mais sa bonne vieille rue de l'Oye, la fumée des rôtissoires et le fumet des tourtes lui manquaient terriblement.

– François Poquet, pouvez-vous me donner la liste des ingrédients d'usage pour la fabrication du baume du Commandeur ? Et ne me répondez pas à votre habitude : oignons, persil et lard gras, gronda le Docteur Saporta.

Ignorant les rires des autres étudiants, il continua :

– Ma patience a des limites, attendez-vous à ce que je vous renvoie à la rôtisserie de votre père, ficelé comme une volaille de Noël.

Et voilà, c'était toujours la même rengaine. Encore une histoire de médicament qu'il n'aurait, certainement, jamais l'occasion de prescrire.

« Benjoin, florax, calamite, millepertuis, aloès, encens mâle, myrrhe, racine d'angélique, ambre gris et musc », soufflait dans son dos une voix au fort accent germanique. C'était Felix, un Suisse de Bâle avec qui il s'était lié d'amitié et qui logeait, comme lui, chez Laurent Catalan. Voilà qu'il lui sauvait la mise une fois de plus. François se promit de lui offrir un flacon de vin de Mireval et répéta sagement la formule.

Saporta, grand escogriffe d'une cinquantaine d'années au regard peu amène, avait bien perçu le manège.

Il soupira, se désintéressa de François, et poursuivit auprès d'autres son interrogation surprise sur les usages des plantes en médecine.

Quand le soleil commença à décliner, les étudiants se remirent en marche sous la houlette du professeur pour rejoindre Montpellier, distante d'un peu plus d'une lieue.

S'il n'y avait eu Saporta, très digne dans son costume noir, on aurait pu les prendre pour une bande de malandrins venant de tendre un guet-apens. Tout poisseux de sueur, les cheveux en bataille, le visage échauffé par le soleil, des herbes accrochées à leurs vêtements, ils portaient une multitude de petits sacs de chanvre contenant les plantes qu'ils avaient cueillies.

Chemin faisant, les apprentis médecins discutaient des trouvailles du jour et de leurs effets sur les maladies. L'achillée ? souveraine pour l'obstruction de la rate. L'armoise ? recommandée pour les maladies des femmes. Le chardon-Marie ? parfait en cas de fièvre. L'hysope ? excellente pour calmer toux et crachats.

Bernd, un étudiant polonais toujours prêt à rendre service, avait été chargé de transporter les trois grosses couleuvres qu'ils avaient capturées et qu'ils allaient revendre un bon prix à un apothicaire de Montpellier. La chair de couleuvre séchée au soleil puis pilée dans un mortier et transformée en pilules est un excellent remède contre les fièvres malignes. Dommage que ce n'eût pas été des vipères, ils en auraient tiré trois fois plus d'argent, les vipères ayant des vertus thérapeutiques bien plus grandes.

François, quant à lui, essayait de faire le point sur les différentes manières d'accommoder les escargots. Exercice difficile car l'escargot est un mets très controversé. Certains l'assimilent aux vers de terre et… aux couleuvres, mais il est de notoriété publique que l'actuel roi Henri, fils de François, premier du nom, les adore et les mange à la broche, à la façon des rognons. François avait entendu parler d'une tradition de la Catalogne toute proche, où le lundi de Pentecôte, on avait coutume de se rassembler dans un bel endroit près de la mer, de faire un grand feu et, dès que les braises étaient prêtes, d'y installer gril et escargots. Aux premiers grésillements, on faisait flamber les escargots en laissant couler quelques gouttes de lard dans la coquille. On les dégustait avec une bonne tranche de pain garnie d'aïoli.

François espérait bien faire figurer cette pratique dans son futur livre de cuisine. C'était là son secret espoir : rassembler les recettes de tous les jours et en faire profiter ses semblables. Après tout, la cuisine n'est pas qu'affaire de rois et de princes et il y avait peut-être moyen de glaner au fil des chemins quelques nouvelles manières de faire bombance.

Felix vint interrompre ces profondes réflexions :

– François, tu vas avoir des ennuis. Saporta a bien l'intention de se débarrasser de toi. Depuis que les cours ont commencé, tu n'es venu qu'à une seule dissection, on ne te voit que rarement à la droguerie. Encore heureux que tu viennes aux herborisations, mais je te soupçonne de n'être là que pour grappiller des herbes aromatiques, à moins que ce ne soit pour le casse-croûte.

– Je sais, mais que veux-tu, je n'ai pas comme toi l'envie de soigner les gens. Je veux bien découper, mais des poulardes et des oies. Je veux bien faire des crèmes, mais pour en garnir des tourtes. Je veux bien apprendre par cœur, mais la manière de braiser un canard. Donne-moi un hachoir, un couteau, un pot, du sel, du poivre, de l'huile et tu verras des merveilles.

— Je n'en doute pas, mais tu devrais un peu plus écouter le Docteur Saporta. Tu ne peux pas te dire cuisinier si tu ne connais pas les effets des aliments sur le corps…

— Calembredaines, un pâté d'alouettes ou une dariole existent en tant que tels, pour leur saveur, leur odeur, leur couleur, le plaisir qu'ils donnent…

— C'est faux. Tous les médecins depuis l'Antiquité cherchent à connaître ce qui se cache dans les nourritures, leurs bienfaits et leurs dangers. Hippocrate, le premier d'entre eux, n'a-t-il pas dit : « Que ton aliment soit ton premier médicament. »

— Je te l'accorde, c'est en mangeant bien qu'on vit bien, mais j'ai d'autres choses à faire que d'aller chercher dans des textes vieux de mil ans ce que j'ai sous la main, ce que je hume, ce que je peux goûter.

Cette discussion, ils l'avaient déjà eue une bonne dizaine de fois, chacun refusant d'entendre les arguments de l'autre. Felix repartit à l'attaque :

— Libre à toi, mais tu passes à côté d'un trésor. Tu as la chance d'être dans une université à la pointe du progrès. Ce n'est pas comme à Paris où l'on continue à enseigner les textes de Galien et d'Hippocrate à travers de mauvaises traductions arabes ou latines. Ici, on n'a pas peur de plonger au sein du texte originel grec. Et puis, l'Église n'a pas la haute main sur les études, comme c'est le cas à la Sorbonne.

François, faisant mine d'être pris de vapeurs, s'écroula au pied d'un figuier sauvage et fit signe à son ami de le rejoindre.

— Tu vois, Felix, cette figue. Ne dirait-on pas un téton de jeune fille ? N'as-tu pas envie d'y porter tes lèvres et de te gorger de son jus sucré ? N'as-tu pas aimé cette délicieuse perdrix aux figues qu'on nous a servie, une fois, chez Catalan ? Voilà, Felix, ce qui m'intéresse : tirer parti des petites choses de la vie pour en faire de grands bonheurs.

– Ça ne t'empêche pas de savoir que les figues débarrassent les reins des petits calculs, éclaircissent les humeurs, mais qu'elles font le sang épais et donnent des flatulences.

– Et qu'elles rendent l'homme paillard, répliqua, en riant, François. Je le sais, tout ça. Mais, pitié, foin de discours académiques, rejoignons les autres.

Ils repartirent à travers les buissons de ciste et de romarin. Sous leurs pas, le thym, la sauge et la sarriette exhalaient de puissantes odeurs. Felix, les sourcils froncés, rongeait son frein et finit par lâcher :

– Que tu tiennes aux plaisirs de la vie, soit. Mais ne pourrais-tu pas accorder plus d'importance aux régimes de santé ? Que fais-tu d'un médecin comme Arnaud de Villeneuve qui dans tous ses ouvrages donne les clés pour bien manger ?

– Rien, je n'en fais rien. Arnaud de Villeneuve, c'est une histoire vieille de deux siècles. Ce que je veux moi, c'est de la cuisine moderne, pas des vieilles lunes.

– Pourtant, c'est dans les vieux pots qu'on fait les meilleures soupes.

– Très drôle. Regarde : tout change très vite. Il y a un siècle, l'Amérique n'existait pas ! Même les religions changent, tu en sais quelque chose, toi qui es luthérien. Il y a cinquante ans, personne n'avait entendu parler de cette nouvelle religion.

– Certes, mais ce qu'a fait Luther, c'est juste de revenir aux sources du christianisme. La Bible n'est pas un livre nouveau. Ce qui a changé, c'est qu'elle est imprimée afin que chacun puisse y avoir accès et suive ainsi ses préceptes.

François poussa un hurlement de triomphe.

— Mais voilà ! C'est ça Felix ! C'est ça, ce que je veux faire : une bible, un livre où il y aurait les meilleures recettes de cuisine et qui serait accessible à tous.

— Halte là, François. Qu'en bon papiste tu préfères les choses passagères aux choses éternelles et le superflu à l'essentiel, je n'y peux rien, mais ne viens pas mêler la Bible à cela.

— Bon, bon, ne nous lançons pas dans une guerre de religion. Je saurais rester modeste. J'appellerai mon ouvrage : *La marmite de l'Univers. Traité des potages, rôts, tourtes et crèmes de tous les temps et de tous les lieux.*

— Voilà qui est parfaitement modeste. Tu as du pain sur la planche… On en reparle dans mille ans…

Le ton goguenard de Felix désarçonna François. Il resta silencieux un bon moment, fixant son attention sur les pierres qui roulaient sous leurs pas, puis finit par déclarer d'un ton découragé :

— Toi, au moins tu sais où tu vas. Tu vas passer ton diplôme, tu rentreras chez toi et tu deviendras médecin de la ville de Bâle. Ton père sera fier de son fils. Tout le monde se réjouira. Moi, mon père ne voudra plus entendre parler de moi si je ne deviens pas médecin. Et c'est sûr, je ne deviendrai pas médecin.

Felix ne s'attendait pas à un tel aveu. Cela ne ressemblait guère à François, toujours prêt à prendre la vie avec légèreté, à se moquer des contraintes, à réagir avec insouciance. Felix le sérieux, Felix le houspilleur, Felix la Vertu comme le surnommait François s'en voulut de ses paroles moqueuses. C'est vrai que pour lui tout avait été facile et que son chemin était tracé depuis l'enfance. Il avait du mal à s'imaginer autrement que dans sa future robe de médecin. Que François puisse préférer la cuisine le dépassait, mais il se devait de le sortir de son abattement.

— Ça ne va pas être simple, je te l'accorde. Il y a loin de la coupe aux lèvres !

— Merci pour les encouragements, lui rétorqua François de plus en plus sombre.

— Il faudrait savoir ce que tu veux. Tu as déjà de la chance d'avoir le Docteur Rondelet comme maître d'études. Il te laisse tranquille. Il est ravi que tu t'intéresses à ses recherches sur les poissons, même s'il se doute que tu es plus à l'affût de nouvelles recettes que de découvertes scientifiques. En plus, il paraît qu'il aime la bonne chère.

— C'est vrai que ça me change de cette face de carême de Saporta qui ne doit même pas faire la différence entre des mistembecs et des pipefarces.

— Tu sais très bien que Saporta est d'une vieille famille marrane. Son arrière-grand-père, un médecin de Lérida, a fui l'Espagne il y a un siècle pour échapper aux persécutions contre les juifs. Même converties au catholicisme, ces familles ont toujours gardé leurs traditions, alors ne va pas lui parler de petits pâtés de porc ou de tourtes d'anguille.

François savait bien qu'il faisait preuve de mauvaise foi, mais Felix l'agaçait avec ses explications savantes et son air de bon élève. Pas étonnant qu'il ait déjà le crâne dégarni et qu'il soit maigre comme un clou. Pas de risque qu'il meure d'un excès de table ou de paillardise, celui-là.

— Mais quel fâcheux tu fais quand tu t'y mets ! reprit Felix. Tes repas préparés en secret dans les caves de l'université, ce printemps, ont eu un succès fou. Fais un effort du côté de l'université et continue à faire la cuisine.

– C'est vrai que ça marchait plutôt bien. Au début, vous n'étiez que trois, Bernd, Thomas et toi. À la fin, j'avais presque une liste d'attente. Si j'ai arrêté, c'est uniquement parce que j'avais des problèmes d'approvisionnement en épices. Je suis prêt à tout pour vous prouver que je suis le meilleur. Un jour, un duc, un prince, que dis-je, un roi, alléché par les fumets s'échappant du soupirail de ma cave, viendra me cueillir et m'emportera moi et mes marmites vers le royaume des cuisines. C'est entendu. A moi poupelins, cotignac, mostacholles et escabèches. Vous allez voir ce que vous allez voir.

Felix ne put s'empêcher de lever les yeux au ciel. Rien de vraiment grave ne pouvait arriver, mais les enthousiasmes flamboyants de son ami avaient toujours le don de l'inquiéter.

Ils pressèrent le pas et rejoignirent leurs camarades à qui François s'empressa de faire part de la reprise des agapes secrètes...

2

Le lendemain, six heures du matin, Place des Cévenols, et déjà une chaleur à vous donner envie de filer à la cave et de ne plus en sortir.

Béatrix, la servante des Catalan, armée d'un seau de bois, mouillait à grande eau les pierres carrées du sol, afin que la maison de l'apothicaire garde un semblant de fraîcheur. La haute bâtisse de pierre blonde abritait la boutique sous les voûtes en ogive du rez-de-chaussée. Un escalier virevoltant menait aux pièces communes puis aux trois autres étages. C'était un bel hostal à la mode de Montpellier qui témoignait de l'aisance des propriétaires.

Des mouches bourdonnaient dans la pénombre de la cuisine où étaient attablés Laurent Catalan, Felix et François. Éléonor, l'épouse de Catalan, venait de leur servir la soupe du matin et remplissait un pichet de vin clairet qu'elle posa sur la table. Grosse de huit mois, elle se déplaçait avec difficulté et poussa un soupir de soulagement quand elle s'assit sur le banc commun.

François qui s'essuyait le front où perlaient des gouttes de sueur s'exclama :

– Si j'avais su que Montpellier était l'antichambre des grils de l'Enfer, j'aurais demandé à mon père de m'envoyer chez les Moscovites. Comment fais-tu, Felix, toi qui viens des pays froids pour supporter ce déluge de braise ?

– Je souffre et j'appelle de tous mes vœux la pluie battante de Bâle. C'est le pire été depuis trois ans que je suis ici, n'est-ce pas, maître Catalan ?

– C'en est même inquiétant. Cette nuit, j'entendais les pierres craquer. C'était comme si, gorgées de chaleur, elles allaient éclater.

– Vous avez vu ce qui est en train d'arriver aux arbres de la place de la Loge ? Ils se fendent en deux et s'abattent dans un craquement sinistre, rajouta Éléonor.

– Ils ne sont pas les seuls à mourir, reprit Catalan. À Castelnau, des paysans sont morts dans leur champ d'un coup de chaud. À Vendargues aussi. Dans le centre-ville, ce sont les enfants et surtout les vieux qui commencent à tomber comme des mouches. Ils n'ont plus la force de boire, la fièvre s'empare d'eux et c'en est fini. Il va falloir que je recommande à tous mes clients de faire provision d'eaux cordiales.

– Encore heureux qu'en ville, les rues soient couvertes de toiles et de feuillage, continua Éléonor. On peut au moins se déplacer à l'ombre. Mais pourvu que ces grosses chaleurs ne nous ramènent pas la peste.

– Depuis hier, l'entrée de Montpellier est interdite à toute personne venant d'Arles ou de Marseille car il y a des cas suspects là-bas, annonça Felix, toujours au fait de l'actualité médicale de la région.

Ces paroles firent blêmir Éléonor qui s'était péniblement levée pour débarrasser la table. Elle s'exclama :

– J'en étais sûre. Je la sens rôder, cette chienne de maladie. Elle va nous planter ses crocs en pleine chair. Je me demande ce qu'attendent les Consuls pour fermer la halle aux poissons. L'air empeste, c'est bien signe qu'il y a danger.

– C'est vrai que ça pue ardemment, reprit François. Vivement qu'on retrouve dans notre assiette ces petites soles frites que vous nous servez au printemps ou ces filets de thon à la mode de Catalogne. C'est une de mes grandes découvertes ici. Dommage qu'il soit impossible d'en trouver à Paris.

– Et voilà, c'est reparti, maugréa Felix, tu ne peux donc pas passer dix minutes sans parler de petits plats. On risque tous de mourir et Monsieur fait le gourmand.

– He ho ! Monseigneur le futur médecin de la ville de Bâle, sachez que le poisson engendre du sang froid et pituiteux. Galien, ton maître Galien, a écrit, il y a mil trois cents ans, que la chair de ceux qui vivent dans les eaux fangeuses et sales est baveuse et pleine d'excrément. Par contre, ceux qui vivent en pleine mer sont excellents. Les poissons de roche éclaircissent les humeurs. La baleine produit un suc mélancolique…

– Ça suffit, jeunes gens, lança Catalan. Nous ne sommes pas à une séance de disputation de l'Université. Felix et Éléonor ont raison, nous risquons de vivre des jours difficiles. La plupart des grandes épidémies de peste ont éclaté en été. Il y a quatre ans, nous avons eu plus de deux cents morts. Souhaitons que rien de tel n'arrive, mais préparons-nous à faire face. François, aujourd'hui, tu resteras avec moi. Nous allons faire des réserves d'hypocras et d'eaux florales.

François en contrepartie de sa pension chez l'apothicaire se devait de travailler deux jours par semaine avec lui. Felix, d'une famille beaucoup plus aisée, pouvait se consacrer entièrement à ses études.

– Et moi, je vais faire mon travail de médecin, dit Felix. Avec la mortalité de ces jours-ci due aux grosses chaleurs, nous n'avons aucun mal à trouver des cadavres à anatomiser. Plus besoin d'attendre que le bourreau nous livre le corps des condamnés à mort. L'hôpital Sainte-Luce nous a promis deux vagabonds. Un luxe exceptionnel. Malheureusement, il fait si chaud que nous ne pourrons pas garder les cadavres plus de deux jours.

– Grand bien te fasse, s'exclama François. Et ne nous reviens pas aussi puant qu'un cageot de rascasses pourries.

– Et toi, fais attention de ne pas tomber pas dans une bassine de fruits confits.

Catalan leva les yeux au ciel, Éléonor poussa un soupir. La journée ne faisait que commencer !

3

Marsile et Olivier, les deux plus jeunes des cinq employés de Catalan, avaient enlevé les volets de bois qui protégeaient la boutique pendant la nuit. Ils installaient dehors, sur un banc, les nouveautés destinées à attirer le chaland : confit de gingembre dans une bassine, graines d'anis et de coriandre enrobées de sucre sur un plateau, amandes en dragées, sacs de maniguette tout juste arrivés d'Afrique, safran de Perse. Sucre et épices faisaient bon ménage. Conseillés par les médecins pour s'assurer une bonne santé, ils étaient aussi une importante source de revenus pour Catalan.

À l'intérieur, sur la table de travail qui servait de comptoir, Thomas, l'homme de confiance de Catalan, époussetait les mortiers de bois, de pierre et de plomb, les balances et trébuchets, qui allaient servir à faire les préparations médicinales devant les clients. Derrière lui, les grandes étagères qui montaient jusqu'au plafond regorgeaient de pots de terre et de faïence soigneusement étiquetés. Au centre trônait la jarre de thériaque, fierté de Catalan. C'était la meilleure de Montpellier, disait-on, et qui dit la meilleure de Montpellier dit la meilleure du monde. Une spécialité composée de plus de quatre-vingts ingrédients, dont la fameuse chair de vipère des garrigues languedociennes. Un médicament à réserver aux cas les plus graves.

L'arrière-boutique était composée de plusieurs petites pièces consacrées à l'entreposage des matières premières. Dans un réduit, se trouvaient près de cinq cents livres de souffre et deux cents de vitriol destinées aux tanneurs. Dans un autre, des jarres d'huile de lin, d'olive, de cade voisinaient avec deux barils de miel. Les réserves de papier chiffon, de coton étaient rangées avec les cierges et chandelles dans une petite pièce annexe.

La pièce la plus grande, à l'arrière du bâtiment, bien aérée et protégée du soleil, accueillait les herbes sèches qui étaient la base de préparation des médicaments. Catalan était le seul à pouvoir se retrouver parmi les deux cents sortes de plantes qui pendaient du plafond ou étaient soigneusement rangées sur des étagères en bois. Il était le seul, également, à en connaître toutes les propriétés.

Une autre pièce, munie d'une serrure, servait au magasinage des épices. On l'aurait deviné rien qu'aux odeurs musquées qui entouraient l'endroit.

François et Catalan se dirigeaient vers la cuisine atelier, accolée à la chambre des épices, quand se présenta Gilles, l'un des apprentis :

— Maître Catalan, il y a madame Peymoras avec une ordonnance du Docteur Schyron que je ne peux pas lire.

— Donne-la-moi. C'est toujours la croix et la bannière pour déchiffrer les pattes de mouche de ces maudits médecins. Il faudra bien un jour qu'ils apprennent à écrire. En plus, celui-là est tellement vieux qu'on se demande ce qu'il peut encore faire pour ses malades. Alors, voyons voir : c'est tout simplement l'onguent *populeum*, composé de saindoux, de cire d'abeille, de bourgeons de peuplier, ainsi que de belladone, de jusquiame, de morelle noire et de pavot. Dis-lui de patienter. Je vais m'en occuper, il y a des produits très toxiques là-dedans. Ce n'est pas le moment de faire le malin avec la nouvelle guerre que les médecins viennent de déclarer aux apothicaires.

Tout en disant cela, Catalan avait pris un pain de sucre et le cassait avec un petit marteau en argent.

— La guerre, quelle guerre ? s'étonna François.

— Cette fois-ci, c'est le Docteur Saporta qui accuse l'apothicaire Antoine Fabrègues d'avoir dispensé des médicaments sans ordonnance et d'avoir fait mourir un de ses malades.

Catalan pilait maintenant avec vigueur le sucre dans un mortier.

— C'est vrai ? demanda François.

— Le patient est mort, ça, c'est sûr. Pour le reste, les médecins ne supportent pas d'avoir perdu le monopole de la fabrication des médicaments. Alors, ils accusent les apothicaires de manquer de connaissances. Bien souvent nous en savons tout autant, si ce n'est plus que ces ânes bâtés tout juste bons à pérorer avec leur bonnet carré sur la tête. Sans jamais toucher un malade, qui plus est. Le Docteur Saporta est un hargneux, cela nous promet encore pas mal d'ennuis.

Catalan avait étalé sur la table un sac de graines de coriandre et les triait d'une main experte.

— J'en sais quelque chose, soupira François. Qu'est-ce qu'il peut faire contre vous ?

— Il a préparé toute une batterie de règlements pour mettre les apothicaires sous la coupe des médecins. Son activité favorite est de nous prendre en défaut. La désobéissance de Fabrègues est pain béni pour lui. Encore un incident comme celui-ci et il fera adopter ses règlements par le Parlement de Toulouse.

Catalan avait sorti une boule de gomme adragante qui allait donner du moelleux aux dragées de coriandre et la tranchait en larges bandes.

— Chacun peut faire son travail sans chercher noise à son voisin, non ? s'indigna François. Je crois revivre les histoires de procès que me racontait mon père : bouchers contre chaircuitiers, traiteurs contre rôtisseurs, pâtissiers contre boulangers… Un jour, rue de l'Oye, mon père a failli en venir aux mains avec Guillaume Langlois, le pâtissier, à cause d'une poule faisane que ce dernier avait mise bien en vue sur son étal. Mon père est arrivé en hurlant que, seuls les rôtisseurs jouissant exclusivement du droit de faire rôtir toutes sortes de viandes pour la commodité du public, les pâtissiers ne pouvaient sous quelque prétexte que ce soit étaler au-dehors et sur leurs boutiques gibiers en poil ou en plume, mais seulement en pâté. Pourquoi ces conflits permanents ?

Catalan, riant de l'indignation de François, continua d'un ton amusé :

— La nature humaine, mon cher garçon ! On trouve toujours que l'herbe est plus verte dans le pré du voisin. Autrefois, toutes les professions médicales : médecins, apothicaires, chirurgiens étaient tenues par des moines. Ils soignaient leurs frères, les déshérités et les pèlerins. À vrai dire, ils ne connaissaient que les herbes et se contentaient de prescrire des bouillons et des tisanes.

Catalan mit sur le feu une large bassine de cuivre et y versa du sucre et de l'eau.

— Au moins, ça ne faisait de mal à personne, dit François. Aujourd'hui, il n'y a plus de moines médecins.

— Très peu. Il y a bien François Rabelais qui a obtenu son doctorat à Montpellier, il y a vingt-cinq ans. Il fut d'abord moine franciscain puis bénédictin. Mais je peux t'affirmer qu'il était meilleur médecin et poète qu'homme d'Église ! Il a fait les quatre cents coups avec Rondelet et Saporta.

— Saporta ! s'exclama François. J'ai du mal à l'imaginer en gai luron !

— Il n'était pas le dernier à courir la gueuse et à lever le coude, je te prie de me croire. Mais c'est Rondelet qui était le plus acharné. Rabelais l'a d'ailleurs portraituré dans ses écrits et le nomme maître Rondibilis !

— Ça alors ! Il faut absolument que je lise ça.

Très attentif à ce que son mélange ne se colore pas trop vite, Catalan gardait un œil sur la bassine.

— Et pour les médicaments, comment cela s'est-il passé ? reprit François.

— Les médecins produisaient eux-mêmes leurs médicaments. Avec la croissance des villes et du commerce, des marchands d'épices qui avaient la matière première sous la main se mirent eux aussi à en fabriquer. Autant te dire que les médecins qui en tiraient de juteux bénéfices virent d'un sale œil cette concurrence. Depuis, ils font tout pour réduire notre champ d'action.

Catalan ajouta les graines de coriandre à son mélange en passe de devenir caramel, puis la gomme adragante.

— Sans vouloir vous offenser, maître Catalan, c'est un peu normal, l'interrompit François. Chacun son métier. À eux le diagnostic, à vous les soins.

Catalan retira la marmite du feu, versa sur une pierre de marbre la pâte translucide et la façonna en petites dragées.

— Sauf que sans ordonnance d'un médecin, nous ne pouvons vendre que suppositoires, clystères et vermifuges. Nous n'avons le droit ni de pratiquer de saignées, ni de mirer les urines, ni de poser de ventouses.

Mais eux, que font-ils, à part faire des pronostics hasardeux ? Qu'il y ait de mauvais apothicaires, j'en suis bien conscient, mais je suis prêt à parier qu'il y a encore plus de mauvais médecins…

— Voilà des propos qui ne sont pas faits pour apaiser la querelle actuelle et pourraient vous coûter cher, maître Catalan, fit une voix légère appartenant à une jeune et jolie jeune femme qui venait d'entrer. Fine, élancée, une peau dorée à croire qu'elle avait des ancêtres sarrasins. Ses cheveux bruns étaient relevés en bandeaux et retenus par un arcelet de satin noir. Noire aussi sa robe, mais si joliment ajustée qu'elle laissait deviner d'aimables appâts. Une petite collerette de dentelle à l'aiguille mettait en valeur son cou gracieux.

— Anicette, quelle bonne surprise ! Comment vas-tu ? Comment t'en sors-tu depuis la mort de ton mari ? J'ai appris que tu avais réussi à reprendre l'apothicairerie à ton compte.

— Grâce à vous ! Le compagnon apothicaire que vous m'avez envoyé est parfait. J'ai pu ainsi me mettre en règle avec les maîtres de la corporation. Ce n'était qu'une histoire de formalités. Tout le monde sait que même du vivant de Pierre, c'est moi qui faisais tourner la boutique. Le nouveau connaît son métier, mais il a bien compris que c'est moi qui commande. Nous faisons chacun nos préparations, sauf qu'il a un peu trop tendance à vouloir me tenir la main quand je suis au mortier.

— Alors ça, ma fille, joliette comme tu es, il ne faut pas t'étonner que les hommes tournent autour de toi.

François reçut cette apparition en plein cœur. Il avait déjà aperçu Anicette dans la boutique de Catalan ou rue aux Laines où se trouvait son apothicairerie, mais n'y avait guère prêté attention. Peut-être à cause du lourd costume de veuve en drap qu'elle portait alors. Plus vraisemblablement en raison de la grande passion qu'il éprouvait pour Blanche, une des filles du Docteur Rondelet. Passion non partagée qui s'était terminée avec le mariage de Blanche et de Blaise Monnier, médecin à Mende.

Anicette et son parfum de jasmin lui faisaient l'effet d'un bouquet de fleurs dans lequel il avait envie de devenir abeille pour découvrir tous les sucs et miels de la jeune femme. Sur-le-champ, il devint éperdument amoureux.

Sans se douter de l'effet qu'elle provoquait chez François, Anicette continuait sa conversation avec Catalan :

– Je dois vous avouer que je ne me soucie guère des hommes en ce moment.

François s'assit négligemment sur le bord de la haute table et se jura de la faire changer d'avis dans les plus brefs délais.

– Il me faut plus que jamais travailler après tout ce brouillamini et j'ai besoin de vous.

François la caressa du regard et se jura que ce serait de lui dont elle aurait dorénavant besoin.

– Je n'ai rien pu commander ces derniers temps et je suis en manque de tout.

François lissa de la main le marbre tiède et se jura qu'il ferait tout pour la combler.

– Il me faut du sucre et toutes les épices que vous pourrez me vendre.

François laissa filer entre ses doigts des graines de coriandre et se jura qu'il lui offrirait de douces et fortes émotions.

– La foire de Beaucaire a bientôt lieu, je pourrai alors tout vous rendre.

– Ma bellotte, tout ce que tu veux. Ce grand niais que tu vois là va t'accompagner dans la chambre aux épices. Fais ton choix. Je vais m'occuper de madame Peymoras, sinon elle va m'arracher les yeux. N'oubliez pas de goûter à mes dragées de coriandre dès qu'elles seront froides.

Catalan décrocha une clé du trousseau et la tendit au grand niais qui ne pouvait rêver mieux.

*

François s'empressa de conduire Anicette dans le saint des saints que constituait la chambre aux épices. Quinze pains de sucre de Sicile trônaient au beau milieu de la pièce, sentinelles gardant les caisses de racines de réglisse, de cannelle, de safran, de gingembre, de clous de girofle, de macis, de maniguette, de cardamome, de poivre, de poivre long, de sumac, de galanga, de noix de muscade…

Entre odeurs et émotion, François avait la tête qui tournait. Anicette remplissait avec soin les sacs de jute qu'elle avait apportés avec elle. Tout en notant la quantité de chaque épice, François cherchait désespérément quelque chose d'intelligent, de brillant, de drôle à dire. Ne trouvant rien, il se contenta de lui demander quelles formalités elle avait dû accomplir auprès de la corporation des apothicaires.

Elle lui jeta un regard où François crut découvrir une lueur badine. Ressentait-elle de l'attirance pour lui ?

– Après la mort de mon mari, j'ai dû fermer boutique. Une veuve d'apothicaire peut continuer son activité à condition qu'il y ait pour l'aider un commis reconnu par la corporation. Il m'a fallu en rencontrer un bon nombre avant de choisir celui que Catalan m'avait recommandé.

– Il parle de vous comme d'une apothicaire de talent.

– J'ai appris le métier avec mon père qui m'a laissé la boutique à sa mort. Bêtement, je me suis mariée avec son commis. J'en savais dix fois plus que lui. Pierre était un bon à rien, fainéant, coureur de jupons et j'en passe. Il était incapable de distinguer la mélisse de la guimauve. Ce qui d'ailleurs a causé sa perte. Voulant offrir à sa bonne amie une nuit de rêve, il avait préparé un breuvage destiné à le faire bander comme un cerf. Manque de chance, il a confondu les pots de gingembre et d'arsenic. Quand la donzelle est venue me chercher pour que je lui trouve un antidote, l'imbécile était déjà mort. Paix à son âme.

François se dit, qu'au moins, il n'avait pas affaire à une veuve éplorée. Très peu éplorée, la veuve : quand il voulut l'aider à remplir deux mesures de cannelle, Anicette caressa légèrement du bout des doigts la paume de François. Leurs mains plongèrent plus profondément dans le baril, se cherchèrent et se nouèrent. De petits nuages de poudre ambrée jaillissaient sous leurs caresses. L'odeur chaude, lourde, presque acre de la cannelle, les enveloppait comme la promesse d'une nuit d'amour.

Ils se rapprochèrent l'un de l'autre lentement et s'enlacèrent. Comme si ce premier corps à corps était trop brutal, ils se désunirent. François dessina d'un doigt léger une petite étoile de poudre de cannelle sur le sein droit de la jeune femme, puis la dispersa d'un souffle en approchant ses lèvres. Anicette retint ce baiser en s'écartant de lui. Elle posa ses lèvres sur un pain de sucre et recueillit du bout de la langue les minuscules paillettes blanches qu'elle offrit en retour à François. Le plus doux, le plus épicé, le plus suave des baisers que François ait jamais reçu. Un univers de félicité s'ouvrait devant lui : des baisers à la rose, à la réglisse, au miel, à la noisette, à l'orange, à donner et recevoir d'Anicette.

Ils n'échangèrent aucune parole, mais dans la pénombre de la chambre aux épices, leurs yeux se disaient qu'ils avaient le goût l'un de l'autre et que le temps des festins était arrivé.

Le grincement de la porte qui s'ouvrait les fit s'écarter l'un de l'autre. Catalan, son inévitable mortier à la main, entra et alla se servir en clous de girofle.

— Alors, Anicette, trouves-tu ton bonheur ? demanda-t-il.

— Vous ne croyez pas si bien dire. Il y a des merveilles parmi vos épices.

— Je le sais bien. Ce sont les meilleures de Montpellier. Mais que t'est-il arrivé ? Tu sens la cannelle à plein nez. Tu as voulu la goûter ? Je peux te garantir qu'elle est de première qualité : douce et forte à souhait.

— Je le crois aisément, maître Catalan, et je vais en faire le meilleur usage. Je vous ai dressé la liste de tous mes emprunts. Je sais que contrairement à beaucoup d'autres, vous tenez une comptabilité très précise.

— C'est mieux ainsi. Tu sais aussi bien que moi que nous manipulons des produits très dangereux. En outre, je suis gardien du droguier de l'université de médecine. Celui qui sert aux démonstrations pour les futurs médecins. À ce titre, je suis obligé de dresser un inventaire de tout ce qui entre et sort de cette boutique. François t'apportera tes emplettes ce soir à la fraîche. Porte-toi bien ma belle et nous, François, au travail ! Mon pauvre garçon, tu as l'air complètement ahuri.

Ça va te faire du bien de t'activer un peu autour des fourneaux par cette belle et chaude journée !

— Maître Catalan, encore mille mercis et toi François, à ce soir, rue aux Laines, si tu veux bien.

Esquissant un geste de la main, elle s'en fut, emportant dans son sillage des effluves de cannelle.

4

François travailla comme un forcené. La tenace odeur de sucre brûlé le transportait d'aise. Elle lui rappelait le délicieux touron aux amandes d'Alicante qu'il avait fabriqué la semaine passée, en cachette de Catalan, parti à Marseille acheter une cargaison de roses en provenance de Chypre.

Loin des macabres discussions qui faisaient le bonheur de Felix et de ses camarades, il se sentait revivre. Il caressait des yeux les bassines en cuivre, les jarres et les pots de terre qui allaient se remplir de mélanges odorants. Autant de promesses de délices. Comme avait pu l'être le baiser d'Anicette. L'avenir n'était pas si sombre, après tout.

Les menaces d'exclusion de l'université, la peste qui rôdait, les querelles entre médecins et apothicaires, tout cela lui semblait de peu d'importance. Ce n'était pas son monde. S'il avait un destin, ce serait celui de sortir l'art de manger des griffes des médecins et des apothicaires. Il serait le libérateur des petits et grands plats, dût-il pour cela s'allier avec le Grand Turc.

Il avait déjà préparé plusieurs livres de dragées à la coriandre, réputées aider à la digestion. Il s'apprêtait à prendre un petit temps de repos quand Catalan surgit, pilant avec vigueur des clous de girofle.

– François, il nous faut absolument de l'hypocras. Il n'en reste que quelques pintes à la boutique. Les malades et les bien portants nous en réclament à corps et à cri. Nous allons en préparer avec le vin blanc qui nous reste. Il n'est plus très bon, mais il fera l'affaire. Sa préparation n'a plus de secret pour toi, alors dis-moi ce que tu y mets et en quelle quantité.

– Pour une pinte de vin, il faut une demi-livre de sucre blanc, une once de cannelle, deux drachmes de gingembre, trois drachmes de maniguette, deux deniers de clous de girofle, un denier de muscade et un denier de galanga.

– Soit ! Tu as choisi la formule forte. Tu as raison, cela cachera les défauts du vin. Tu vas me concasser le sucre et les épices et bien me mélanger le tout avec le vin. On laissera reposer deux heures et ensuite on le passera par l'étamine autant de fois qu'il sera nécessaire pour qu'il devienne clair. N'oublie pas de bien le boucher avec un bouchon de liège. Il sera prêt dans deux jours. J'ai bien peur qu'on ne vende tout dans la semaine, alors qu'on pourrait le conserver plusieurs mois. Heureusement, les vendanges sont proches et nous allons pouvoir reconstituer nos réserves de vin.

– Maître Catalan, ne pourrait-on pas rajouter un peu de musc ? Cela lui donnerait encore plus de puissance.

– C'est juste, mais le musc est une substance trop échauffante pour l'été.

Catalan, toujours pilant, repartit vers ses clients.

*

À midi, la boutique ferma et tout le monde se retrouva autour de la table des Catalan. Béatrix servit le ragoût de mouton aux excellents navets de Pardailhan et distribua à chacun une épaisse tranche de pain.

Felix était revenu de sa séance de dissection en compagnie de Bernd, l'étudiant polonais qui prenait ses repas chez Catalan. Les deux garçons, surexcités, monopolisaient la parole.

— Magnifique, c'est magnifique. Nous avons, comme promis, deux corps à notre disposition, un homme et une femme, commença Felix.

— L'homme est mort d'un abcès dans la poitrine. On ne trouva à l'intérieur qu'une tâche bleuâtre, sans enflure ni abcès. Le poumon était attaché en cet endroit par des ligaments qu'on fut obligé de déchirer pour le sortir, continua Bernd qui attaquait avec élan le ragoût de mouton.

— Le docteur Guichard présidait l'anatomie, et le chirurgien Cabrol n'étant pas disponible, c'est un barbier qui ouvrit les corps, reprit Felix. Il y avait moins de monde que d'habitude. La peur de la peste commence à faire effet. On pouvait tout de même voir, dans l'assistance, des personnes de la noblesse et de la bourgeoisie, et jusqu'à des demoiselles, quoiqu'on fît l'autopsie d'un homme.

— Je ne comprendrai jamais l'intérêt de voir charcuter un pauvre corps, s'exclama Éléonor, toute pâle, qui chipotait dans son écuelle.

— Ils nous rendent de fieffés services, ces morts, lui répondit Felix avec enthousiasme. En ce moment, c'est une véritable aubaine, il en arrive autant qu'on veut. Ce n'est pas comme cet hiver où il fallait aller les chercher soi-même.

— Comment ça, les chercher soi-même ? l'interrompit Catalan. Ne me dis pas que tu faisais partie de cette bande de déterreurs de cadavres qui a sévi dans les cimetières de Montpellier ?

Le silence soudain de Felix et son air embarrassé résonnèrent comme un aveu. Catalan, qui était le calme et la mesure faits homme, laissa exploser sa colère. Sa barbiche en tremblait d'indignation.

– Tu es complètement fou ! Tu aurais pu nous créer de graves ennuis. Et c'en était fini de ta carrière de médecin si tu t'étais fait prendre. Raconte-moi ! Je veux savoir !

Tous les regards se tournèrent vers Felix qui regardait fixement le plat de navets sur la table. Lui aussi était en colère. Quelle mouche piquait Catalan ? Ce n'était pas si grave. Il s'attendait à un peu plus de compréhension de sa part. D'un ton tremblant d'indignation, il prit la parole :

– Mais tous les médecins font ça, c'est bien connu. Regardez Vésale, le plus célèbre des anatomistes, qui écumait le cimetière des Innocents à Paris. Il cueillait rotules, cubitus et crânes comme des pâquerettes. C'est comme ça qu'il a pu écrire *La Fabrique du corps*, le livre qui fait autorité depuis dix ans. Je le sais bien, il a été publié à Bâle chez Oporinus. Vésale y passa plus de six mois pour surveiller les travaux d'édition. J'étais tout minot, mais je me souviens d'un jour où il racontait comment il reconstituait un squelette à partir de tous ces os épars.

Voulant venir en aide à son camarade, Bernd, malgré les signes d'agacement de Catalan, poursuivit :

– Et puis une anatomie à l'université, ça coûte cher. Il faut tout payer : le garde de l'hôpital qui a livré le cadavre, sa femme qui a prêté le linceul, le vin qui a servi à le laver, l'encens pour assainir la salle, le suaire d'ensevelissement, le cercueil, les croix, les prêtres, les porteurs, les fossoyeurs…

– N'essaie pas de noyer le poisson, l'interrompit vertement Catalan. Revenons à vos escapades nocturnes.

– Fort bien, puisque vous le souhaitez, je ne vous cacherai aucun détail, reprit Felix. Notre première excursion se fit le 11 décembre. À la nuit close, nous sommes partis pour le couvent des Augustins où nous attendait le frère Bernard qui nous avait prévenus dans la matinée. Un drôle de bonhomme, celui-là. Il s'était déguisé en valet de ferme pour nous accompagner.

– Il avait quelques flacons de muscat de Lunel que nous avons siroté jusqu'à minuit, crut bon d'ajouter Bernd.

Catalan, perdant patience, fit signe à Felix de continuer.

– Après cela nous sommes allés au cimetière où nous avons déterré un corps avec nos mains. Une fois mis à découvert, nous l'avons tiré dehors avec des cordes et enveloppé de couvertures. Nous l'avons transbahuté jusqu'aux portes de la ville. Il devait être trois heures du matin. Le problème, c'était comment entrer.

– Il nous fallut réveiller le gardien de la poterne Saint-Gély, continua Bernd, et lui raconter une fable comme quoi nous mourrions de soif. Le temps qu'il aille chercher le vin, trois d'entre nous firent passer le cadavre en douce.

– Nous l'avons transporté chez Pascalou, reprit Felix, et nous nous sommes mis au travail. C'était une femme contrefaite…

– Felix ! arrête immédiatement, je ne peux supporter ça plus longtemps, l'interrompit Éléonor, se tenant le ventre à deux mains. C'est sûr, je vais mettre au monde un monstre avec toutes les abominations que vous racontez.

– Surtout, c'est de la folie furieuse, tonna Catalan. Si cela vient à être découvert, vous risquez gros. Felix, je me demande bien comment je pourrai annoncer à ton père que tu vas finir tes jours en prison.

– Si seulement nous avions droit à plus de cadavres, nous n'aurions pas besoin d'aller faire les marioles nuitamment, répondit Felix, malgré les signes que lui faisait François de se taire. Regardez, en ce moment, nous avons tout ce qu'il nous faut.

— Tu ne vas tout de même pas souhaiter la mort de pauvres gens pour te livrer à tes activités de découpage ? gronda Catalan. C'est insensé, j'héberge un fou dangereux, prêt à tout pour se procurer des cadavres.

Sentant qu'Éléonor ne lui pardonnerait pas si Felix donnait de nouveaux détails, il mit fin à la conversation. Il lui signifia que s'il recommençait, il n'hésiterait pas à le renvoyer à Bâle.

Tout le monde se dispersa avec un sentiment de malaise. L'insupportable chaleur mettait les nerfs à vif, exacerbait les conflits et rendait la cohabitation difficile.

Les rues de Montpellier étaient vides, chacun se terrant au plus profond des maisons pour une sieste réparatrice. Il n'y avait que les ânes qui avaient encore le courage de donner de la voix. Même les mouches semblaient abattues.

5

L'activité reprit à trois heures. L'apothicairerie ne désemplissait pas. François attendait avec impatience que les cloches de l'église Saint-Firmin sonnent l'angélus, annonçant ainsi la fin de la journée. Il pourrait alors charger l'âne de tout ce qu'Anicette avait choisi. Dans une douce rêverie, il repensait au baiser sucré.

Enfin, la boutique ferma ses volets. François courut chercher de l'eau au puits, fit quelques ablutions, changea de chemise, tenta d'assagir ses mèches rebelles. Il avait prélevé un peu d'eau de senteur de la reine de Hongrie dans les réserves de Catalan et s'en était généreusement parfumé. Avec ces fragrances de fleur d'oranger, menthe, romarin, esprit de rose, François avait déjà l'impression d'être dans les bras d'Anicette. Il avertit Catalan qu'il se mettait en route et qu'on ne l'attende pas pour souper : il aiderait Anicette à tout mettre en place, il en aurait peut-être pour longtemps et casserait la croûte au retour dans une taverne. Catalan lui posa la main sur l'épaule et se penchant vers lui, murmura :

– Ne te fais pas trop d'illusions. Bien d'autres ont essayé avant toi, en vain !

*

François guidait l'âne à travers les rues encombrées de Montpellier. Il prit par le plan de l'Herberie, puis la rue Embouque-d'Or où il resta un bon moment coincé dans un embarras de la circulation. Les boutiquiers rentraient leurs étals, escabelles, bancs et coffres qui envahissaient la chaussée. Régulièrement, des édits étaient proclamés pour éviter l'encombrement des rues, mais rien n'y faisait, les marchands continuaient à s'étaler gaillardement. Il continua à se frayer un chemin par les rues Triperie-Vieille et Canabasserie où un charroi de vin obstruait la venelle. Son impatience grandissait tout autant que son désir pour Anicette. Exaspéré, il murmura à l'oreille de l'âne :

– Jamais je n'ai eu bandaison si drue. Emmène-moi vite retrouver ma douce amie.

L'âne n'eut d'autre réponse qu'un braiment tonitruant.

L'ambiance était à la criaillerie. La chaleur avait à peine diminué et tout le monde avait hâte que la nuit apporte un soupçon de fraîcheur. Fatigue et énervement déclenchaient disputes et échanges de coups. Comme cette vendeuse ambulante dont les petits gâteaux gisaient à terre. Elle était en train d'agonir d'injures le porteur d'eau qui l'avait bousculée. Elle le menaçait d'un bâton. Bien souvent, c'était à coups de couteau que ces affaires se réglaient. Montpellier n'avait rien à envier à Paris.

Enfin, il aperçut la tour de la Babotte. Anicette habitait tout à côté. Un quartier plus aéré que le centre où les maisons s'étaient empilées les unes sur les autres et où les ruelles n'étaient que de sombres boyaux.

Sa boutique était bien plus petite que celle de Catalan. Les volets étaient mis, mais la porte restait entrebâillée. Anicette devait l'attendre, car elle apparut à son premier appel. Leurs mains s'effleurèrent. Elle lui dit de prendre la venelle derrière la maison et d'entrer par le petit jardin. L'âne et lui se retrouvèrent dans un enclos qui embaumait la sauge, la lavande, la santoline. De grosses acanthes paresseuses couvraient le sol. Un amandier, un laurier, deux oliviers et un figuier se serraient les uns contre les autres. Des touffes de thym et de romarin se tenaient compagnie.

Tout ce petit monde faisait de l'endroit une porte d'entrée du paradis. François, grisé par les odeurs, se demanda, l'espace d'un instant, s'il n'était pas dans le palais d'une magicienne. L'âne fut attaché au tronc d'un olivier. François transporta les deux banastes contenant les trésors d'Anicette dans la maison. Il ne fut guère question de déballage. La jeune femme le prit par la main et le conduisit dans une petite chambre dont la croisée donnait sur un rideau de glycine. Le sol était jonché de pétales de rose, de giroflée et d'herbes odorantes. Ces senteurs délicates donnaient à la pièce austère une aura édénique. La douceur de la peau de la jeune femme fut pour François une invitation aux caresses les plus légères. Il cueillit avec ses lèvres la pointe d'un sein qu'Anicette lui offrait.

La jeune femme laissait aller ses mains sous la chemise de François, glissait le long de ses cuisses. Bientôt, leurs vêtements ne furent plus qu'un tas épars sur le sol. Leurs lèvres se joignirent, leurs langues se mêlèrent en un baiser profond. Leurs corps se cherchèrent sans impatience, certains de leur rencontre. Ils se caressèrent longuement, François perdu dans les effluves suaves et musqués d'Anicette; Anicette explorant les frémissements du corps de François. Ils firent l'amour avec volupté, l'un et l'autre surpris du plaisir qu'ils se donnaient. La nuit venue, dans l'obscurité, ils se confièrent leurs premiers secrets.

– Ma belle, je n'arrive pas à croire que nous ne nous connaissons que depuis quelques heures.

– Mon tout beau, j'ai tout de suite vu que nous étions faits pour nous retrouver dans un lit.

– Anicette, tu es la reine des fées, c'est juré, je ne quitte plus ton lit.

– Hélas, tu vas le quitter sur-le-champ. Que diraient les voisins s'ils te voyaient sortir de chez moi en pleine nuit ?

– Que j'ai la plus merveilleuse des amies.

– Sauf qu'en tant que veuve d'apothicaire, je suis astreinte pour les années à venir à observer une totale chasteté. Je te prie de croire qu'à près de vingt-six ans, cela ne me plaît guère, mais sinon on m'interdira d'exercer mon métier.

– Encore ces stupides histoires de règlement. À croire que nous vivons dans un monde où les gens ne pensent qu'à inventer des règles. Anicette, je veux continuer à te voir.

– Moi aussi François. Mais nous devrons faire très attention. J'ai des voisins qui se feraient une joie de me dénoncer.

– Voilà qui est charmant. Qu'est-ce que tu leur as fait ? lui demanda François.

– C'est une vieille histoire. Ils sont épiciers et tu sais qu'entre apothicaires et épiciers, c'est la guerre…

– Oh là là, l'interrompit François, encore des histoires de gros sous.

Lui caressant les cheveux, Anicette continua :

– Autrefois, nous vendions tous la même chose : épices, chandelles, vermicelles, cotignacs, papier, et tous les produits exotiques.

– Oui, oui, je sais, s'impatienta François, et maintenant les épiciers ne veulent pas reconnaître que seuls les apothicaires puissent vendre des médicaments. Ils s'estiment tout aussi capables que nous, sans avoir fait d'études.

– À la mort de mon père, les voisins ont cru que l'apothicairerie allait disparaître. Ils sont furieux de me voir la reprendre. Ils ont même fait courir le bruit que j'avais assassiné Pierre en lui administrant du poison et non de l'antidote.

Le sourire de François s'effaça. La jeune femme ne semblait pas le moins du monde troublée de lui faire part de cette accusation. Curieux personnage, cette Anicette. Une séductrice aux nerfs de fer et au visage d'ange. Ce n'était pas pour lui déplaire, aussi ajouta-t-il d'un ton léger :

– Me voilà dans les bras d'une meurtrière. Je frémis, je tremble de peur. Oublions tous ces fâcheux. Fais-moi encore mourir de plaisir, ma douce. À quand ton prochain forfait ?

– Dans deux jours, à la Sainte-Madeleine, débute la foire de Beaucaire. Vous me servirez, toi et tes amis, d'escorte. Tu viendras avant l'aube, nous aurons un peu de temps. Et maintenant, reprends ton âne et rentre chez Catalan. Dis-lui bien que je le remercie vivement pour tous ses bienfaits.

Les deux amants se quittèrent après un dernier baiser. François, l'âme et le corps en fête, ramena l'âne, transmit le message à Catalan. Il partit se coucher sans se joindre à Felix et Bernd qui, sur la terrasse de la maison, devaient ressasser leurs histoires de cadavres. Il avait bien trop de choses à se remémorer avec délices.

6

Le 22 juillet, fête de sainte Madeleine, François se rendit bien avant l'aube chez Anicette. Il arriva par le jardin. La porte n'étant pas barrée, il gravit silencieusement les marches de pierre menant à la petite chambre. Leur deuxième rencontre fut tout aussi délicieuse que la première. François se réjouissait de sa bonne fortune. Lui qui avait grandi dans un quartier de Paris où les prostituées pullulaient, il avait été initié très tôt aux choses du sexe par des ribaudes au grand cœur et à la cuisse accueillante.

Il n'avait jamais eu de mal à séduire les filles. Il avait dans l'allure une nonchalance qui leur plaisait. Ses yeux clairs souriaient en permanence, invitant au rire et à la fête. Les femmes étaient sensibles au charme adolescent de ses traits fins et de ses mèches rebelles. Peut-être percevaient-elles, sous son apparente fragilité, un solide appétit charnel. Il aimait faire l'amour comme il aimait faire la cuisine. Qu'Anicette partage son goût pour le plaisir le remplissait d'aise.

S'arrachant à la douce étreinte de la jeune femme, il lui rappela qu'il fallait se dépêcher. Felix et les autres devaient les attendre à la Porte de la Blanquerie, pour prendre la route de Beaucaire.

– Va les rejoindre François, laisse-moi le temps de m'habiller et de rassembler mes affaires.

François, léger comme un vol de papillons, l'embrassa sur la nuque et partit retrouver ses camarades : Felix, Bernd et Dieter, un étudiant allemand. C'est Catalan lui-même qui avait demandé aux garçons de prendre soin d'Anicette et de l'accompagner à la foire. François n'avait, ainsi, rien eu à révéler des tendres liens qui l'unissaient à la jeune femme. L'apothicaire était parti la veille avec un chariot afin de négocier les meilleurs contrats avec ses fournisseurs avant que la foire n'ouvre.

Anicette les rejoignit et les jeunes gens se mirent en selle. Leurs montures louées à un relais de poste du faubourg Saint-Jaume allaient bon train. La route serait longue : plus de quinze lieues.

François était si silencieux que Felix s'en inquiéta.

– Que t'arrive-t-il ? Hier, tu dressais la liste de tout ce à quoi tu désirais goûter à la foire. Aurais-tu perdu tout appétit ?

– Au contraire, Felix, je suis prêt à dévorer la lune et les étoiles. J'ai envie de goûter à l'écume d'une gelée de lys, me plonger dans une fontaine de lait. Je vois de douces collines de blanc-manger, des petits gâteaux de mie de pain au miel…

– C'est de pire en pire, le voilà en plein délire fantasmatique. Reviens parmi nous et donne un peu des éperons, ton cheval est prêt à s'endormir.

Ils chevauchèrent sans encombre jusqu'aux faubourgs de Beaucaire où la foule des voyageurs à pied, à mulet, à cheval, en charrette se fit compacte.

*

La foire de Beaucaire est la chose la plus extraordinaire qu'on puisse voir. D'insignifiante en temps normal, la ville devient un immense caravansérail où produits et marchands du monde entier se font concurrence. On y parle italien, catalan, flamand, allemand, polonais, grec, arabe, turc. Le Rhône disparaît sous une marée de galiotes, felouques, tartanes venues de la mer depuis le début de juillet. Les voiles carrées et triangulaires claquent au vent. Il y a tant de bateaux qu'ils forment un pont permettant d'atteindre l'autre rive du Rhône. On y commerce tout autant que sur les berges. À l'intérieur, presque toutes les maisons sont transformées en commerces et on construit un tas de baraquements provisoires. Les Beaucairois louent leur chambre, leur boutique, leur grange, leur écurie, leur grenier, même leur couloir au plus offrant. On dresse des cloisons à l'intérieur des maisons pour multiplier les profits.

La ville disparaît dans un nuage de poussière provoqué par les lourdes charrettes, les troupeaux d'animaux. Il n'est pas rare qu'un passant soit écrasé par un chargement qui se renverse ou un attelage dont le conducteur a perdu la maîtrise. Les mouches s'en donnent à cœur joie dans tout ce déballage. Les toiles tendues d'une maison à l'autre protègent tant bien que mal des ardeurs du soleil. On y boit et on y mange dans des gargotes improvisées, installées près du fleuve pour éviter les risques d'incendie. Le vacarme y est terrible, les marchands interpellent les clients, le public rit aux facéties des bonimenteurs, des disputes éclatent, les rixes sont fréquentes. Jongleurs, musiciens, comédiens se produisent sur des scènes improvisées. Voleurs, tire-laine sont en pleine activité. Putains d'Avignon, d'Arles, de

Marseille, gueux et mendiants de toute la région font des affaires en or. On y détrousse avec vigueur.

*

Après avoir laissé leur monture sous bonne garde, à la lisière de la cité, Felix, François, Anicette et leurs camarades pénétrèrent en ville. Le premier spectacle auquel ils assistèrent, sur la place des Lices, les retint un bon moment.

Des saltimbanques faisaient se battre un lion avec un taureau de taille moyenne auquel ils avaient scié le bout des cornes. L'un et l'autre étaient attachés par une corde à deux poteaux plantés au milieu de l'arène. Le lion, excité par des aiguillons, commença d'attaquer le taureau qui le repoussa plusieurs fois à coups de cornes. Il l'aurait peut-être tué s'il les avait eues entières. À la fin, le lion, après avoir fatigué son adversaire, lui bondit sur le dos avec la légèreté d'un chat, lui enfonça les dents dans la chair, et l'ayant terrassé, le tint immobile sous lui, sans pouvoir toutefois le tuer. Les saltimbanques furent obligés d'abattre le taureau.

C'était la première fois qu'ils voyaient un lion au naturel. Voilà qui les changeait des gravures qu'ils avaient pu voir dans les livres. Bernd s'exclama :

– S'il y a un lion, il y aura peut-être ce quadrupède que le Suisse Gesner appelle « Elephanto » dans son *Historia animalia*. Ça m'a l'air le plus étrange des animaux.

– Ça m'étonnerait, lui répondit Felix. Il paraît que c'est aussi gros qu'une maison de deux étages. Aucun bateau ne pourrait le transporter.

Il leur fallait tout d'abord rejoindre Catalan. Il avait trouvé à se loger à Tarascon, de l'autre côté du Rhône qu'on traversait par le fameux pont constitué de bateaux amarrés les uns aux autres. Traversée périlleuse, car les marchandises exposées sur les bateaux étaient toutes plus tentantes les unes que les autres.

À l'hostellerie de la Pomme, Catalan avait réservé une grande chambre pour lui et les carabins montpelliérains. Anicette partagerait son lit avec sœur Pascaline qui chaque année venait de Carpentras pour acheter les médicaments nécessaires à l'Hôtel-Dieu. Une forte femme, dure en affaires et excellente apothicaire que Catalan tenait en grande estime.

*

Le lendemain, chacun avait son programme. Catalan irait prendre possession des marchandises négociées au préalable. Felix partirait à la découverte de nouveaux produits médicinaux. Anicette achèterait épices et drogues dont elle avait besoin. François irait le nez au vent.

Bernd et Dieter, eux, entendaient bien profiter pleinement de la foire de Beaucaire pour parfaire leur éducation bachique. Le Languedoc était pour eux terre bénie. Ne connaissant que la bière dans leur pays, ils découvraient avec enivrement les vins que la région leur offrait en abondance. Bernd avait une manière bien à lui de les apprécier. La quantité primait sur la qualité et il aurait bien volontiers passé sa vie au cul d'un tonneau. Contrairement aux usages, il ne le mêlait pas d'eau, le préférant pur, ce qui lui occasionnait de mémorables cuites.

Ses camarades ne prenaient même plus la peine de le mettre en garde et savaient que le retour vers Montpellier serait difficile pour lui.

En fidèle chevalier servant, François suivit Anicette dans ses achats. Catalan lui avait indiqué ses propres fournisseurs, ce qui traduisait la confiance qu'il avait en la jeune femme. François ne négligeait pas pour autant les étals de comestibles. Pendant qu'Anicette discutait avec un marchand de mastic de Chios, il s'était approché d'une échoppe présentant de la casse d'Égypte, du safran perse, de la cardamome et de la cannelle d'Inde, du musc du Tibet, du galanga et de la rhubarbe de Chine.

Les odeurs le rendaient ivre de bonheur. Tout ce qu'il avait sous les yeux lui disait que le monde était un enchantement. Sa vocation était bien là : faire découvrir de nouvelles alliances subtiles de goûts et de saveurs. Étourdi par tant de richesses, il avait abandonné Anicette et se frayait un chemin à travers la foule de badauds et d'acheteurs. Il resta un long moment auprès d'un marchand de Gênes qui vendait vermicelles, fromages et thons marinés.

L'heure du repas approchait. Il rebroussa chemin, retrouva Anicette et l'entraîna au bord du Rhône où étaient concentrés les estaminets et baraques de traiteurs. Soudain, il se planta devant elle et déclara avec fougue :

– J'ai une idée lumineuse, Anicette ! Il faudrait organiser une grande foire qui ne serait consacrée qu'à l'art de la gueule. Il y aurait des échoppes avec les spécialités de Gênes, Venise, Alexandrie, Constantinople, Barcelone… Il y aurait les fromages d'Arles, des Cévennes, de la Drôme, les vins de la vallée du Rhône. Cela s'appellerait « la Foire du goût ». On pourrait aussi y inviter les maîtres queux de toute l'Europe qui s'affronteraient dans des concours de recettes. Ou pourquoi pas des chaircuitiers à qui on décernerait le prix du meilleur andouiller, du meilleur boudinier, du meilleur saucissier. À coup sûr, ce serait un grand succès.

Anicette lui rétorqua que pour le moment, il leur fallait se contenter des spécialités locales, ce qui n'était pas si mal. Ils commencèrent par un petit pâté rond fourré au calamar, au safran, à l'ail et à l'oignon, appelé « tielle » par le pâtissier de Sète qui le vendait. À côté, un Cévenol aussi solide que les montagnes dont il descendait proposait des manouls. Anicette refusa obstinément d'y goûter, arguant que les tripes n'étaient guère compatibles avec la chaleur ambiante. Elle choisit un hastereau tout juste sorti du four, sorte de petite caillette aux choux et aux épinards.

François lui, se délectait de son plat de tripes d'agneau assaisonnées de thym, laurier, carottes et vin blanc. Le marchand lui proposa de goûter sa rayolette d'Anduze, une bien jolie saucisse qu'il servait chaude. Mais François avait repéré un étal de charcuteries catalanes qu'il avait bien l'intention d'étudier de plus près. Avant de partir, le marchand leur proposa d'acheter un sac d'os qui leur ferait bon usage.

– Un sac d'os, qu'est-ce que vous voulez qu'on fasse avec un sac d'os ? demanda François

– On voit bien que vous êtes de la plaine et que vous ne connaissez pas la vie difficile de la montagne. Là-haut, quand on tue le cochon, on récupère tous les petits os, les chutes du jarret, les hauts de jambon, les restes de la queue et des oreilles. On met le tout dans l'estomac du porc, on sale, on recoud, et le tour est joué. Vous le faites dessaler pendant deux jours et vous le faites cuire pas mal d'heures. Ça vous réchauffe le bonhomme.

— Sauf qu'en ce moment, on ne tient guère à être réchauffé, lui répondit François en riant. Nous irons vous voir cet hiver.

Au-dessus de l'étal de Catalogne, trônait un énorme jambon que François regardait avec ravissement :

— Pas mal mon gambajo, hein l'ami, lui fit le marchand. C'est un vrai jambon de Cerdagne, bien sec et qui vous ravira le palais. Et regardez ces longanissa, on dit que ce sont les mêmes que mangeaient les Romains qui, c'est bien connu, adoraient le saucisson. Et mes botifarres, ça, c'est du boudin.

L'activité de la foire s'était un peu ralentie. Marchands et visiteurs cherchaient les moindres coins d'ombre pour une petite sieste réparatrice. Le groupe de Montpellier se retrouva sous un grand arbousier et chacun fit part de ses découvertes. Catalan ayant conclu toutes ses affaires était sur le départ. Pas question de faire le voyage de nuit. Son chargement était bien trop précieux pour prendre le risque de se voir détroussé par une bande de brigands. Anicette avait confié ses achats à l'apothicaire. Elle pourrait ainsi faire la route du retour avec les jeunes gens.

*

Bernd arriva, très rouge, tout échauffé et plutôt éméché. Il raconta qu'il venait de boire quelque chose d'extraordinaire : une boisson couleur sang-de-dragon, douce, acide et veloutée. Selon l'apothicaire ambulant qui la vendait, c'était un nouveau médicament venu des Amériques assurant santé et vigueur. Il disait aussi que mis au point par les meilleurs apothicaires de Montpellier, il allait détrôner la thériaque.

– C'est encore un de ces charlatans qui vend n'importe quoi, s'énerva Catalan. Ils savent que si on les prenait sur le fait à Montpellier, ils seraient reconduits de belle façon aux portes de la ville.

– Ça c'est vrai. Il y a deux mois, nous étions aux premières loges pour assister à la capture de l'un d'eux, s'exclama Felix. Il fut juché à l'envers sur un âne et conduit ainsi à travers la ville jusqu'à l'école de médecine. Sa femme, voyant ça, crut que c'était pour l'anatomiser vivant. Elle commença à hurler qu'on voulait assassiner son homme. En fait, il fut juste jeté à coups de pied aux fesses hors de la ville.

Bernd reprit la parole :

– Non, non, ce n'est pas un bonimenteur. Il fait quelque chose de terrible : il a dans un sac des vipères. Il en prend une, l'excite avec un bâton, approche son bras et la vipère y plante ses crocs. On s'attend à le voir pâlir, se trouver mal, pas du tout. Il est tout aussi vaillant qu'auparavant et ne connaît aucun trouble. Il explique qu'ayant bu de cette extraordinaire thériaque, il ne risque rien, qu'il est invulnérable à toute attaque de maladie. En plus ce breuvage est délicieux, une mixture des dieux, je peux en témoigner. J'ai bien essayé de savoir ce qu'il y avait dedans, mais le vieux, bien entendu, m'a rétorqué que c'était un secret. Je n'étais pas le seul à trouver ça bon. On était une bonne dizaine. J'ai même rencontré Jehan Florent, le drapier de la rue de l'Aiguillerie. Lui et sa femme se léchaient les babines et voulaient à tout prix acheter un flacon ou deux. Le vieux leur a dit que l'effet était tellement puissant, qu'une seule prise suffisait. Je vous en aurai bien rapporté aussi...

François toujours à l'affût de nouveautés dit qu'il aimerait bien y goûter. Malgré les récriminations des autres qui souhaitaient partir, Bernd et lui se lancèrent à la recherche du quidam. Ils l'aperçurent distribuant son élixir à toute une troupe de jeunes gens.

La foule était compacte. Brusquement une toile qui protégeait une échoppe s'enflamma, provoquant un début de panique dans la ruelle. L'incendie était un des dangers les plus redoutés lors de la foire. L'entassement des marchandises, les foules de gens rendaient les secours très improbables. Dieu merci, le feu fut vite circonscrit, mais quand Bernd et François purent continuer leur chemin, le vendeur de l'élixir magique avait disparu. À contrecœur François renonça à poursuivre leur recherche, ne voulant pas retarder plus longtemps ses camarades.

*

Le retour à Montpellier fut joyeux, chacun racontant les anecdotes recueillies pendant ces deux journées au contact d'un autre monde. Anicette et François chevauchaient séparément, soucieux de ne pas trahir, par trop d'empressement, le secret de leur liaison.

Pourtant, après avoir dépassé le village de Lattes, Anicette se rapprocha de François :

— Bernd m'a l'air de ne pas aller très bien.

— C'est bien vrai, je ne l'ai jamais vu dans un tel état. Il a dû boire encore plus que de coutume.

— Non, non, il y a autre chose. Il passe de périodes d'abattement à d'autres de délire. Sa bouche s'est mise à répandre l'écume comme une marmite sur le feu.

— Ne t'inquiète pas, il a dû boire un vin exécrable. Il est saoul comme une grive, mais, dans deux jours, il sera sur pied.

– Non, viens voir, je t'assure, ce n'est pas normal.

Bernd chevauchait à l'arrière, un peu distancé. François tourna bride et s'approcha de lui. À l'approche de François, il se mit à faire des grands gestes avec les bras et à hurler.

– Non, pas le grand chien rouge, non, qu'il ne vienne pas, je ne veux pas être transformé en loup-garou. Arrête, ne me lèche pas, non, pitié…

– Bernd, c'est moi, François, tu ne risques rien, il n'y a ni chien ni loup.

– Mais si, je sais bien que vous allez me déchiqueter, je le sens dans mes os. Partez, passez votre chemin !

François rejoignit Anicette et lui dit qu'à part mettre Bernd au lit, on ne pouvait pas grand-chose pour lui.

Tout le monde avait hâte d'arriver. Une fois les portes de Montpellier passées, il leur fallut ramener Bernd chez lui, rue Cope-Cambes. En essayant d'être le plus discret possible, ils le montèrent jusqu'à sa chambre sous les toits. Il était glacé, agité de tremblements. Sa peau avait pris une mauvaise couleur grise.

Son logeur, Maître Paricaud, les entendit et en les découvrant, commença à se lamenter :

– C'est-y pas Dieu possible de se mettre dans des états pareils. J'en ai assez de lui. Dès demain, je lui dis d'aller ailleurs.

– Allons, maître Paricaud, il en tient juste une bonne, lui dit François

– Mais oui, rajouta Felix, cela va lui servir de leçon.

– Que Dieu vous entende. Allez ouste, débarrassez-moi le plancher !

Les deux garçons ne se firent pas prier et rejoignirent Anicette qu'ils raccompagnèrent rue aux Laines. François la vit avec regret franchir le seuil de sa porte. Il aurait bien volontiers passé la nuit en sa compagnie.

7

Peu après minuit, des coups retentirent à la porte de Catalan. Ce dernier descendit en toute hâte et trouva Michel Paricaud, affolé, tambourinant sur les volets de la boutique.

– Ça ne va pas du tout. Le sac à vin n'arrête pas de hurler et il est tout violet. Catalan, faites quelque chose.

– Mais de qui, diable, parlez-vous ?

– De mon Polonais, de Bernd, l'étudiant en médecine, revenu de Beaucaire ivrogné comme un templier. Vos deux pensionnaires me l'ont laissé pour mort, il y a deux heures. Je crains qu'il n'y passe vraiment.

– Avez-vous appelé un médecin ?

– Aucun ne veut se déplacer pour un ivrogne, mais je vous jure qu'il n'y a pas que ça.

Felix qui était descendu, alerté par le bruit, prit la parole :

– C'est vrai qu'il était très bizarre. Il était ivre, mais tout au long du chemin, il n'a cessé de délirer et de se plaindre de drôles de douleurs.

– Bon allons-y, j'emporte avec moi un antidote contre l'ivresse profonde composé de figues sèches, de noix, de feuilles de rue et de miel. Cela devrait le remettre sur pied.

Le petit groupe, auquel s'était joint François que Felix était allé réveiller, se dirigea vers le logis des Paricaud.

Le spectacle était effrayant. Bernd gisait dans ses vomissures et ses excréments. Un long filet de glaires jaunâtres coulait de sa bouche. Il haletait et grognait à la fois. Son corps, tendu comme un arc, était agité de soubresauts.

Catalan, bravant la puanteur, s'approcha de lui et essaya de lui administrer son antidote. Peine perdue, les mâchoires de Bernd ne se desserraient pas et ses dents grinçaient horriblement.

Puis il se mit à hurler en polonais. Il ouvrit les yeux, aperçut Catalan penché sur lui et réussit à articuler :

– Sauvez-moi. Je brûle intérieurement. Je me consume.

– Bernd, je vais vous administrer de la thériaque, mais pouvez-vous me dire d'où vous souffrez ?

– Non, pas de thériaque ! On m'en a donné à Beaucaire. C'est là où j'ai commencé à me sentir mal.

– La mienne est souveraine, vous verrez.

Catalan envoya François chercher une once de thériaque à la boutique. Vu l'état du malade, il fallait employer les grands moyens. La thériaque rétablit la juste complexion, conforte le cœur tout comme le foie et calme la douleur. C'est le plus ancien des médicaments mais aussi le plus puissant. Encore faut-il l'administrer à bon escient car l'opium, la scille, l'agaric qui font partie de ses quatre-vingts composants peuvent se révéler dangereux.

Catalan réussit à en faire boire quelques gorgées à Bernd qui sembla se calmer. L'espoir revint, mais dans l'heure qui suivit, la crise de démence reprit de plus belle. Bernd se tordait de douleur, hurlait, se débattait. Il semblait possédé par des démons.

C'est alors qu'apparut sur le pas de la porte le Docteur Saporta, furibond :

– Catalan, que faites-vous là ? Ne me dites pas que vous lui prodiguez des soins ?

Le pot contenant la thériaque que Catalan s'apprêtait de nouveau à administrer à Bernd s'écrasa au sol avec fracas.

– Docteur Saporta, il y avait urgence, ce pauvre diable est en train de mourir, aucun médecin n'a voulu se déplacer. Il a besoin d'aide, lui répondit Catalan d'un ton indigné.

– Eh bien me voilà maintenant ! Paricaud vient de me faire quérir. C'est vrai qu'il a l'air mal en point, ce jeune homme. J'espère que ce n'est pas vous qui l'avez mis dans cet état. Lui auriez-vous administré de la thériaque sans avis médical ? Tous les apothicaires de Montpellier sont-ils devenus fous ?

Bernd respirait difficilement. Un râle douloureux s'échappait de ses lèvres contractées. Son corps arc-bouté témoignait de ses souffrances. Des taches jaunes commençaient à apparaître sur sa peau livide.

– Voilà qui est fort étrange, commentait le Docteur Saporta, je n'ai jamais vu ça. Qu'on fasse venir un barbier. Une saignée ne pourra que le vider de ses humeurs mauvaises. Vous, Catalan, repartez à votre boutique et préparez-moi un baume du Commandeur qui attirera vers l'extérieur ces maudites taches. Mais qu'a-t-il pu bien boire pour aller aussi mal ?

– À moins que ce soit la peste, hasarda Paricaud qui s'était enroulé une grande étole autour du visage et suait à grosses gouttes autant de chaud que de peur.

– Mais non, mon brave, la peste amène bubons et rien de tel ici.

– Peut-être une nouvelle forme de peste ? Avec ces chaleurs, on ne sait jamais, poursuivit Paricaud.

– Ça par contre, nous ne sommes pas à l'abri de nouvelles maladies. Il n'y a qu'à voir ce mal napolitain qui fait des ravages depuis que les soldats espagnols l'ont rapporté des Amériques. On peut s'attendre à tout.

– Je vais prévenir les Consuls qu'on ferme la ville séance tenante à tout étranger.

– Du calme, Paricaud, ne créez pas de panique. J'ai la situation en main. Ce garçon peut fort bien être frais comme un gardon demain. Quoique cela m'étonnerait…

Le barbier qu'on était allé chercher pratiqua une saignée qui fit apparaître un beau sang bien rouge. Catalan revint avec son baume et l'appliqua sur le corps du malade, mais Bernd ne réagissait presque plus. Il s'éteignit au petit matin entouré de Felix, François et Catalan. Saporta était retourné chez lui ainsi que le barbier. Paricaud se terrait dans une pièce du bas, entouré de sa femme et de ses enfants.

Quand Catalan vint lui dire que le pauvre garçon était mort, Paricaud se mit à hurler :

– Emportez-le sur-le-champ ! Je ne peux pas supporter cela dans ma maison. Il faut que je brûle sa paillasse, ses livres, ses vêtements. Pour l'amour du ciel, débarrassez-moi de ce cadavre ! Mais quelle idée a-t-il eue de venir mourir ici…

Voyant venir l'esclandre et redoutant que tout le quartier ne soit alerté par les cris de putois de Paricaud, Catalan prit François à part et lui dit :

– Cours chez ton maître, le Docteur Rondelet, explique-lui tout et demande-lui la permission d'emporter le corps à l'amphithéâtre. Je ne vois pas ce qu'on peut faire d'autre. On ne va tout de même pas le jeter aux chiens ou le balancer par-dessus les murailles. Sur le chemin, préviens aussi Saporta. Il va m'en bailler des vertes et des mûres… Après ce qui s'est passé cette nuit, je suis bon pour qu'il m'accuse d'avoir fait mourir le malade. Avec Felix, nous allons essayer de calmer ce satané Paricaud avant qu'il ne répande partout qu'une nouvelle peste est arrivée en ville.

François, bouleversé par la mort de Bernd et les scènes terribles auxquelles il avait assisté, prit le chemin de la rue de la Loge. Tirer Rondelet de son sommeil n'allait pas être une mince affaire.

8

Furieux, Rondelet déboula dans l'escalier, hirsute, la barbe en bataille, le ventre tressautant à chaque marche. C'est peu dire qu'il reçut vertement le jeune homme.

– Poquet, vous m'ennuyez avec votre mort à taches jaunes. Et pourquoi pas à pois verts ? C'est vous qui avez trop bu. Laissez Saporta s'en occuper. Après tout, c'est lui qui s'est rendu sur place.

– Maître Rondelet, je vous jure qu'il y a un problème. Catalan est très inquiet. Si le bruit se répand, il va y avoir du grabuge.

– C'est vrai qu'avec ce grand bêleur de Paricaud, il y a un risque. Bon, dites à Catalan que c'est d'accord, qu'il emporte son cadavre à l'amphithéâtre, qu'il le mette au frais, enfin, si on peut encore parler de fraîcheur dans cette ville. Mais hors de question que je m'en occupe aujourd'hui ! N'oubliez pas que nous allons à Carnon. Les pêcheurs de rascasses nous attendent. Il faut absolument que je finisse mon chapitre sur ce poisson. Si vous croyez que j'ai le temps…

Rondelet était le meilleur des hommes, mais l'édition en français de son monumental ouvrage sur les poissons paru en latin deux ans auparavant l'occupait entièrement. Il s'agissait du premier ouvrage de tous les temps traitant de tout ce qui vit dans les eaux. Plus de trois cents poissons, mais aussi crustacés, mollusques, batraciens, reptiles, chacun accompagné d'un dessin. Un travail de fou ! La passion des poissons lui était venue lors de ses nombreux voyages en tant que médecin personnel du cardinal de Tournon, ambassadeur itinérant du roi François.

Il en arrivait à négliger d'être présent aux dissections, lui qui était connu pour son amour de l'anatomie. C'est grâce à lui qu'avait été terminé l'année précédente le tout nouvel amphithéâtre, le premier édifice en France consacré aux dissections. Auparavant, les anatomies se déroulaient au domicile des médecins, sur une mauvaise table en bois.

Sa passion l'avait amené à faire ouvrir sa belle-sœur puis sa première femme, sans compter ses jumeaux mort-nés. On disait qu'il allait jusqu'à demander à ses meilleurs amis de lui faire la grâce d'être anatomisé par ses soins à l'heure de leur mort.

François repartit chez Paricaud où il trouva Felix et Catalan. Ils avaient chargé le pauvre Bernd, enveloppé dans un drap, sur une charrette. Paricaud avait déjà rassemblé les effets du Polonais et s'apprêtait à y mettre le feu. Le macabre convoi se dirigea vers l'école de médecine, rue du Bout-du-Mont, où ils laissèrent le corps de Bernd dans une cave voûtée.

*

La nouvelle fit très vite le tour du petit monde médical. Deux heures plus tard, des étudiants s'étaient regroupés autour de Felix. Ils déploraient la disparition de Bernd, un bon camarade, toujours prêt à faire la fête et qui aurait été un bon médecin.

Felix raconta la fin malheureuse de leur ami : les délires, les contractions musculaires, les terribles souffrances, les taches jaunes sur la peau.

– Taches jaunes as-tu dit ? l'interrompit Matthieu Ribère. Mon père est médecin à Nîmes et un de ses malades est mort ainsi. Ce n'était pas le premier ; on lui a signalé deux cas semblables à Uzès.

– Ça ne ressemble à rien, continua Toussaint Le Caron. Du moins, rien de ce qu'on connaît.

– Ce que vient de dire Matthieu est très important, reprit Felix. S'il y a d'autres cas, il peut s'agir d'une épidémie. Il faut prévenir les maîtres de l'université.

– Attention Felix, Rondelet pour le moment s'en moque. Saporta est tout à sa querelle avec les apothicaires. Schyrron, le chancelier de l'université, en est à son dernier souffle. Tu risques de crier dans le désert, l'avertit François.

– Voilà ce qu'il faut faire : essayons d'en savoir plus. Interrogeons les barbiers, chirurgiens, apothicaires et médecins que nous connaissons. Si rien d'autre n'apparaît, nous en resterons là. Sinon, je me fais fort de convaincre l'un des professeurs. Partageons-nous les quartiers de Montpellier. François, tu iras du côté de Saint-Mathieu…

– Impossible, je pars à la pêche aux rascasses avec Rondelet. D'ailleurs, il faut que je file, il doit m'attendre…

Felix soupira et esquissa un geste de lassitude.

– Au moins, profite du temps que tu passeras avec Rondelet pour le convaincre qu'il y a péril en la demeure. Rendez-vous ce soir à la taverne du Chapeau Rouge pour faire le point. Ou plutôt, non, c'est trop mal famé. Retrouvons-nous sur la terrasse de la maison de Catalan.

François acquiesça et partit en courant, craignant que Rondelet ne soit parti sans l'attendre. La rascasse, même si elle est laide à faire peur, est un poisson tout à fait intéressant à cuisiner !

9

Rondelet chevauchait gaiement sa mule, entouré de quatre étudiants qui allaient à pied. Il n'était guère troublé par la mort du jeune Polonais qu'il connaissait peu. Il était bien plus préoccupé par les congres qu'il devait installer dans les viviers de son domaine de Lattes et qu'on ne lui avait toujours pas livrés.

Lui qui disait avoir eu toutes les maladies de l'enfance, sauf l'éléphantiasis, était devenu un travailleur infatigable. Toujours en mouvement, il menait ses étudiants à la baguette. Aucun ne s'en plaignait, car apprendre avec Rondelet n'avait rien de rébarbatif. Pas étonnant qu'il ait été un grand ami de Rabelais.

François était bien content d'échapper à l'enquête morbide lancée par Felix. En voilà un qui était fait pour être médecin ! C'était aussi le souhait le plus cher de son père. Ce dernier, aujourd'hui l'un des plus importants notables de Bâle, n'avait pas toujours connu l'aisance, loin de là. Il avait d'abord été berger dans ces rudes montagnes du Valais suisse, puis plus ou moins domestique de riches personnages pour ensuite devenir maître d'école. Son ambition avait toujours été de devenir médecin et il avait tout fait pour pousser son fils dans cette voie. Il avait vécu les débuts de la Réforme et tout de suite adhéré aux thèses de Luther. Il avait alors rejoint Bâle, haut lieu de la nouvelle religion. Outre ses activités de maître d'école, il était devenu un temps imprimeur. Il avait travaillé avec le célèbre Froben, l'éditeur d'Érasme et des grands penseurs de l'époque. Felix avait ainsi vécu entouré d'étudiants et de professeurs et se voulait digne d'un destin d'humaniste, comme on appelait ces nouveaux savants.

François n'avait pas cette ambition. S'il tenait tant à accompagner Guillaume Rondelet, Felix l'avait bien compris, ce n'était pas par passion pour les sciences naturelles, mais parce que Rondelet agrémentait toujours ses observations de notions culinaires.

*

À Carnon, petit hameau en bord de mer situé à trois lieues de Montpellier, les pêcheurs, portant de larges chausses et coiffés de bonnets bleus, les attendaient. Ils embarquèrent dans une barque à fond plat. Au bout d'une heure, ils arrivèrent près du filet qui avait été posé la veille. Les captures étaient belles : des grosses écrevisses rouges appelées lingoustes et d'autres écrevisses rondes portant le nom de cancro ou crabe et puis des supions, des soles et autres poissons de mer. Les pêcheurs avaient ramené dans leur filet deux anges de mer que certains appellent requins.

Rondelet, ravi de cette prise, commença à les tripoter. Le plus grand se redressa et planta ses dents dans le mollet du professeur. Impossible de lui faire lâcher prise. Il fallut le battre à mort avec les rames pour délivrer le pauvre Rondelet. Voilà un ange bien mal nommé ! Rondelet ne se départit pas de son esprit scientifique et, non rancunier, fit observer que les dents de ce poisson étaient à nulles autres pareilles. Plantées sur plusieurs rangs, elles leur permettent d'empaler les proies. François ne put s'empêcher de demander si l'ange de mer était comestible.

– Non, il est de chair dure et de mauvais goût. On n'en tient aucun compte en Languedoc, lui répondit Rondelet. Par contre sa peau est intéressante, on en fait des poignées d'épées. La lingouste, quoi qu'en disent certains, est, elle, fort bonne. Nous allons demander à nos pêcheurs d'en faire griller quelques-unes.

De retour sur la plage, les pêcheurs mirent leurs captures à l'abri du soleil et préparèrent un feu de bois. Pendant ce temps, les étudiants en profitèrent pour s'égailler dans l'eau, jouer à se recouvrir de sable. Pour la plupart, la mer était inconnue avant leur arrivée à Montpellier et certains prenaient goût aux bains de mer.

La lingouste parut délicieuse à François. Il avait bien demandé à goûter les crabes, mais un des pêcheurs lui dit que c'était nourriture du diable.

*

La nuit était tombée depuis longtemps quand François, de retour à Montpellier, retrouva Felix et leurs camarades sur la terrasse de la maison Catalan. D'habitude, ces soirées à la fraîche étaient consacrées à la musique et au bavardage. Ce soir-là, il en allait autrement. Chacun faisait part des résultats de l'enquête menée dans les différents quartiers de Montpellier. Il en ressortait que le nombre de morts semblables à celle de Bernd se montait à près d'une vingtaine pour la ville. D'autres cas avaient été signalés, semble-t-il, à Nîmes, Pézenas, Sommières et Uzès. Voilà qui devenait vraiment inquiétant.

Les étudiants discutèrent toute la nuit. Ils écartèrent l'éventualité de la peste, cette terrible malédiction envoyée par Dieu, furieuse, monstrueuse, épouvantable, terrible, horrible bête sauvage.

On n'en connaissait que trop bien les symptômes : fièvre, bubons, charbons, flux de ventre, douleur d'estomac, palpitation de cœur, pesanteur et lassitude de tous les membres, sommeil profond et sens tout hébétés, difficulté de respirer, vomissements fréquents, flux de sang par le nez et autres parties du corps, appétit perdu, langue sèche, noire et aride, regard hideux, face pâle, tremblement universel, puanteur des excréments…

Si on retrouvait chez Bernd et les autres malades un certain nombre de ces symptômes, les plus caractéristiques manquaient : les bubons, ces gonflements purulents qui apparaissent à l'aine, sous les aisselles, dans le cou et peuvent atteindre la taille d'un œuf.

Faisant appel à toutes leurs connaissances, ils passèrent en revue les différentes fièvres et maladies pouvant mener de vie à trépas en si peu de temps.

Au petit matin, encore en pleine discussion, ils virent débouler un Rondelet écumant de rage :

— Vous en faites de belles ! Qu'est-ce que ce tintamarre au sujet d'une nouvelle peste ? Je viens de recevoir la visite du Prévôt de police affolé. Le bruit court à Montpellier qu'il y a plus de cinq cents morts… Les Consuls s'apprêtent à fermer les portes de la ville. C'est vous qui diffusez ces sornettes ?

Felix se fit spontanément le porte-parole de ses camarades.

— Maître Rondelet, ce ne sont pas des sornettes. Il n'y a pas cinq cents morts mais une vingtaine…

– Je sais bien qu'il y a au moins vingt morts par jour en ces temps de fortes chaleurs. Ne me dites pas que c'est pour cela que vous vous apprêtez à mettre le chambardement dans la ville ?

– Ce ne sont pas les mêmes morts, si je puis dire. C'est à cause de Bernd. Nous nous sommes aperçus qu'il n'était pas le seul à être mort ainsi. D'après notre enquête, il y aurait comme une épidémie...

– Vous ne savez pas de quoi vous parlez, jeunes blancs-becs, tonna Rondelet. Votre ami est mort d'un excès de mauvais vin et si vous commencez à compter les morts d'ivrognes, pour sûr, vous allez en avoir de belles épidémies !

Felix commençait à perdre pied devant la fureur du médecin, mais continua vaillamment.

– Ce que nous avons vu l'autre nuit était beaucoup plus inquiétant. Cela ne ressemble à rien de ce que nous connaissons.

– Mais, bande de morveux, bien sûr que vous ne connaissez rien à rien. Vous êtes là pour apprendre et vous voudriez nous donner des leçons, c'est bien la meilleure...

– Permettez-moi juste de vous dire ce que j'ai noté l'autre nuit : abattement de l'esprit, pleurs involontaires, désir opiniâtre de se coucher, constriction de la gorge, gonflement mou du ventre, douleurs déchirantes dans le dos et l'épigastre, sang caillé sortant par l'anus, tremblements, grincement des dents, fureur effrénée, loquacité délirante, dilatation des pupilles...

Surpris de la précision du diagnostic, Rondelet haussa un sourcil, se rapprocha du jeune homme et lui dit :

– Ce que vous me décrivez est tout bonnement un empoisonnement à la belladone ou à la jusquiame, voire à l'aconit. Qu'est-ce que ce pauvre diable de Polonais a bien pu faire pour être empoisonné ?

– Il n'est pas le seul, Docteur Rondelet. Les vingt autres ont eu les mêmes symptômes et la même mort d'après ce qu'on nous a dit.

Rondelet se gratta la tête vigoureusement, signe chez lui d'une profonde réflexion et déclara :

– Balivernes. C'est impossible. On vous aura raconté n'importe quoi. Les épidémies d'empoisonnement n'existent pas.

– Nous le savons bien et c'est ce qui nous inquiète.

Rondelet s'était calmé. Il était bien connu pour entrer dans des fureurs noires et en sortir avec une rapidité déconcertante.

– Si ce que vous me dites est vrai, ce dont je doute encore, il va falloir confier l'enquête au Prévôt. Il doit y avoir une explication à ces morts mystérieuses. Je vais lui demander de faire apporter les corps à l'amphithéâtre, de manière à voir de quoi il retourne.

Felix, heureux du changement d'humeur de Rondelet, reprit la parole :

– Nous y avons déjà porté notre ami Bernd.

– Je sais ! Rendez-vous là-bas dans une heure. Je vais quérir un barbier pour qu'il procède à l'ouverture des corps. Ou mieux encore, je vais m'assurer de Barthélemy Cabrol qui fera ça à merveille. Il nous faut quelqu'un à la main sûre. Il arrive trop souvent que les barbiers fassent du hachis avec nos précieux cadavres.

*

Les étudiants étaient soulagés de voir leur initiative dorénavant sous la responsabilité de Rondelet. Tout particulièrement Felix. Vouloir en remontrer à ces universitaires si chatouilleux sur les préséances et convaincus de leur savoir quasi divin aurait pu lui coûter cher. Rondelet faisait partie d'une nouvelle génération de savants qui, s'ils n'en rabattaient pas sur leur rang, avaient une curiosité toujours en éveil. François se réjouissait moins. Cette histoire ne lui disait rien qui vaille. Pourquoi courir après des cadavres au lieu d'aller au marché tâter les meilleures poulardes ? Pourquoi perdre son temps avec des histoires de fièvres putrides alors qu'Anicette l'attendait dans ses draps blancs pour des délices, oh combien, plus réjouissants ? Il aurait volontiers laissé Felix caracoler en tête de ses chimères, mais il savait qu'à un moment ou un autre il serait mis à contribution. Impossible, alors, de dire non à son ami qui le protégeait depuis un an. Sans lui, il aurait été renvoyé depuis belle lurette.

Cela ne tarda pas. Felix s'adressa à lui :

— François, toi qui as un bon coup de crayon, tu feras des dessins des corps ouverts et des organes.

— Euh, je ne suis pas si bon que ça…

— La seule fois où tu es venu à une anatomie, je t'ai vu dessiner des chapelets de saucisses, des jambons, des foies persillés, des rognons braisés qui avaient fière allure…

— Justement, la viande, je la préfère rôtie plutôt que froide. Et ça servira à quoi, tu peux me le dire ?

— Je ne sais pas, mais c'est peut-être quelque chose qu'on n'a jamais vu…

— Bon, bon, si tu insistes… Je vous rejoins à l'amphithéâtre. Je vais d'abord chercher du papier chez Catalan.

*

L'accueil que lui fit ce dernier fut assez froid.

– Pas très malin ce que vous faites. On avait déjà Paricaud qui hurle à tout vent que vous avez ramené la peste de Beaucaire. Et maintenant Felix et sa bande mettent en alerte la ville entière en allant s'enquérir de morts suspectes. Saporta est passé me voir et m'a assuré que j'allais devoir m'expliquer sur la mort de Bernd. Tout juste s'il ne m'accuse pas de l'avoir causée.

– Je sais, maître Catalan. Felix veut trop bien faire. Vous connaissez son enthousiasme pour la médecine, poursuivit François. Maître Rondelet est en train de rassurer les Consuls qu'aucune épidémie n'est à redouter. Il va faire l'anatomie de Bernd. Je suis venu vous demander du papier et des craies pour dessiner ce qu'il va trouver dans le corps de ce pauvre diable.

– Vas-y, débrouille-toi. Tu sais où sont les réserves. La clientèle afflue et demande tout ce qui pourra la protéger : baumes, onguents, cassolettes de parfums. Nous ne savons plus où donner de la tête.

*

François prit un rouleau de papier de Gênes et rejoignit ses camarades à l'amphithéâtre. C'était bien la première fois que quatre cadavres allaient être anatomisés lors d'une même séance. Celui de Bernd, mais aussi celui de trois autres victimes de la mystérieuse épidémie.

Felix était très tendu, impatient d'assister à l'événement. François l'était aussi. Il se demandait comment il allait supporter un tel spectacle.

Le corps de Bernd recouvert d'un drap reposait sur la table en pierre. À côté se tenait Barthélémy Cabrol, célèbre chirurgien de Montpellier et beau-frère de Rondelet. Étienne, son jeune apprenti, avait disposé sur une petite table adjacente scalpels, rasoirs très fins, pierre à aiguiser, coupe-tronc, éponges pour étancher les humeurs et le sang. Rondelet, juché sur un escabeau, faisait face aux six rangées de gradins. Cette fois, le public n'était pas autorisé à assister à l'anatomie et seuls une vingtaine d'étudiants, les professeurs de l'université et le Prévôt avaient pris place sur les bancs de pierre. Rondelet, d'un signe de main, donna à Cabrol l'ordre de commencer. Avec son scalpel, le chirurgien procéda à une entaille du bas-ventre au sternum.

François crut mourir. L'odeur qui s'échappait des entrailles était insoutenable. Quand il vit Cabrol se saisir du foie et le brandir pour que Rondelet le voie bien, il ferma les yeux, bien décidé à ne pas les rouvrir avant la fin de la séance. Mais les bruits étaient encore plus horribles : le gargouillis des liquides corporels, le flop des intestins tombant dans une bassine, le cliquetis des instruments métalliques qui s'entrechoquaient...

Mieux valait encore regarder !

Rondelet commentait chacune des phases. Chacun retenait son souffle.

Le corps de Bernd et celui des autres présentaient les mêmes caractéristiques : un éclatement du foie, des viscères nécrosés, des taches jaunâtres sur la peau. La mort avait dû survenir dans des douleurs terribles, comme en témoignaient les rictus et les membres arcboutés.

Les éminents professeurs se concertèrent avant de rendre leur avis. Il semblait bien que l'on avait affaire à des cas d'empoisonnement. Si ce n'est qu'on ne pouvait déterminer de quel poison il s'agissait. Certains tenaient pour la belladone, d'autres pour l'aconit ou encore la stramoine sans que l'on puisse trancher.

Cela n'aurait guère prêté à conséquence si le nombre de morts n'avait été aussi important. Après tout, les empoisonnements existent depuis la nuit des temps. Encore faut-il une raison pour tuer quelqu'un de cette manière. Or les victimes recensées par Felix et ses amis, puis par le Prévôt de police, ne semblaient pas faire l'objet de quelque vengeance que ce soit. Qui pouvait en vouloir à Bernd, étudiant, Polonais, joyeux drille, bon buveur, bon camarade ?

Qui pouvait en vouloir à Pernette Fontaine, jeune couturière du quartier de la Saunerie, ou à Pierre Delafosse, apprenti cirier, ou bien encore à Jehan Florent, drapier de la rue de l'Aiguillerie ?

En entendant le Prévôt prononcer ce nom, François s'exclama :

– Bernd nous en a parlé ! Il l'a rencontré à Beaucaire auprès de ce vendeur de thériaque qu'il avait trouvée si bonne et que je voulais aussi goûter… Ainsi, lui aussi est mort… Et sa femme ?

– Non, elle est vivante. Éplorée, mais vivante. Voilà une coïncidence intéressante. Je vais retourner la voir. Peut-être nous apprendra-t-elle quelque chose.

*

Mahaut Florent, une brunette de vingt-cinq ans, toute menue dans sa robe noire, reçut le Prévôt dans l'arrière-boutique de son défunt mari, rue de l'Aiguillerie. Tout à son chagrin, elle put lui dire que oui, ils étaient à Beaucaire pour la Sainte-Madeleine. Non, elle ne connaissait pas Bernd. Oui, ils avaient été abordés par un marchand ambulant vantant une boisson miracle à la couleur écarlate. Que disait-il ? Qu'il s'agissait d'une nouveauté mise au point par les apothicaires de Montpellier et qui allait les délivrer de tous leurs maux. En avait-elle bu ? Non, tout juste enceinte, elle était en proie à bien des dégoûts. Malgré l'insistance de son mari qui, lui, l'avait trouvée fort bonne, elle avait refusé. Jehan lui en avait-il dit plus ? Qu'il y avait un goût nouveau, doux et acide à la fois, et que ça avait l'air d'une bonne médecine. L'homme qui vendait cet élixir avait-il dit autre chose ? Oui, que Montpellier était connue dans le monde entier pour avoir les meilleurs apothicaires et les meilleurs médicaments.

La pauvre femme s'écroula en sanglots et s'exclama :

– Tout ça n'était que tromperie ! Mon pauvre Jehan a cru qu'il allait être protégé et le voilà mort.

Le Prévôt n'était guère plus avancé. Selon toute vraisemblance, Bernd et Jehan Florent avaient été victimes d'un mauvais mélange. Cela n'avait rien d'extraordinaire. Le but des charlatans étant d'engranger le plus de picaillons possible, la composition de leurs soidisant médicaments était souvent plus que douteuse.

10

En quelques jours, le calme revint à Montpellier. Sur les marchés, on ne parlait plus de cette étrange affaire. Tout le monde était soulagé et chacun reprit ses activités habituelles.

François se moquait de Felix, lui disant que sa soi-disant épidémie avait fait long feu et que ce n'était pas encore maintenant qu'il se couvrirait de gloire en découvrant une nouvelle maladie.

Felix, mortifié d'avoir failli être la cause d'une panique à Montpellier, restait sombre. Rondelet lui en voulait. Il ne lui adressait plus la parole. Les autres médecins l'ignoraient. Tout ça n'était pas très bon pour sa carrière.

François retrouva avec bonheur son antre cuisine, abandonnée depuis plusieurs mois. Pour mener à bien ses expériences culinaires, il s'était aménagé un petit espace dans une cave du Collège Royal de Médecine. C'était là, rue du Bout-du-Mont, en face de l'église Saint-Matthieu, qu'avaient lieu la plupart des cours. Le bâtiment comportait deux salles d'études, une pièce réservée aux professeurs, un cellier, un grand jardin au fond duquel se trouvait l'amphithéâtre d'anatomie nouvellement construit grâce aux deniers de Rondelet. François accédait aux caves par une porte discrète située près du logement du gardien dont il s'était assuré la complicité bienveillante en lui offrant des friandises confectionnées chez Catalan.

Bien sûr, il n'avait pas toutes les commodités d'une cuisine traditionnelle, mais avec son réchaud transportable, il pouvait déjà faire pas mal de choses. Pour les ingrédients, du moins les épices, il avait sa petite idée sur la manière de s'en procurer sans trop débourser. Pour le reste, Montpellier regorgeait de victuailles de qualité.

Il s'adonna aux préparatifs d'une série de repas fastueux.

Au menu du premier, il y eut : œufs pochés à l'eau de rose, crème de haricots aux figues, tourte de courge, jambon de pourceau à l'aigre-doux, plat de langues aux herbes, petites saucisses fumées, suivis d'un bouillon de pommes à la cannelle, cuissot de mouton à l'étouffée, poulet à la catalane, agneau rôti à la sauce céleste d'été, tarte bourbonnaise et pour finir fruits secs et dragées.

Il était particulièrement content de la sauce céleste d'été : avec les premières mûres des buissons, il avait mélangé des amandes pilées, du gingembre et du verjus, puis passé le tout à l'étamine. Cela donnait une sauce à la fois douce et piquante, acide et onctueuse. La tarte bourbonnaise n'était pas déplaisante, non plus : des œufs, du beurre, du bon fromage gras, des blettes, de la marjolaine, du persil, du safran. Le tout mis en croûte fine et dorée à l'œuf.

Il avait découvert ces recettes dans un livre étonnant, *De honesta voluptate et valetudine*, écrit au siècle dernier par un Italien, un certain Bartolomeo Sacchi dit Platina, bibliothécaire du pape Sixte IV. C'est au cours d'un souper chez Rondelet auquel assistait Guillaume

Pellicier, l'évêque de Montpellier, qu'il avait entendu parler du livre. L'évêque, un homme charmant, érudit, lui aussi passionné de poissons et de botanique, racontait comment Rondelet avait failli le faire mourir. Il lui avait prescrit des pilules à base de coloquinte pour soigner ses maux d'estomac. Malheureusement, l'apprenti apothicaire les broya imparfaitement et Pellicier fut si malade qu'il crut mourir cent fois. La conversation dériva sur les meilleures manières de conserver la santé par les aliments. Pellicier parla avec chaleur du livre de Platine. Un livre où chaque recette était suivie d'un commentaire médical. Voyant l'intérêt de François, qui buvait ses paroles, l'évêque lui fit parvenir le livre dès le lendemain.

François le dévora. Il y trouva enseignée la manière de jouir agréablement de la vie. Non pas comme un glouton, un goulu, mais en être de savoir et d'esprit. « Quel mal peut avoir en soi volupté bien prise et considérée ? » demandait Platine. La sobriété gourmande qu'il prônait apparut à François comme la meilleure et la plus réjouissante des philosophies. De plus, ce grand lettré, qui vivait à la cour du Pape et côtoyait les plus beaux esprits de l'époque, n'avait pas hésité à travailler main dans la main avec un cuisinier, un certain Martino. Voilà qui ouvrait de nouvelles perspectives à François. Il essaya de faire partager son enthousiasme à Felix. Felix fit la moue, répliquant que volupté n'est que vice.

Pour le second repas, il s'inspira d'une gloire locale, Arnaud de Villeneuve, un médecin qui, deux siècles auparavant, avait eu la bonne idée de parsemer ses livres d'un grand nombre de recettes d'origine catalane. Cette fois, Felix fut très content que François cherchât l'inspiration auprès des grands maîtres de l'art médical.

François combla ses convives en servant des mets pleins de saveurs et de simplicité : radis et navets à la sauce verte, blanc-manger aux pétales de rose, laitues en potage, perdrix aux noisettes, canard aux figues fraîches, raie à la roquette, crème dorée, sauge confite au miel.

Ainsi, la sauce à la roquette. Il suffisait de mettre en purée de la roquette préalablement blanchie à l'eau bouillante, puis d'ajouter du bon vinaigre de vin de Banyuls, des cerneaux de noix finement hachés, du safran, de la cardamome et de diluer avec l'huile d'olive si fruitée d'Aramon. Ou bien l'autre sauce, celle aux noisettes qui accompagnait parfaitement la perdrix : des noisettes grillées et concassées, du persil, de l'ail, de la cannelle, du miel de montagne, le tout bien mélangé.

François travaillait comme un fou dans sa cave mal aérée. Il crut plusieurs fois mourir tant la chaleur était ardente et l'air raréfié. Anicette, qu'il retrouvait la nuit après les agapes, lui reprocha de sentir la vieille marmite. Avant leurs ébats, elle entreprit de le masser avec des huiles parfumées, ce qui rendit François fou de désir. Les gestes d'Anicette le ravissaient. Elle avait le don de transformer chacune de leurs rencontres en petits miracles de l'art d'aimer.

Tout allait bien pour lui : la cuisine, l'amour et même l'université. À sa grande surprise, Rondelet semblait l'apprécier de plus en plus. Lors du souper avec l'évêque Pellicier, il avait même évoqué la possibilité de le prendre comme secrétaire. Voilà qui ne serait pas mal !

Un jour de désœuvrement, il décida d'expérimenter une recette de son cru, à laquelle il pensait depuis plusieurs mois : la moruade. Après avoir fait dessaler pendant deux jours un morceau de morue, François le fit cuire dans du lait. Il l'écrasa ensuite consciencieusement au mortier et y rajouta un peu d'ail. Puis il incorpora un long filet d'huile d'olive tout en continuant à remuer jusqu'à ce que sa mixture devienne crémeuse. Les convives, à qui il fit goûter cette préparation, lui firent une ovation et prédirent un grand succès à ce plat.

François prenait le plus grand soin de cuisiner en secret. Il s'inquiétait bien des volutes odorantes qui sortaient par un soupirail, mais ce dernier débouchait dans une arrière-cour où jamais personne ne venait. Il savait que s'il était surpris, la menace de le renvoyer chez son père, ficelé comme une oie de Noël, serait mise à exécution.

Aussi fut-il très surpris quand, le lendemain, Rondelet le prit à part lors d'une sortie en mer et lui déclara :

– Je ne veux rien savoir de ce que vous trafiquez, mais auriez-vous la bonté de me faire parvenir au plus tôt un peu de cette fameuse moruade dont tout le monde parle en ville ?

Sidéré, François ne pipa mot, mais s'empressa à son retour de mettre à tremper une nouvelle morue…

À la demande générale, il mit en chantier un troisième repas. Alors qu'il transportait discrètement deux poulardes et trois canards et s'apprêtait à descendre dans sa cave, il entendit un grand remue-ménage dans la cour de l'école. Il vit arriver le Prévôt accompagné d'hommes en armes qui se dirigeaient vers la salle où étaient réunis les professeurs. Dans sa hâte à cacher ses victuailles, il trébucha et ses beaux oignons doux des Cévennes roulèrent dans la cour et s'arrêtèrent aux pieds de l'officier qui ne sembla pas les remarquer. Il annonçait aux professeurs, sortis en toute hâte, que des informations venant de Pérols, Lattes, Maugio, Castelnau, Lunel, Castries et Maguelonne faisaient état du passage d'un marchand ambulant se faisant volontairement mordre par une vipère et vantant la nouvelle thériaque de Montpellier.

Plus de cinquante personnes étaient mortes dans d'affreuses souffrances après en avoir bu !

11

Les apothicaires furent les premiers à s'émouvoir et à dénoncer les charlatans, ces « empiriques » qui parcourent les campagnes en montrant de faux diplômes et se remplissent les poches en vendant des marchandises frelatées.

Les médecins clamèrent qu'ils ne sauraient accepter de tels agissements. Par la voix du Docteur Saporta, ils exigèrent de contrôler strictement les activités des officines.

Les épiciers déclarèrent que les apothicaires, ces malfaisants qui se poussaient du col, étaient des assassins. Ils invitaient la clientèle à se fournir dorénavant chez eux.

Les barbiers et chirurgiens, qui n'avaient rien à dire, annoncèrent qu'ils avaient de très bons emplâtres et onguents et qu'ils se tenaient à la disposition de tous.

Chez Catalan, on s'inquiétait. Ce n'était pas la première fois qu'un conflit éclatait au sein du monde médical, mais à chaque fois, c'était le commerce qui en pâtissait.

Thomas, son premier commis, venait de rapporter un incident qui avait failli tourner à l'aigre. Marie Fabrègues, venue chercher un stomachique, avait refusé de payer, arguant que c'était « une cruelle briganderie et inhumaine volerie d'extorquer quinze sols pour une préparation où le médecin n'aura ordonné que deux ou trois racines comme ache, fenouil et chicorée » et que les épiciers avaient bien raison de dire que les apothicaires étaient de grands malhonnêtes. Les autres clients avaient fait chorus. Il avait fallu toute la diplomatie de Thomas pour que le calme revienne et que Marie accepte de payer ses quinze sols.

Catalan, qui revenait avec François d'une tournée d'achat d'herbes fraîches dans les jardins entourant Montpellier, prit ce dernier à témoin :

– Tu vois ce que je te disais l'autre jour sur ces bandes de chiens accrochés à nos basques. Ils sont à tout moment prêts à mordre. Je sais bien qu'il y a des apothicaires véreux, des paresseux qui se contentent de « qui pro quo », en remplaçant un ingrédient par un autre, le plus souvent moins coûteux. Mais les épiciers ne font pas mieux quand ils vendent de la fleur de carthame pour du safran ! Je vais aller faire le tour des confrères pour avoir une petite idée de ce qui se passe et des difficultés à venir. Si tu veux, accompagne-moi.

– Non merci, Maître Catalan, je vais aller ranger dans la chambre du haut tout ce beau romarin, ce superbe thym et cette magnifique sauge afin qu'ils sèchent au mieux.

– C'est vraiment gentil à toi, François. C'est important dans ces moments difficiles d'avoir autour de soi des gens sur qui on peut compter.

En entendant ces phrases, François rougit et se détourna très vite. Il avait bien l'intention de mettre les herbes en bottes et de les attacher aux poutres du grenier, à l'abri du soleil, dans un courant d'air. Mais il voulait également se réserver les plus belles branches qui serviraient à la préparation de ses repas.

Catalan parti, il se livra rapidement à ce qu'il appelait pudiquement des emprunts. Il n'était pas très fier de lui en pénétrant dans la chambre aux épices dont Catalan lui avait confié la clé. Il se servit généreusement en sucre, safran, poivre et gingembre. Il lui vint à l'esprit qu'un peu de musc pourrait lui être utile. Il n'avait besoin que d'une toute petite quantité vu la puissance de cet ingrédient. Catalan n'y verrait que du feu. Seul problème : le musc était enfermé dans le droguier destiné à l'école de médecine. François savait que la serrure n'était pas des plus compliquées. Il essaya d'ouvrir le coffre en se servant d'un petit couteau. Il avait presque réussi quand un grand tumulte se fit entendre, suivi par le bruit de bocaux s'écrasant à terre. François se précipita dans la boutique.

Thomas, le commis, était acculé contre les étagères par deux mégères. L'une d'elles, grande comme une hallebarde, essayait de s'emparer des bocaux que protégeait Thomas, les bras en croix. L'autre, bas de cul et aux bras gros comme des jambons, était passée derrière le comptoir et renversait le contenu des mortiers. Elles hurlaient qu'elles voulaient savoir quelles abominations Catalan cachait dans ces pots. Deux adolescents vidaient le contenu des paniers d'herbes sur le sol et les piétinaient. François dégagea Thomas de l'emprise des furies. Sans ménagement, un pique-feu à la main, ils les raccompagnèrent jusqu'à la porte avant de faire de même avec les jeunes garçons. En toute hâte, François et Thomas rentrèrent le banc, les escabelles et les produits qui étaient dehors. Un attroupement s'était formé. Les deux femmes continuaient à éructer des insultes. Thomas et François, craignant le pillage, s'empressèrent de fermer boutique.

À l'abri derrière les volets clos, ils reprirent souffle avant de se désoler sur les dégâts causés par les vandales.

Thomas, écroulé sur un escabeau et s'épongeant le front, demanda :

– Et Marsile ? Et Olivier ? Où sont-ils passés ? Ils devraient être là pour nous aider à tout remettre en place.

– Je les ai vus en entrant dans la boutique. Ils avaient l'air terrorisés. Ils ont dû s'enfuir par-derrière. Ce n'était pourtant pas grand-chose que de faire lâcher prise à ces harpies.

Lorsque Catalan rentra et qu'il découvrit le désastre, il ne prononça pas une parole. Les yeux brillants de colère, il se mit à balayer furieusement. Il mit en tas les bocaux brisés et, avec l'aide de François et Thomas, les emporta dans l'arrière-cour. Là, il laissa libre cours à son indignation :

– Poux de misère, vermine, ils veulent notre peau. Partout, la clientèle nous met en cause, nous reproche nos prix prohibitifs, nos erreurs qui peuvent causer la mort. Tout le monde s'est donné le mot pour nous casser du sucre sur le dos.

– Ici, ce n'est pas que du sucre qui a été cassé… Cette histoire va vous coûter cher ! s'exclama Thomas.

– Ce n'est pas le remplacement de quelques bocaux qui va me ruiner. Par contre, l'échauffement des esprits ne me dit rien qui vaille. Tous les confrères se demandent où cela va s'arrêter.

– Avez-vous vu Anicette ? demanda François.

– La pauvrette est bien inquiète, elle qui vient juste de se remettre à flot. Elle a même surpris son apprenti, Géraud Sihel, dire à une cliente qu'elle ferait mieux d'aller se fournir chez un épicier…

– Normal, l'interrompit Thomas, son père est le plus gros épicier de Montpellier.

– Je sais bien, mais cela signifie qu'il va falloir se méfier de tout le monde. En tout cas, Anicette a encore plus que nous besoin de réconfort. Elle ne tiendra pas longtemps si les choses s'aggravent.

François décida d'aller rendre visite à sa tendre amie après le souper. Au moins pourrait-il la distraire de ses soucis.

Ce ne fut pas si facile. Anicette l'accueillit avec un pauvre petit sourire et des yeux rougis. Il la prit dans ses bras et l'emmena dans la chambre qui gardait toute sa fraîcheur, abritée par le gros figuier et la glycine. Il lui dit qu'elle était la plus belle des roses de son jardin et lui récita quelques vers de ce jeune poète qu'il aimait beaucoup, Pierre de Ronsard :

« La rose et moi différons d'une chose :
Un Soleil voit naître et mourir la rose,
Mille Soleils ont vu naître mon amour

Qui ne se passe, et jamais ne repose.
Que plût à Dieu que mon amour éclose,
Comme une fleur, ne m'eut duré qu'un jour. »

Ils firent ensuite tendrement l'amour et Anicette s'endormit gentiment. François la couvrit d'un léger voile d'étamine et, après un dernier baiser, s'éclipsa.

12

Il était encore tôt. François n'avait nulle envie de rentrer place des Cévenols pour tomber sur Catalan et Felix en pleine discussion sur les derniers événements. Il décida d'aller vider un flacon dans une taverne. Passant devant le Chapeau Rouge, il entendit qu'il y avait de l'ambiance. Ce n'était certainement pas la mieux famée, mais il avait besoin de bruit et de mouvement.

L'endroit débordait de monde. Il faillit ressortir en entendant les beuglements d'un groupe de tanneurs ivres. Il trouva place à une table où un petit groupe écoutait avec attention un grand gaillard débraillé au fort accent espagnol. L'individu portait une épée au côté et en jouait négligemment. François remarqua dans l'assistance le jeune Géraud Sihel, l'apprenti d'Anicette. Il faillit aller le prendre par le col pour lui demander de faire preuve d'un peu plus de respect envers sa patronne. Il renonça, se disant que cela risquait de ne pas rendre service à Anicette. Il se fit servir une chopine de muscat de Mireval et aussitôt l'Espagnol, qui avait tout du mercenaire en déroute, s'adressa à lui :

— Eh l'ami, paye-moi à boire et je te raconterai mes aventures en Amérique !

– Ça vaut le coup, ajouta un des convives. Il vient de nous raconter comment il avait échappé aux flèches empoisonnées de sauvages qui vivent nus comme la main dans de grandes forêts…

– Alors comme ça, tu es vraiment allé au-delà des mers ? demanda François au ruffian.

– Un peu que j'y suis allé sur ces terres du diable. Trois fois je me suis embarqué entre 1540 et 1552, répondit-il en tapant son gobelet vide sur la table.

– Allons-y, dit François en faisant signe au tavernier d'apporter à boire. Raconte ce que tu as vu de beau.

– Veux-tu que je te parle des femmes lascives qui t'offrent leur corps, des sacrées gueuses aux seins bruns ?

– Oui, oui, des femmes lascives, hoqueta un auditeur, oui, oui, des seins bruns.

– Non, non, répliqua François, c'est moi qui paye ! Alors raconte-moi ce que mangent ces sauvages.

– Alors là, ce n'est pas le plus intéressant. Ils mangent des rats, des viandes putréfiées, rien de ce qu'un chrétien pourrait avaler. Sans oublier les anthropophages qui se nourrissent de la chair de leurs ennemis. Ils la servent rôtie avec du sel et du poivre, comme nous avec le porc, le bœuf ou le mouton. Dans l'île de la Guadeloupe, ils mangent des perroquets, sortes de grands oiseaux de toutes les couleurs. À Cuba, ils adorent le serpent et en servent pour les fêtes. Il y en a aussi qui mangent des grillons, des cigales, des sauterelles.

– C'est dégoûtant, s'exclama un des auditeurs. Arrête, je paie une autre chopine si tu nous racontes les cruautés dont sont capables ces sauvages.

– Il y a bien à dire, continua le mercenaire qui commençait à s'échauffer. Ils ont une manière de tuer qu'on ne connaît pas ici. Ils se servent de flèches très aiguës, d'un bois très noir. Ils les enduisent d'un poison si puissant qu'il suffit d'un effleurement pour mourir. Pour fabriquer ce poison, ils ramassent des racines nauséabondes sur le rivage, les font bouillir à feu doux, y ajoutent des fourmis venimeuses aussi grosses que des hannetons, des chenilles noires dont les poils vous rendent malades à crever, des ailes de chauve-souris, des crapauds, des serpents…

– Et on peut en réchapper ?

– Aucun de ceux que j'ai vus atteints par une de ces flèches n'a survécu. On dit que l'antidote serait de la merde humaine qu'il faudrait manger…

– Ce sont bien des sauvages. Dieu nous en préserve…

– Ils ont aussi un poison qu'ils tirent d'une liane qu'ils appellent « mavacure » et qui paralyse immédiatement. Tu tombes raide mort dès que tu le touches.

– Oh ! Heureusement que nous n'avons rien de tel ici…

Le groupe de spectateurs s'était agrandi. Le mercenaire, ravi d'avoir la vedette, plastronnait et parlait de plus en plus fort. Fin ivre, il reprit son discours en ricanant :

– N'en croyez rien. Vous allez bientôt faire leur connaissance. Il y a des gens dans cette ville qui s'intéressent aux poisons d'Amérique. Le blanc pur du lys et le rouge de Satan qui vous envoient prestement en enfer. Vous verrez… Moi, je serai loin avec tout l'argent qu'ils m'ont donné. Des gueuses, je vais m'en payer, si vous voulez savoir. Des bien potelées, aux lèvres rouges et à la cuisse épaisse.

– Attends, attends, l'ami, qu'est-ce que tu dis sur ceux qui s'intéressent aux poisons dans cette ville ? l'interrompit François, soudain en alerte.

– Allez, tu le sais bien, tout le monde en parle, les apothicaires veulent faire mourir toute la ville.

– Tu dis n'importe quoi ! Ce n'est pas vrai, s'exclama François.

D'autres prirent alors la parole et cela finit en brouhaha où chacun formulait ses griefs et ses accusations.

L'Espagnol, dépité de voir que son discours n'intéressait plus personne, grommela presque silencieusement :

– Je vous aurai prévenus. Ce n'est pas pour rien que je leur ai apporté il y a deux mois toute une cargaison de plantes vénéneuses. Et je vous jure qu'on me les a payées un bon prix.

François entendit des bribes. Il posa la main sur le bras du mercenaire qui se dégagea violemment.

– De qui parles-tu ? Qui t'a payé ?

– Tu ne crois tout de même pas que je vais te le dire, morveux. J'ai juré le secret. Je ne suis ici que pour récupérer mon argent et *adios amigos*, que la peste vous emporte ! Gardez votre mauvais vin, dorénavant je ne boirai que de la malvoisie et du vin de Beaune. En attendant, je vais pisser.

En tempêtant, il sortit de la taverne, son épée se prenant dans les tables. Titubant, il ouvrit la porte et disparut dans la nuit. Abasourdi, François essayait de comprendre ce que l'énergumène avait bien pu vouloir dire. Paroles d'ivrogne ? Délire de soldat en quête d'aventure ? Pourtant il semblait savoir de quoi il parlait. Il avait bien dû aller aux Indes occidentales, cette fameuse Amérique.

Autour de François, on s'agitait. La plupart n'avaient pas entendu les dernières phrases échangées entre François et le mercenaire. Le ton montait. Certains parlaient d'aller sur-le-champ faire la peau aux apothicaires, d'autres proposaient d'en avertir immédiatement le Prévôt de police… Tous, abrutis par l'alcool, avaient peine à se lever. François espérait qu'ils auraient retrouvé leurs esprits avant de passer aux actes.

Néanmoins, il se dit qu'il valait mieux prévenir Catalan de ce qui se tramait. Il prit la poudre d'escampette, content de retrouver l'air de la nuit d'été après les remugles de la taverne. Il ne vit pas trace de l'Espagnol qui devait cuver son muscat quelque part dans une encoignure de maison.

*

Il était fort tard et François eut scrupule à sortir Catalan du lit. Il ne le regretta pas car dès que l'apothicaire eut entendu son récit, il enfila ses chausses et lui dit :

— Il faut absolument que nous retrouvions cet Espagnol. Il sait quelque chose et il faut tirer ça au clair. Ça pue le complot. Réveille Felix. Nous ne serons pas trop de trois pour sillonner les rues.

En toute hâte, François alla secouer Felix qui s'habilla rapidement. Les trois compères partirent à la lueur d'une torche dans Montpellier désert. Felix, mal réveillé, pestait contre les embûches de la rue. Quand il marcha sur un rat crevé, il poussa un long gémissement :

— Comment voulez-vous qu'on ne tombe pas malade avec ce ramassis d'ordures ?

— Avance Felix, tu n'es pas là pour te lamenter sur la saleté des rues, même si je suis d'accord avec toi.

Le soir venu, chacun jetait ses immondices dans la rue. C'était une vraie bénédiction pour les rats, chats et chiens qui se faisaient un plaisir de déchiqueter tout ce qu'ils trouvaient, mais un cauchemar pour le promeneur nocturne. Au petit matin, un tombereau passait et enlevait le tout.

C'est au coin de l'église Saint-Firmin qu'ils firent leur macabre découverte : l'Espagnol gisait dans une mare de sang, lardé de coups de couteau.

François eut un haut-le-cœur et laissa Catalan et Felix se précipiter vers le corps pour voir s'il était encore en vie. Mort, il était bien mort, emportant son sinistre secret avec lui. Catalan enjoignit à François d'aller prévenir le guet qu'un homme venait de se faire assassiner.

François trouva les deux agents du guet dans leur petit baraquement près de la porte Saint-Gély et les ramena auprès du cadavre. Catalan examinait les plaies de l'Espagnol quand ils arrivèrent.

— Que faites-vous à cet homme ? demanda l'un d'entre eux d'un ton peu amène.

— Rien, j'essaye de voir quelles sont ses blessures.

— Est-ce vous qui l'avez trouvé ?

— Oui, avec mes deux compagnons.

— Comment vous nommez-vous ?

— Catalan, apothicaire de la place des Cévenols.

— Que faisiez-vous à cette heure en ville ?

— Eh bien, nous..., à ce moment précis Catalan se rendit compte qu'il ne pouvait dire qu'il était justement à la recherche de cet homme, retrouvé mort... Nous prenions l'air, dit-il totalement à court d'idées.

— Hum, hum, vous ne sortiez pas plutôt d'un bordel ? On en connaît bon nombre dans le coin. De beaux messieurs comme vous n'ont rien à faire dans les rues à pareille heure, sans escorte. Mais ne vous inquiétez pas, nous ne dirons rien à votre dame.

– Non, non, ne croyez pas…

– Allez, ça va, ne jouez pas les vierges effarouchées. Laissez-nous votre cadavre, nous allons nous en occuper. Au fait, le connaissez-vous ?

– Pas le moins du monde, répondit Catalan.

– Bon, nous passerons vous voir demain à votre échoppe. Rentrez bien Messeigneurs et ne faites pas d'autres macabres rencontres.

*

Mauvais, très mauvais ! Non seulement l'Espagnol était mort, mais la situation devenait délicate. Catalan se prenait à regretter de ne pas avoir dit la vérité. Il comptait sur son statut de notable pour le mettre à l'abri des investigations du guet, gens plutôt obtus et réputés ne pas voir plus loin que le fond de leur chopine. Mais si l'affaire arrivait entre les mains du Prévôt, voilà qui deviendrait fort préoccupant.

Ils rentrèrent silencieusement, chacun étant conscient du danger qui les menaçait. Une fois dans la maison, Catalan leur demanda de s'asseoir et leur dit :

– Écoutez-moi bien. Il est hors de question que je vous entraîne dans cette sale histoire. Je vais essayer de minimiser l'affaire et, avec un peu de chance, ce meurtre sera attribué à quelque rôdeur. Ce n'est pas la première fois qu'un mercenaire ivre cherche querelle et se fait trucider au coin d'une rue. Je vais suivre le conseil des agents du guet et avouer que j'étais en route pour quelque bordel. Au risque de faire du mal à Éléonor. Pour vous, cela ne prête pas à conséquence, on sait bien que les jeunes carabins sont les meilleurs clients des lieux de plaisir.

— Je veux bien vous croire, maître Catalan, dit François, et j'espère qu'il en ira comme vous le dites, mais j'ai bien peur que...

— Ne dis rien de plus, François. Je sais que je peux compter sur vous. Allons nous coucher. Ce que nous avons de mieux à faire, c'est de dormir pour avoir les idées claires demain matin.

Ils se séparèrent en silence.

13

Au petit matin, Montpellier bruissait de rumeurs. Les premiers levés se faisaient l'écho des événements inquiétants de la nuit. On disait que les apothicaires avaient pris les armes et essayé d'assassiner les Consuls dans leur lit. On disait qu'une bande de mercenaires espagnols s'était introduite dans la ville et empoisonnait les puits. On disait que l'épicier de la place Saint-Ravy, ayant essayé de s'interposer, avait été jeté dans un de ces puits.

Catalan avait ouvert sa boutique comme à l'habitude, mais la clientèle se faisait attendre. Marsile, le jeune apprenti, ne se présenta pas. Olivier, qui vivait chez le même logeur, l'avait vu faire son baluchon. Il avait déclaré qu'il préférait rentrer chez ses parents que rester dans cette ville de fous. Tous se mirent à commenter les événements avec fièvre. Ce que Catalan redoutait était en train de se produire : les bruits d'un complot des apothicaires se faisaient de plus en plus insistants. Il savait que ces peurs populaires pouvaient disparaître aussi vite qu'elles étaient venues, mais cette fois-ci, il s'attendait au pire.

Vers dix heures, il vit un petit groupe s'approcher. Les deux agents du guet, rencontrés la nuit dernière, précédaient le Prévôt de police et trois des Consuls de

Montpellier, dont celui des marchands. Il sentit le long de son échine un mince filet de sueur. Il les fit entrer dans la maison et les guida jusqu'à la grande pièce du premier étage. Il pria la compagnie de s'asseoir autour de la table. Les agents du guet, prenant un air martial, restèrent debout.

Le Prévôt, un petit homme au teint bilieux, maigre comme un hareng sauret, prit la parole :

– Maître Catalan, je ne vous apprendrai rien en vous disant qu'un climat étrange s'est installé en ville.

Il avait sa mine sombre habituelle. Son ton coupant laissait entrevoir un personnage sûr de lui qui devait ignorer la signification du mot mansuétude.

– Hier soir, dans une taverne, un individu a tenu des propos dénonçant un complot des apothicaires contre la population de Montpellier. Nous croyons que rien de tel n'existe, mais vous savez à quel point les esprits s'échauffent vite.

Les trois Consuls approuvèrent de la tête. Cette affaire risquait de mettre à mal leur pouvoir. Ils comptaient sur lui pour la résoudre rapidement.

– J'aurais bien aimé dire deux mots à ce mercenaire espagnol, puisque c'est ainsi qu'on nous l'a décrit. Mais vous êtes aussi le premier à savoir qu'il est mort, puisque vous avez buté par hasard sur son cadavre cette nuit. Fâcheuse coïncidence…

Un petit sourire se dessina sur les lèvres du Prévôt. Un sourire nullement bienveillant, se dit Catalan qui attendait la suite avec inquiétude.

– D'autant qu'un de vos compagnons de promenade nocturne était à la table dudit Espagnol quand il disait pis que pendre de votre profession. N'auriez-vous pas cherché à accomplir quelque vengeance en trucidant ce mauvais causeur ?

Cette conclusion brutale provoqua un murmure de réprobation chez le Consul des Marchands qui s'apprêta à prendre la parole. Le Prévôt dépassait les bornes en mettant en cause Catalan, un notable honorablement connu de tous.

Ce dernier fit signe qu'il allait parler.

– Monsieur le Prévôt, je regrette autant que vous les événements actuels, mais je vous assure que je ne suis pour rien dans le meurtre de cet homme. Je peux vous le jurer sur la Bible.

– Sur la Bible, vraiment ? Je n'en attends pas autant de vous. Mais, reprenons, que faisiez-vous nuitamment dans le quartier des Étuves ? Vous avez déclaré aux agents du guet que vous preniez le frais. Ne pouviez-vous le faire sur le pas de votre demeure ?

Un instant, Catalan fut tenté de dire la vérité : qu'il était parti à la recherche de l'Espagnol pour en savoir plus sur ces maudits poisons. Mais cela pourrait donner corps au soupçon à peine voilé de meurtre. D'autre part, le Prévôt était connu pour vouer une haine féroce aux juifs et aux protestants. Il ne cessait de clamer haut et fort qu'il était à Montpellier pour y ramener « la pureté religieuse ». Catalan comprit en un éclair tout le profit que pourrait tirer ce dernier en faisant de lui une victime expiatoire. Il préféra dissimuler la vérité.

– C'est vrai, j'ai menti. Comme vos agents l'ont deviné, je me rendais dans un bordel que mes deux jeunes compagnons m'avaient recommandé. Comprenez-moi, je ne tiens pas à ce que ma femme le sache, elle doit accoucher dans les semaines qui viennent et…

Le Prévôt l'interrompit d'un ton sarcastique.

– Voilà une explication fort obligeamment fournie par le guet et que vous reprenez avec soulagement. Sur l'insistance du Consul des Marchands, ici présent, qui vous tient en grande estime, je me contenterai de cette explication. Mais tâchez à l'avenir de ne pas tenter le diable. Pourriez-vous faire venir vos jeunes compagnons connaisseurs en bordel, afin que je les interroge ?

Catalan alla chercher Felix et François qui attendaient dans la cuisine et n'en menaient pas large. L'interrogatoire auquel ils furent soumis fut bref. L'université de médecine jouissait de grands privilèges à Montpellier. Le Prévôt ne voulait pas se mettre mal avec les maîtres, notamment Rondelet qui allait très certainement succéder à Schryrron comme chancelier et, ainsi, détenir tous les pouvoirs. Il se borna à faire la leçon aux deux garçons. Il leur conseilla de ne pas trop fréquenter tavernes et bordels.

Le Prévôt et les agents du gué prirent congé. Les Consuls restèrent pour s'entretenir avec Catalan. Ils l'assurèrent qu'ils ne le croyaient nullement coupable. Le crime avait dû être perpétré par quelque coupeur de bourses. On savait bien que le Chapeau Rouge était un repaire de racaille.

Felix et François étaient soulagés. Felix voyait mal comment il aurait pu annoncer à son père qu'il était impliqué dans une histoire de meurtre. Quant à François, il se disait qu'il allait pouvoir reprendre sans tarder ses activités culinaires.

Catalan, lui, était plus que soucieux. Il était clair que le Prévôt n'avait pas cru une seule seconde à l'histoire du bordel. Allait-il chercher à étayer l'accusation qu'il avait proférée ? Cela dépendrait de la réaction de la rue…

14

« L'histoire des poisons » devint le principal sujet de discussion à Montpellier. À peine croyait-on la rumeur apaisée, qu'elle repartait de plus belle comme un incendie alimenté par un mauvais mistral.

Les attaques contre les apothicaires empoisonneurs se multiplièrent. Les épiciers y allaient de leur couplet et attiraient chez eux la clientèle, disant qu'au moins, eux ne pactisaient pas avec le diable. L'argument semblait porter : les clients se faisaient rares chez les apothicaires.

Les médecins ne savaient comment réagir. Ils ne pouvaient décemment pas faire exécuter leurs ordonnances par les épiciers qu'ils estimaient bien pires que les apothicaires.

Ces derniers tentaient par tous les moyens de clamer leur bonne foi, mais en pure perte. La zizanie commença à régner dans leurs rangs. Certains déballaient sur la place publique de méchantes affaires concernant un confrère, croyant ainsi sauver leur officine.

Catalan était effondré de voir la tournure que prenaient les événements. Certains de ses confrères ne se privaient pas de lui reprocher d'être au premier chef responsable. D'autres, plus loyaux, l'assuraient de leur confiance et faisaient front courageusement. Il avait reçu la visite d'Anicette, désespérée, qui voyait s'écrouler son beau rêve de reprendre la boutique à son compte. Elle avait prévenu son apprenti que si les choses continuaient ainsi, elle ne pourrait le garder. Il s'en était suivi une scène fort pénible. Le jeune garçon avait appelé en renfort sa mère, une pie-grièche, qui avait dit de tout à la pauvre Anicette, retranchée derrière les volets de son échoppe. La Sihel l'accusait d'être une femme de mauvaise vie, une sorcière, une empoisonneuse. Le pauvre Pierre, le mari d'Anicette, n'avait-il pas été la victime de sa froide vengeance ? Et maintenant, c'était sûr, elle faisait le sabbat, rencontrait le diable qui lui donnait de nouvelles idées pour faire mourir les pauvres gens. Finalement, c'était un don du ciel que cette traînée renvoie Géraud. Le pauvre enfant n'aurait pas à subir les sortilèges, les mauvaises pensées de cette brebis galeuse. Elle était bien contente, elle, sa mère, de l'éloigner de ce foyer de stupre et de mortels desseins. Et, bien entendu, elle invitait tout le monde à déserter les boutiques d'apothicaires pour aller se servir chez les épiciers.

Tout allait de mal en pis. Catalan ne voyait pas ce qui pourrait sauver la situation.

*

C'est ce sombre moment qu'Éléonor, brisée par les accusations portées contre son mari, choisit pour mettre au monde leur troisième fils. Une naissance qui ne fut guère fêtée, tant les deux parents étaient préoccupés. Et pourtant cet enfant arrivé tardivement dans leur union était très attendu. Leur aîné Gilbert, un fruit sec au caractère tourné vers la malice et la débauche, ne leur apportait que du malheur. Jacques, le cadet, destiné à devenir apothicaire comme son père, faisait ses études à Strasbourg. Leur fille, Isabelle, était mariée avec un marchand de Béziers.

Il n'y eut pas les traditionnelles manifestations de joie. L'enfant fut baptisé, puis secrètement circoncis huit jours après sa naissance. Éléonor se rendit dans la plus grande discrétion au *mikwe*, le bain rituel de la rue Barralerie, à une portée d'arquebuse de la place des Cévenols. En tant que juifs convertis, Catalan et sa famille conservaient quelques traditions de leur ancienne religion et ne pratiquaient qu'un catholicisme de façade. Ils étaient d'ailleurs, comme beaucoup des marranes de la région, en passe d'adopter les thèses de la réforme protestante.

Pour ne pas sombrer dans la morosité la plus profonde, Catalan emmena, un dimanche, toute sa maisonnée ainsi que quelques amis de Felix et François dans son petit domaine aux portes de Montpellier pour y récolter le raisin. Tout le monde se gava de grappes gorgées de soleil. Felix, François et deux camarades décidèrent de rester quelques jours dans la maison pour profiter des figues bien mûres et du raisin. Après tout, c'était les vacances…

15

Deux jours après, la Faculté de médecine annonçait par la voix de Jean Schyrron, son chancelier, que pour mettre un terme aux soupçons pesant sur les apothicaires, la traditionnelle visite de contrôle des officines allait être avancée. Elle n'aurait pas lieu le 29 septembre, jour de la Saint-Michel, mais le 15 août, jour de l'Immaculée Conception, soit le surlendemain.

Catalan en fut ravi. Pour une fois, les médecins agissaient avec sagesse.

Bien sûr, une telle mesure risquait d'accroître leur pouvoir sur les apothicaires. Mais au moins, les choses seraient claires. Il y eut du remue-ménage chez certains, pris au dépourvu, qui se hâtèrent de faire disparaître quelques produits avariés. Son échoppe étant parfaitement tenue, Catalan était serein.

La visite fut entourée d'un grand cérémonial afin de montrer à la population que ses édiles prenaient les choses en main. Tous les Consuls ainsi que les cinq professeurs de médecine étaient présents. Les Consuls étaient accompagnés de hallebardiers et vêtus, comme il se doit, de robes rouges cramoisies. Les médecins, quant à eux, portaient la traditionnelle robe noire ainsi que le bonnet carré. Ils étaient suivis par le Prévôt de police et un aréopage de notables. Tout ce petit monde se rendait en procession d'une boutique d'apothicaire à l'autre. Les médecins visitaient de fond en comble les lieux, faisaient un compte rendu à la population, adressaient quelques admonestations et repartaient. C'est ainsi qu'ils déclarèrent que la poudre de licorne de Sylvestre Maloine lui était confisquée car d'une origine douteuse. Il eut beau protester et affirmer qu'il la tenait d'un marchand nubien ayant lui-même capturé la licorne au péril de sa vie, rien n'y fit. Ils obligèrent Matthieu Sigour à mettre en tas devant son échoppe des grenouilles séchées, des dents de lièvre, un alligator empaillé, des peaux de serpents, du fiel de loup et d'y mettre le feu, de manière à faire un exemple. Ce fut plus ennuyeux pour Arnaud Lespire qui fut contraint de faire flamber une bonne partie de ses herbes aromatiques jugées de mauvaise qualité. Ces décisions spectaculaires provoquaient des cris de joie et des applaudissements parmi la populace qui suivait le cortège. Les petites gens se réjouissaient de voir ces grands marchands mis à mal et forcés de faire amende honorable.

Ces derniers faisaient contre mauvaise fortune bon cœur. Si quelques sacrifices pouvaient ramener la clientèle dans leurs boutiques, ils étaient prêts à se défaire de quelques brimborions.

Anicette fut épargnée. Sa petite échoppe était remarquablement tenue et tous ses produits de première qualité. Une fois la visite terminée, elle remit un peu d'ordre, reboucha soigneusement les bocaux et rangea les sachets que les médecins avaient éparpillés sur son comptoir. Puis elle rejoignit la boutique de Catalan afin de se réjouir avec lui de la bonne idée des médecins. Elle y arriva en même temps que ces derniers.

Elle les laissa pénétrer dans l'apothicairerie et frappa à la porte de la maison. Beatrix, la servante, vint lui ouvrir. Elles restèrent toutes les deux dans la cuisine d'où elles pouvaient entendre ce qui se passait.

Rondelet plaisantait avec Catalan, en vieux amis qu'ils étaient. Schyrron, le cacochyme de l'équipe, assis sur le petit banc au centre de l'officine, s'éventait et paraissait prêt à trépasser. La boutique était grande et certainement la plus riche en produits de tout Montpellier. Il fallut du temps pour passer en revue les apozèmes, les eaux distillées, les sirops, les électuaires, les opiats, les mellites, les pilules, les troschiques, les poudres, les pessaires, les suppositoires, les emplâtres, les onguents, les dormitoires. Sans compter l'inspection du grenier où séchaient les herbes, des réserves d'épices, de sucre, de céruse, d'arsenic, d'antimoine, de vitriol.

La visite se passait fort bien, le Prévôt faisant juste remarquer avec un petit rire qu'il y avait là de quoi empoisonner toute la ville.

– Comme chez tout apothicaire ! lui rétorqua Rondelet, d'un ton rogue.

– Calmez-vous, cher maître, c'était juste une plaisanterie. Nous savons que nous sommes en bonne compagnie.

Ils étaient arrivés à la fin de la visite. Dans la chambre aux épices, il ne leur restait plus qu'à inspecter le droguier de l'école de médecine, un lourd coffre fermé à clé. Catalan n'aurait à regretter que la perte de quelques sirops et électuaires que les médecins lui avaient demandé de détruire devant son échoppe.

Catalan fut surpris de trouver la serrure ouverte. Une soudaine angoisse le saisit. Que s'était-il passé ? Il était sûr de bien l'avoir fermée, dix jours auparavant, quand il avait préparé un syrop à base d'opium pour les insomnies du chapelain de l'église Saint-Firmin. Que faire ? Le signaler immédiatement aux médecins ? Cela le mettrait dans une situation délicate. Il était censé prendre le plus grand soin de ce droguier. Troublé comme il l'était ces derniers temps, peut-être avait-il oublié de donner un tour de clé. Il en parlerait après la visite à François et son commis Thomas, les seuls à pénétrer dans la chambre aux épices.

Saporta, qui tenait en main la liste des drogues détenues par Catalan, énonça :

— Belladone : deux sachets.

— Je ne les trouve pas, ils doivent avoir glissé vers le fond, balbutia Catalan.

— Alors, continuons, jusquiame : trois sachets.

— C'est impossible, ils n'y sont pas non plus.

— Voilà qui devient ennuyeux, gronda Saporta, et les deux sachets d'aconit ?

— Non plus, répondit Catalan qui sentait son sang se glacer.

Trois parmi les plus dangereux poisons avaient disparu du coffre dont il avait la garde. Toute l'assistance se figea. Le Prévôt qui était resté en arrière s'approcha.

— Maître Catalan, avez-vous une explication ?

— Pas la moindre. Laissez-moi bien vérifier…

— Vous le voyez vous-même, il n'y a plus rien dans ce coffre et nous avons vérifié, un à un, tous vos sachets.

— Je vous jure que je n'y comprends rien. J'ai toujours la clé avec moi et personne, hormis mes employés, ne pénètre dans cet endroit.

— C'est très fâcheux, mais vous savez mieux que moi que les produits dont nous déplorons la disparition pourraient être ceux qui ont causé les morts inexpliquées.

– Oui bien sûr, mais qui serait venu chercher ces poisons chez moi ?

– À moins que ce ne soit vous qui vous vous en soyez servi…

La terre s'ouvrit sous les pieds de Catalan. En une fraction de seconde, il vit la gravité des accusations qui allaient être portées contre lui.

– Et voilà qui expliquerait fort bien, reprit le Prévôt, votre présence auprès du cadavre de ce pauvre diable d'Espagnol. Dans ses bavardages, il aurait pu donner votre nom, vous trahir. Prévenu par votre acolyte, vous l'avez suivi à sa sortie de la taverne et vous l'avez tué.

– Mais ça n'a pas de sens, s'exclama Rondelet. L'Espagnol parlait de poisons nouveaux, pas de ceux-ci qui sont vieux comme le monde.

– Mon cher Rondelet, cette affaire est dorénavant entre mes mains. Je vous prierai de bien vouloir me laisser faire.

Au ton péremptoire du Prévôt, Catalan comprit que la messe était dite. Il était considéré comme coupable. La vindicte populaire allait se déchaîner contre lui.

Il régnait un silence de mort dans l'assemblée. Catalan était connu de tous comme un homme honnête et affable. Personne n'aurait pu penser qu'il pourrait être l'auteur d'un tel crime. Rondelet était profondément accablé. Lui aussi avait immédiatement compris que son ami allait servir de bouc émissaire.

Que faire ? Prendre sa défense ? Oui, bien sûr, mais il savait aussi que bon nombre des notables n'hésiteraient pas à lâcher Catalan pour sauver leur pouvoir menacé. D'ailleurs, certains commençaient déjà à marmonner que c'était incroyable, mais qu'il fallait se rendre à l'évidence, que décidément on ne pouvait faire confiance à personne.

Seuls Saporta et lui se tenaient à côté de Catalan, les autres s'étaient rapprochés du Prévôt. Cette image glaça Rondelet. Son ami était perdu.

16

Anicette, qui s'attendait à voir ressortir Catalan souriant et plaisantant, le vit blanc comme craie, tenu par le Prévôt, suivi par une petite foule bruissante d'exclamations indignées. Il se débattit et implora le Prévôt.

— Laissez-moi aller embrasser ma femme et mon fils nouveau-né.

— Pas question, je dois m'assurer de vous. Je vous conduis à la Petite-Force.

Anicette n'en crut pas ses oreilles. La Petite-Force ? La prison de Montpellier ? C'était insensé. Elle tira Rondelet par la manche de son pourpoint et lui dit :

— Je suis Anicette Prades, la fille de Romain Prades. Que se passe-t-il ?

— Anicette, je ne t'avais pas reconnue. C'est épouvantable. Le pauvre Catalan est accusé d'être l'empoisonneur. La belladone, la jusquiame et l'aconit ont disparu du droguier dont il avait la garde…

— Mais c'est impossible !

— Je le sais bien, mais certains sont déjà persuadés de sa culpabilité. Je te laisse, il faut que je voie ce que mijote ce satané Prévôt.

Le cortège conduisant Catalan en prison s'éloigna sous les huées des badauds qui s'empressèrent de quit-

ter la place des Cévenols pour aller colporter la nouvelle.

Béatrix, qui avait observé la scène depuis l'escalier,
éclata en sanglots. Tournant la tête vers l'étage, elle dit
à Anicette :

— Et la pauvre Éléonor qui se remet à peine de ses
couches, qu'allons-nous lui dire ?

— J'y vais, répondit Anicette qui avait l'impression
d'être dans un mauvais rêve. Elle trouva Éléonor en
pleurs, tenant son nouveau-né contre elle.

— J'ai tout entendu. Je ne veux pas le croire. Que
vont-ils faire de mon mari, Anicette ?

— Éléonor, je vous jure solennellement que nous
allons tout faire pour le sortir de geôle. Je vais réunir
tous nos amis et…

— Tu verras que tu n'en trouveras plus guère ! Tous
vont nous abandonner. Ils n'oseront pas se mettre
en travers du chemin du Prévôt. Tu sais bien que cet
homme se croit chargé d'une mission divine.

— Je vous laisse entre les mains de Béatrix qui prendra soin de vous et de votre fils. Je reviendrai dès que
j'en saurai plus.

La première chose à faire était de courir jusqu'à la
« Treille Blanche », la maison des champs de Catalan
pour prévenir François, Felix, et les autres.

Elle emprunta la mule de Catalan. En traversant
la ville, elle put constater que la nouvelle de l'arrestation de l'apothicaire s'était répandue comme une
traînée de poudre. Elle entendit des bribes de conversation : « Un complot des juifs contre les chrétiens,
il fallait s'y attendre », « On nous avait bien dit que
la Sainte-Madeleine annoncerait la fin du monde »,
« Heureusement que le Prévôt a mis la main sur cet
assassin »…

Elle talonna la mule et arriva à la Treille Blanche, échevelée, en pleurs. Elle se précipita dans l'enclos où les quatre gaillards attablés devant un pichet de vin la regardèrent bouche bée. François, oubliant toute réserve, se précipita vers elle, la prit dans ses bras et lui demanda :

– Anicette, que se passe-t-il ? Tu as l'air d'avoir le diable à tes trousses…

– Tu ne crois pas si bien dire, dit-elle en sanglotant.

Elle leur raconta les derniers événements survenus à Montpellier. Incrédules, indignés, les jeunes gens rassemblèrent leurs affaires en toute hâte. Ils prévinrent Gabriel, le jardinier du domaine, qu'ils repartaient en ville.

François marchait à côté de la mule d'Anicette. Il était silencieux, ne se mêlant pas à la conversation de ses camarades qui tiraient des plans sur la comète pour libérer Catalan.

À un moment, il fit signe à Felix qu'il voulait lui parler. Ils s'éloignèrent d'Anicette et d'une voix blanche, il lâcha :

– C'est de ma faute.

– Qu'est-ce qui est de ta faute ?

– Si Catalan est en prison, c'est de ma faute.

– Qu'est-ce que tu racontes ?

– Pour faire ma cuisine, je me suis servi dans les réserves de Catalan. J'ai emporté plein de sucre, d'épices que je pensais remplacer plus tard.

– Il n'est pas accusé de manquer de sucre, voyons !

– Oui, mais je cherchais aussi du musc pour certains bonbons et n'en trouvant pas, j'ai un peu forcé la serrure du droguier…

– Comment ça un peu forcé ?

– Carrément forcé, mais je me disais que j'avais le temps de la réparer et que Catalan n'y verrait que du feu.

– Tu es vraiment le roi des imbéciles ! Toi et ta cuisine, vous ne provoquez que des catastrophes.

– Je sais. Je vais aller me dénoncer au Prévôt.

– Triple buse ! Tu n'as pas encore compris qu'il y a un complot contre Catalan. Te dénoncer ne servirait à rien, surtout pour un pain de sucre et quelques grammes de safran.

– Oui, mais je me sens tellement mal, Felix. Il faut que je fasse quelque chose.

– Écoute-moi pour une fois. Tu te tiens tranquille. Tu n'en parles à personne. Le mieux à faire est de trouver la cause de ces morts ainsi que le ou les coupables. Voilà qui sortirait à coup sûr Catalan de prison. On va tout de suite aller voir Rondelet. Il est le seul à pouvoir nous aider.

– Pourquoi ne pas simplement aller dire au Prévôt que c'est moi qui ai forcé la serrure ?

– Parce que cela ne résoudrait rien. C'est toi qui as pris l'aconit, la jusquiame, la belladone ?

– Bien sûr que non !

– Tu vois. Il y a un voleur. Ce n'est ni toi ni Catalan. Si tu vas trouver le Prévôt, il te mettra en prison séance tenante, comme complice de Catalan. C'est ce que tu veux ?

François retourna auprès d'Anicette et ne pipa mot jusqu'à leur arrivée à Montpellier.

17

Felix et François trouvèrent Rondelet dans son cabinet de travail. Lui, si vaillant d'habitude, avait l'air profondément accablé. Ses efforts pour convaincre le Prévôt de l'innocence de Catalan étaient restés vains.

— Insensé, c'est insensé… Ce satané Prévôt se prend pour l'Inquisition. En accusant Catalan, il sait très bien qu'il va raviver la peur et la haine des juifs. Et comme Catalan ne cache pas son amitié pour les protestants, cela fera d'une pierre deux coups. Il ne manque plus que les lépreux pour que le tableau soit complet.

— Que viennent faire les lépreux là-dedans ? demanda Felix, perplexe.

— Au moment de la Peste noire de 1348, des rumeurs ont couru que les lépreux complices des Juifs allaient empoisonner les puits. Cela coûta la vie à des milliers d'entre eux qui furent massacrés par la populace. Et ça n'empêcha pas la peste de faire des ravages.

François se sentait de plus en plus mal. Il était prêt à avouer à Rondelet ses « emprunts » dans la chambre aux épices de Catalan. Il était à peu près certain que le ou les voleurs avaient profité du grand tumulte qui s'était produit dans la boutique lors de l'attaque des harpies, pour subtiliser les plantes toxiques. En forçant le coffre, il avait facilité leur travail. Quoi qu'en dise

Felix, il était en partie coupable du malheur de Catalan. Il essayait de se remémorer qui était présent dans la boutique, mais la confusion était telle que n'importe qui aurait pu se glisser dans l'arrière-boutique et s'échapper par le jardin.

Après un moment de silence, Rondelet, fourrageant dans sa barbe, énonça :

— Il nous faut trouver un moyen pour sortir Catalan de geôle.

— Et ce moyen, dit Felix, est de trouver quels sont les causes et les auteurs de ces morts suspectes.

— Exactement. L'enquête ne va pas être facile. Nous ne pouvons plus compter sur le Prévôt, maintenant qu'il tient son coupable idéal. Nous ne savons pas d'où vient ce mauvais coup, aussi faut-il se méfier de tous. Je ne peux rien faire moi-même, j'attirerais trop l'attention. Vous deux, même si l'on vous sait proches de Catalan, pourrez agir librement. Et puis, vous êtes plutôt fines mouches. Felix, tu as été le premier à m'alerter sur des signes que j'aurais dû voir. Toi, François, inutile de compter sur toi pour un quelconque diagnostic. Par contre, ton habitude de tout tripoter et de tout goûter peut nous être utile.

Autant pour moi, se dit François, mortifié d'être pris pour une tête creuse, mais bien content d'être associé à cette quête. Ainsi pourrait-il réparer ses torts envers Catalan. Felix, lui, se réjouissait de l'hommage rendu par Rondelet à ses capacités d'observation et se disait qu'élucider un tel mystère serait excellent pour sa future carrière. Après avoir échangé un regard avec François, il prit la parole :

— Docteur Rondelet, nous ferons tout pour venir en aide à Maître Catalan. Vous pouvez compter sur nous pour agir en toute discrétion. Qu'attendez-vous de nous? Dans quelle direction devons-nous aller? Que chercher? Qui peut nous aider?

— Nous avons affaire à un poison nouveau. Nous ne savons pas qui l'emploie et dans quel but. La première idée qui me vient à l'esprit est d'aller consulter Michel de Nostre-Dame. Un médecin hors pair qui fit ses études à Montpellier et que j'ai bien connu. Il a lutté avec beaucoup de courage et d'efficacité contre les pestes en Languedoc et à Toulouse. Mais surtout, c'est un excellent connaisseur des poisons et des sortilèges. Un être complexe, difficile. On le sait très versé dans l'art des alchimistes, mais d'une certaine manière nous le sommes tous. On le dit lié avec les forces du mal, mais on le dit de tous ceux qui bousculent les idées anciennes.

— C'est bien lui qu'on appelle Nostradamus? N'a-t-il pas publié des prophéties qui font grand bruit? demanda Felix.

— Oui, il est très à la mode, mais nous n'allons pas lui demander de faire des horoscopes, poursuivit Rondelet. Il descend d'une vieille famille juive du Comtat Venaissin. Nul doute qu'il sera sensible à ce qui se manigance ici. Sachez le convaincre de nous apporter son aide. En l'occurrence François sera très utile. Michel de Nostre-Dame a publié il y a deux ans un ouvrage sur les confitures qui a eu un succès extraordinaire et il semblerait qu'il soit en train d'écrire une suite. Je compte sur l'enthousiasme de François pour les dragées et les machepains pour vous faire accepter par le bonhomme.

— S'il s'agit de parler fourneaux, j'y vais, j'y cours. Mais au fait, où est-il, ce médecin confiseur? s'exclama François.

— À Salon-en-Provence, à une vingtaine de lieues d'ici.

— Et quand partons-nous ?

— Sur l'heure. Cette affaire ne peut attendre. Je vais donner des ordres pour qu'on selle deux chevaux. Vous passerez par la Camargue, ferez halte ce soir à Arles et serez demain à Salon.

*

Trois heures plus tard, ayant mené un train d'enfer, les deux compères avaient dépassé Aigues-Mortes et s'offraient une halte au bord des salines où s'activaient des centaines de travailleurs. Avec pics et pioches, ils cassaient le lit de sel comme si c'était de la glace. On voyait bien la première couche, blanche comme du caillé d'écume de mer, et la dernière où le sel devient presque noir.

— Voilà qui va rapporter des sous au roi, un bon gros impôt ! s'exclama François.

— Pour un travail de forçat sous un soleil de feu, rajouta Felix.

À ce moment, quelques ouvriers s'aperçurent de leur présence, lâchèrent leurs pics, se rapprochèrent et commencèrent à brailler :

— Il n'y a rien à voir, fils de quatre fesses ! Passez votre chemin, faces de rat, gueux à crapaud ! Allez vous faire quiller, peaux de harengs, bouviers d'étrons !

Outragé, François s'apprêtait à bondir au-dessus du petit canal qui le séparait des insulteurs quand un des gardes lui cria :

— Laissez faire, c'est normal. La coutume leur reconnaît le droit de chanter pouilles aux passants autant qu'il leur plaît. Ils sont au service du roi et ça leur donne du cœur à l'ouvrage.

Curieuse coutume, maugréèrent les deux compagnons remontant en selle. Ils traversèrent la Camargue, vaste terre marécageuse, qui leur parut passablement hostile. Pas âme qui vive, pas de village, pas de maison. Felix fit remarquer que l'endroit était idéal pour un guet-apens. François, qui essayait vainement de se débarrasser de la nuée de moustiques l'entourant, lui répondit qu'avec ces maudites bestioles qui les dévoraient, il ne resterait bientôt que leur squelette et celui de leurs chevaux.

En cours de route, ils aperçurent les fameux taureaux vivant en liberté qui faisaient la réputation de la région.

– Belles bêtes, remarqua François. Cela doit faire de bonnes daubes. Il paraît que les bouviers ont une manière très particulière de dompter ces bêtes sauvages. Montés sur de petits chevaux très rapides, ils poursuivent le bétail à travers la campagne jusqu'à ce que les taureaux tombent de fatigue. Ils les marquent alors au fer rouge et les rassemblent en troupeaux de plusieurs centaines de bêtes. Si un taureau fait mine d'attaquer, ils lui enfoncent dans le mufle un trident de trois pointes de fer monté sur une grande perche. Il arrive que les cavaliers et leurs chevaux se fassent renverser par l'animal. On dit que c'est un vrai spectacle.

– Décidément, les gens d'ici ont de singulières manières de s'amuser : insulter les passants, renverser des taureaux et pourquoi pas les lâcher en ville ? maugréa Felix.

*

À la nuit tombante, ils arrivèrent à Trinquetaille, faubourg d'Arles, passèrent le Rhône et s'installèrent à l'Auberge des Neufs Cochonnets.

Felix, fidèle à son amour des vieilles pierres, insista pour faire un tour en ville. Il raconta à François qu'autrefois, le Royaume d'Arles s'étendait jusqu'en Suisse. Il l'emmena admirer l'amphithéâtre romain, l'église Saint-Trophime. Felix s'extasiait sur les colonnes de marbre, témoins des gloires de la Rome antique, pendant que François rongeait son frein en attendant de se mettre à table.

Une table tout à fait sympathique que l'aubergiste avait dressée dehors tant la chaleur était difficile à supporter. En début de repas, il leur apporta des tellines, ces tout petits coquillages que ni l'un ni l'autre ne connaissaient avant de venir en Languedoc. François, qui avait appris à les aimer grâce à Rondelet, se servit généreusement.

L'aubergiste, un grand bavard, leur tint compagnie. Il insista pour savoir quelles étaient les raisons de leur venue à Arles. Felix et François, fidèles à leur vœu de discrétion, tentaient de noyer le poisson. François, pris d'une soudaine inspiration, déclara qu'ils étaient en mission pour un professeur d'université. Ils devaient recueillir tous les éléments concourant à établir l'histoire des animaux vivant dans la mer.

– Ah! Si ce sont des histoires que vous cherchez, vous tombez bien. Je vais vous raconter la véridique épopée des tellines, que je tiens de ma grand-mère qui elle-même la tenait de sa grand-mère qui elle-même…

– C'est bien, c'est bien, l'arrêta Felix, désireux de se débarrasser de l'importun.

Ne tenant pas compte de cette interruption, l'aubergiste s'assit en face d'eux et se lança dans son récit :

« En l'an 543, Tellin le Barbare régnait en tyran sur Arles et soumettait le pays à sa loi cruelle. Combat d'huîtres géantes dans les Arènes, prisonniers jetés vivants dans des fosses à palourdes, la terreur était à son comble. Mais le pire restait à venir. »

Felix poussa un soupir d'exaspération et se résigna à entendre la suite de l'histoire.

« Un soir de pleine lune, les Arlésiens médusés virent sortir du Rhône des légions, des armées de petits coquillages nacrés, aux couleurs douces, qui commencèrent à tout ravager sur leur passage.

» Il y en avait partout. Tapies dans les miches de pain. Les Arlésiens s'y cassaient les dents. Accrochées au goulot des bouteilles, elles liquidèrent les quelques réserves existantes.

» Elles bouchèrent les puits, les fontaines. On les vit dans les potagers, les champs, réduire à néant les récoltes. Insatiables, elles vidaient caves et greniers.

» La désolation s'était emparée d'Arles et les Arlésiens maudissaient cette nouvelle calamité à laquelle ils avaient donné le nom de celui par qui le malheur était arrivé : Telline.

» Voyant venir leur fin prochaine, ils décidèrent de se faire un dernier plaisir en partageant tous ensemble un grand aïoli. Mais les satanées tellines avaient eu raison des dernières morues, carottes, céleris et poivrades. Les Arlésiens ne purent réunir qu'une immense poêle, des jarres d'huile d'olive, des tresses d'ail et un peu de persil.

» L'Arlésien a l'âme fière. On décida donc de se contenter de ce mélange. Une douce odeur commença à s'élever dans les airs. Nul ne pouvait retenir ses larmes au souvenir de tant de bonheurs partagés, quand, soudain, l'on vit arriver de partout des tellines qui sautèrent dans la poêle géante. Avec un petit soupir d'aise, elles s'abandonnèrent à la caresse de l'huile et mélangèrent leur suc à ceux de l'ail et du persil.

» Les tellines avaient rencontré leur destin pour le plus grand bonheur des Arlésiens.

» Tellin, rendu fou par la trahison des tellines, glissa malencontreusement sur une coquille, tomba dans le Rhône et fut immédiatement dévoré par la Tarasque, le monstre habitant le fleuve et qui passait par là.

» Au moment du festin étaient arrivées de nouvelles troupes de tellines, qui, très déçues de ne pouvoir participer à la grande sauterie, décidèrent de reprendre le cours du Rhône et de s'installer sur les plages de Beauduc pour que les Arlésiens n'aient pas trop de mal à les retrouver.

» Depuis ce jour, les Arlésiens ne manquent pas une occasion pour faire la fête à la telline. »

François applaudit à la fin de l'histoire, se disant que les Provençaux étaient les rois de la galéjade. Felix resta de marbre, se disant que les Provençaux n'étaient vraiment pas des gens sérieux.

L'aubergiste, ravi de sa prestation, retourna à ses fourneaux et revint avec la fameuse daube au taureau de Camargue dont François s'empressa de noter la recette. Ils ne lésinèrent pas sur le vin du Mas de l'Ange et, plus que repus, quittèrent la compagnie pour la chambre qu'ils partageaient avec deux autres voyageurs déjà écroulés de sommeil.

18

Partis très tôt le matin, ils arrivèrent à Salon en fin de matinée, prêts à affronter Michel de Nostre-Dame.

Ils n'eurent aucun mal à trouver la maison dans le quartier Ferreiroux, juste sous le château de l'Emperi. Une ruelle étroite, mais une vaste maison indiquant que le médecin était à l'abri du besoin. Le rez-de-chaussée était occupé par une boutique où se pressaient de nombreux acheteurs.

– Eh bien ! Ça a l'air de marcher pour lui. Si ce sont des confitures qu'il vend, dès demain je deviens confiturier, s'exclama François.

Ils prirent place dans la queue. Une femme accaparait le vendeur avec une liste interminable d'achats. Impatient, Felix, tenta de capter l'attention du jeune homme. En pure perte. La matrone termina sa commande par un vin de beauté d'Aphrodite, censé lui donner un teint de pêche. Felix pesta intérieurement contre toutes ces affèteries féminines et bénit le ciel de lui avoir donné une fiancée, Madlen, qui se souciait fort peu de fardements. Quand, enfin, vint leur tour, Felix demanda à voir Michel de Nostre-Dame. Le garçon éclata de rire en disant :

– Impossible, le maître travaille et ne reçoit personne.

– Mais nous devons absolument le rencontrer, nous venons de Montpellier.

— Même si vous étiez de Sirius, vous ne le pourriez pas. Et sachez que d'autres viennent de bien plus loin que vous pour bénéficier des soins du Maître. Même la reine de France, Catherine, est venue, alors, pensez donc…

— C'est de la plus extrême importance, nous avons pour lui une lettre de Guillaume Rondelet, de la Faculté de médecine.

— Revenez l'année prochaine, on verra ce qu'on peut faire pour vous.

Le ton montait. François avait pris le jeune homme au collet et le menaçait de lui faire boire les fioles qu'il avait devant lui, quand une fenêtre au dernier étage s'ouvrit et une forte voix se fit entendre.

— Qu'est-ce que c'est que ce tintamarre ? Allez-vous cesser vos cris et me laisser travailler en paix !

— Maître, ces deux ânes bâtés veulent m'assassiner si je ne les mène pas à vous.

— Je ne reçois personne. Qui êtes-vous, que voulez-vous ?

— Monsieur de Nostre-Dame, écoutez-nous, nous venons de Montpellier de la part du Docteur Rondelet qui a besoin de votre aide.

— Alors ça, c'est la meilleure !

Et la fenêtre se ferma.

François mit ses mains en porte-voix et hurla :

— Cela touche à une affaire de la plus haute importance : Maître Catalan a été emprisonné et des factions sont prêtes à se déchaîner contre juifs et protestants.

La fenêtre se réouvrit.

— Catalan, dites-vous ? Laurent Catalan ?

— Oui, maître, il est accusé de vouloir empoisonner toute la ville. Il y a eu des morts et le Prévôt veut sa peau. Acceptez, par pitié, de nous écouter en privé.

– Bien, bien, Matthieu, fais-les monter.

François et Felix purent alors s'introduire dans la maison du médecin. Tout en haut, dans une sorte de nid d'aigle, les attendait Nostradamus, frêle silhouette vêtue de sombre, le cheveu et la barbe grisonnants, mais l'œil vif et noir.

– Allez, faites vite, je suis en pleine expérimentation d'une nouvelle recette de dragées d'abricot et mes marmites m'attendent.

François esquissa un sourire. Un homme capable d'inventer des dragées à l'abricot ne pouvait être complètement mauvais.

Felix lui fit un compte rendu détaillé des événements survenus à Montpellier. Nostre-Dame semblait troublé et quand Felix eut fini, il déclara :

– Tout cela me rappelle de bien mauvais souvenirs. Quand j'étais médecin à Agen, j'ai échappé de peu à l'Inquisition pour avoir eu des paroles favorables à la religion réformée. Les inquisiteurs n'ont pas manqué de rappeler mes origines juives.

Il resta silencieux un long moment. Ce qu'il ne disait pas, c'est qu'on l'avait soupçonné d'avoir empoisonné sa femme et ses deux enfants. Il avait dû subir les multiples procès intentés par la famille de sa femme. Il en était sorti vidé, laminé, et avait tout fait pour oublier cette douloureuse période de sa vie. Ce qui arrivait à Catalan le touchait profondément.

– Je ne sais pas si je pourrai vous aider. Ce que vous me dites sur ces empoisonnements me semble bien mystérieux. Il y a tellement de substances qui peuvent conduire à la mort. Je peux vous parler autant que vous voulez des dangers des plantes, mais si votre Espagnol disait vrai et qu'il s'agit d'une substance nouvelle, je ne vous serai guère utile. Peut-être pourrions-nous chercher du côté de Paracelse. C'est lui qui a le plus étudié les effets combinés des poisons…

— Paracelse ? Mais c'est un fou furieux, l'interrompit Felix. Je le sais, je suis de Bâle et mon père l'a bien connu pendant les dix-huit mois qu'il y a passé comme médecin de la ville. Il était même de ses amis, mais ses esclandres ont fini par lasser tout le monde à tel point qu'il a dû s'enfuir.

— C'est vrai qu'il n'était pas de caractère facile. Sa liberté de langage et d'actes lui a valu bien des soucis. Il s'est condamné lui-même à une vie d'errance, disant qu'il préférait les sentiers et les routes aux universités où l'on n'apprend rien !

— Il a toujours eu des paroles malheureuses. En disant que « Luther et le Pape sont deux putains qui se partagent la même chemise », il était sûr de se mettre tout le monde à dos, reprit Felix malgré le ton sec de Nostradamus qui laissait deviner un certain agacement.

— Il n'était tendre ni avec lui ni avec les autres. Mais ce fut un excellent médecin, n'acceptant aucun argent des pauvres.

— Ça, c'est vrai, mon père me l'a raconté. Mais brûler en place publique le livre d'Avicenne en déclarant que c'était de la foutrerie, c'était aller trop loin. Il s'agit tout de même du plus grand livre de médecine arabe qui sert de base à l'étude de cet art depuis trois siècles. Avicenne a passé en revue toutes les maladies et décrit plus de huit cents médicaments.

François faisait des signes discrets à Felix pour qu'il se taise.

— Dites donc jeune homme, seriez-vous aussi bête que ceux qui n'ont pas voulu écouter Paracelse ? reprit, furibond, Nostradamus. Êtes-vous sûr d'être à votre place à Montpellier, la moins dogmatique des universités ? Vous seriez mieux à Paris, avec les sorbonnards, sorbonistes, sorbonicoles et autres sorbonagres bornés, comme les appelle mon confrère Rabelais. « À quoi nous sert la pluie tombée il y a mille ans ? Est utile celle qui tombe aujourd'hui », disait Paracelse.

— Felix, le docteur de Nostre-Dame a bien raison. Il faut en finir avec ces vieilleries, s'exclama François, désireux de calmer le jeu et pas mécontent de voir le docte Felix remis en place.

— Je vois que votre camarade, lui, aurait fait un excellent disciple de Paracelse. Puisque vous êtes venus à moi, souffrez que je vous impose la lecture de ce « fou furieux ».

Nostradamus alla chercher sur les étagères deux livres qu'il leur donna.

— Pour vous Felix *De l'entité du poison*, l'ouvrage qu'il a écrit juste avant sa mort. Plongez-y, cherchez et voyez si quelque chose peut vous éclairer. Quant à vous, le jeune rebelle, prenez celui-là. Il n'est pas d'une lecture facile, mais vous y trouverez de quoi étancher votre soif de nouveautés. Nous nous retrouverons dès que j'en aurai fini avec mes dragées.

Felix, filant doux, s'installa sur un escabeau et commença à lire. François, qui n'avait guère envie de se crever les yeux sur un texte incompréhensible, tenta le tout pour le tout :

— Monsieur de Nostre-Dame, accepteriez-vous que je vous accompagne ? Je suis un passionné de cuisine. Maître Rondelet m'a dit que vous avez publié un livre sur les confitures. J'aimerais tellement en savoir plus. Et puis, Felix est bien meilleur que moi pour déchiffrer les ouvrages savants.

— Je suis ravi d'apprendre que Rondelet se tient au courant de mes travaux. Ça n'a pas toujours été le cas.

Le ton pincé de Nostradamus n'annonçait rien de bon. Pourvu qu'il ne prenne pas la mouche, se dit François.

— Les dragées d'abricot ne renferment aucun secret, mais je n'aime guère que des gens pénètrent dans mon antre. Après tout, pourquoi pas ? Viens, tu pourras témoigner auprès de mon ami Rondelet que le vieux singe que je suis devenu peut encore faire quelques cabrioles.

19

Ce qui servait de cuisine à Nostradamus ressemblait en tout point au laboratoire d'un apothicaire : athanors, creusets, pilons, fourneaux, bassines et marmites.

François s'empressa d'en faire la remarque à Nostradamus qui avait pris des abricots secs et les écrasait dans un mortier avec de l'eau de fleur d'oranger.

– Je suis apothicaire et fier de l'être, répondit-il. Ce qui d'ailleurs m'a valu les pires ennuis à Montpellier quand je me suis inscrit à l'université de médecine en 1529. Rondelet, qui était à l'époque procurateur des étudiants et devant qui chaque nouveau devait se présenter, a tout simplement refusé de m'inscrire.

Ah ! nous y voilà, se dit François. Ce n'était donc pas parce que Rondelet lui avait volé sa bonne amie ou avait essayé de l'autopsier vivant.

– Voilà ce qu'il a écrit dans le registre : « Celui que tu vois inscrit ici a été apothicaire. C'est pourquoi, moi, Guillaume Rondelet, comme procurateur des étudiants, je le raye de ce recueil. » L'interdiction faite à un apothicaire de devenir médecin est une ânerie pure et simple.

– C'est bien vrai ! Toutes ces règles sont idiotes, approuva François.

– Si je n'avais pas appris à utiliser les plantes médicinales avec des gens du métier lors de tous mes déplacements en Guyenne, en Languedoc, en Provence, en Italie, je ne serais pas devenu le médecin que je suis. J'ai sauvé bien des gens tout au long de ma vie avec les médicaments que je prépare moi-même selon des formules secrètes. Ainsi, à Toulouse, lors de l'épidémie de peste qui dura neuf mois, j'ai fabriqué une poudre de senteur souveraine pour chasser les odeurs pestilentielles. Je fis de même à Lyon en 1547. Mes onguents font merveille et tu as pu voir, en arrivant ici, qu'ils ont un grand succès.

– Vous êtes médecin, apothicaire, astrologue, alchimiste. Alors, pourquoi avez-vous publié ce livre sur les confitures et les fardements ? lui demanda François.

Nostradamus avait fait de petites boules de la grosseur d'un pois et les aplatissait avec les doigts.

– Eh bien, simplement pour faire la nique aux médecins et aux apothicaires qui préservent jalousement leurs secrets.

– Décidément, vous ne les portez pas dans votre cœur, s'étonna François.

– Pour un de bon, cent et mille ne le sont pas. Et qui, par peur de ne pas gagner assez, ne mettront que la moitié si ce n'est le tiers des ingrédients dans les potions qu'ils fabriquent. Ou qui ne savent rien ou ne veulent rien savoir, ce qui est le pire pour des gens de cet état. Les autres sont sales et malhonnêtes.

François commençait à en avoir assez des récriminations incessantes, des procès d'intention, des accusations en tout genre qui semblaient être le loisir favori des professions médicales. Nostradamus continua sur sa lancée.

– Je ne dis pas qu'il n'y en a pas de bons, mais ils sont rares. Si je devais raconter le centième de ce dont j'ai été témoin, le papier me manquerait. Avec mon petit livre, les femmes pourront se passer de ces charlatans et préparer chez elles ce qu'ils leur vendent à prix d'or.

Nostradamus versa les abricots dans une bassine où frémissait un sirop de sucre,

– Mais alors, vous parlez cuisine ou médicaments ? interrogea François, espérant ainsi orienter la conversation sur des sujets moins polémiques.

– Les deux, mon jeune ami. Ainsi la racine confite de buglosse, cette jolie plante aux fleurs bleues, est une confiture cordiale qui rend les personnes joyeuses et allègres, chasse toute mélancolie, retarde la vieillesse, donne bonne couleur au visage. Le sirop de roses est un laxatif si doux qu'on peut le donner aux femmes enceintes. Je tiens la recette d'Antonio Vigerchio, épicier à Savone à qui la faculté de pharmacie devrait décerner palmes et lauriers. La confiture de gingembre vert est excellente pour les femmes qui ne peuvent concevoir d'enfants. Quant à la gelée de guignes, il n'y en a pas de plus excellente en beauté et en bonté.

– On dit que certains fruits sont néfastes. Lesquels écartez-vous de vos préparations ? voulut savoir François.

– Aucun. Tu peux prendre tous les fruits de la création, leur ajouter leur poids de sucre blanc et fin, faire cuire le tout dans une belle bassine de cuivre et tu te régaleras toute l'année.

– Voilà qui me plaît bien. Et vous pensez que tout le monde peut faire des confitures ?

– Je peux même prédire que, dans l'avenir, plus personne n'ira acheter ses confitures chez l'apothicaire.

On les trouvera dans toutes les boutiques. On en fera avec des fruits aussi décriés que la fraise. Et peut-être même qu'on en mangera uniquement par plaisir.

– C'est magnifique ! C'est exactement ce que j'espère ! Monsieur de Nostre-Dame, je souhaite ardemment que cette prophétie se réalise !

Entre-temps, Nostradamus avait retiré de la bassine la pâte d'abricots, l'avait découpée en petits dés qu'il mit à sécher sur une claie d'osier très fin.

– Je suis ravi que tu apprécies mes propos. Je n'en attendais pas autant d'un élève de Rondelet.

– Maître, sachez que Guillaume Rondelet nous a parlé de vous en termes très élogieux. Il dit que vous êtes un excellent médecin et que vous avez rendu de fiers services partout où vous êtes passé. Il a juste signalé que vous aviez un caractère un tantinet difficile. Et comme vous le savez, c'est un connaisseur en la matière…

– Que oui ! Quand il a quelque chose à la tête, il ne l'a pas au cul. Je vais te confier ma recette de tartelettes de massapan. Tu lui prépareras. Je n'ai pas oublié que c'est un fieffé gourmand. Ce sera ma manière de lui dire qu'il est moins idiot qu'il n'en a l'air.

François ne s'attendait pas à une telle conclusion. Comme quoi une tarte pouvait faire office de traité de paix. Il prit le papier, la plume et l'encrier que lui tendait Nostradamus et nota sous sa dictée :

– Tu prends une livre d'amandes proprement mondées que tu piles dans un mortier de marbre avec une demi-livre de sucre de Madère. Tu rajoutes un peu d'eau de roses en continuant de piler. Tu en fais ensuite de petites tartelettes bien rondes que tu déposes sur de la pâte à hosties. Tu mets au four jusqu'à ce que le dessus se colore et se dessèche. Alors, tu mêles avec du sucre en poudre, des blancs d'œufs et un peu de jus d'orange pour avoir un mélange très liquide. Tu sors les tartelettes du four et avec une plume, tu les enduis de ce mélange et tu remets au four juste pour colorer.

— Maître, dès mon retour, je m'y mets, déclara François, pas peu fier d'être dépositaire d'une recette du célèbre Nostradamus.

— Tu verras, c'est délectable. Mais avec tout ça, nous nous sommes bien éloignés de nos histoires de poison. Allons retrouver ton ami Felix qui doit se morfondre avec Paracelse pour seul compagnon.

Ils le retrouvèrent dans la même position où ils l'avaient quitté.

— Tout ceci est passionnant, mais ne nous donne aucune piste valable. Trop théorique… dit Felix.

— Ne t'y trompe pas, intervint Nostradamus. Cet homme est un novateur. Il proclame avant tout la nécessité de penser par soi-même, d'expérimenter. Pour cela il faut écouter la nature, l'observer. C'est vrai qu'il est excessif. Il veut tout savoir, tout connaître, tout embrasser pour dévoiler et mettre en lumière ce qui est obscur. C'est un inquiet. C'est un bouillonnant. Pour lui, le repos, c'est la mort.

— Mais pourquoi faut-il qu'il soit si agressif ? Il écrit par exemple : « Je vous le dis, le poil follet que j'ai sur la nuque est plus savant que tous vos auteurs, et mes lacets de souliers en savent plus que votre Galien et que votre Avicenne, et ma barbe a plus d'expérience que toutes vos grandes écoles. Je ne veux pas manquer l'heure où les truies vous culbuteront dans la boue ! »

— C'était un tonitruant ! Mais dis-toi bien qu'il a eu pour amis les plus grandes figures du début du siècle. Froben, le grand imprimeur bâlois que tu dois connaître, ou encore Érasme dont il était le médecin quand ce dernier résidait à Bâle.

Avant que Felix puisse répondre, François, l'air réjoui, prit la parole :

– Oui, oui, Érasme. Je connais par cœur quelques-unes de ses règles de civilité : « On ne peut avaler de grands morceaux comme un chien. On ne peut ni guetter l'assiette de son voisin, ni critiquer ce qui est servi, ni en évaluer le prix, ni picorer dans l'assiette d'autrui, ni gober bruyamment le vin comme le cheval à la bride, ni mettre des quantités telles dans la bouche que les deux joues soient gonflées comme une cornemuse, ni faire du bruit en mangeant comme une truie. »

Felix haussa les épaules et se retint de faire remarquer à François que ce n'était pas le moment de se préoccuper des bonnes manières. Il ne s'habituerait jamais au caractère incongru de certaines remarques de son ami.

Nostradamus, lui, éclata de rire, un rire étrange de crécelle rouillée qui était plus inquiétant que communicatif. Peut-être n'avait-il pas assez souvent l'occasion de se livrer à un tel exercice. Son hilarité se termina par un pénible raclement de gorge et il déclara :

– Certes, Érasme fut un grand pédagogue, mais il fut bien plus que cela. Un voyageur infatigable qui a parcouru toute l'Europe. Un esprit libre qui nous a ouvert les voies de la tolérance. Un homme curieux de tout.

– Monsieur de Nostre-Dame, soupira Felix, nous voilà bien loin de notre affaire.

– Je n'en suis pas si sûr, jeunes gens. Certes, vous n'avez pas trouvé le nom du poison. C'eût été trop beau. Pensiez-vous vraiment que vous alliez vous asseoir à une table et que je vous servirais la réponse toute cuite ? Vous aurez compris, je l'espère, qu'il vous faudra partir à l'aventure, prendre des risques. Vous cherchez quelque chose de nouveau. Vous allez devoir aiguiser votre esprit et œuvrer sans relâche.

Il tripota sa barbe clairsemée et leur dit :

— Il est inutile que vous restiez ici plus longtemps, d'autant que je dois me mettre en route demain pour Lyon, où l'on m'attend. Vous remercierez Rondelet d'avoir pensé que je pouvais détenir la solution.

— Les tartelettes au massapan seront votre porte-parole, déclara François d'un ton solennel.

Felix se demanda ce que venaient faire des tartelettes dans leur discussion. Cela ne sembla pas troubler Nostradamus qui continua :

— À mon retour, j'étudierai les astres pour voir si une conjonction nouvelle de planètes ne serait pas la cause de ces malheurs. Une chose à faire serait peut-être d'aller à Bologne rencontrer Pietro Andrea Matthioli, un médecin passionné de botanique qui s'intéresse aux plantes venues d'Amérique. Parlez-en à Rondelet, il le connaît bien.

« Ce n'est pas demain que Catalan va sortir de prison », se dit intérieurement Felix.

Ils remercièrent vivement Nostradamus pour son accueil et ses conseils. Le vieil homme était déjà ailleurs et se penchait sur une carte du ciel où figuraient de bien étranges signes cabalistiques.

Les deux amis partirent sur la pointe des pieds. Ils se dirigèrent vers l'Auberge des Deux Piques, où ils devaient passer la nuit. La soirée fut morose. Leur espoir de trouver rapidement le poison et les empoisonneurs s'envolait. François n'arrivait même pas à s'intéresser au contenu de son assiette. Felix s'était enfermé dans un profond silence. Ils regagnèrent leurs paillasses et essayèrent de trouver le sommeil malgré les ronflements, éructements et conversations de leurs compagnons de chambre.

20

François et Felix levèrent le camp très tôt, sortant l'aubergiste du lit pour payer leur mauvaise nuit. À la fois pressés de rentrer et peu désireux de rendre compte de leur échec, ils prirent le chemin du retour. Chevauchant côte à côte, ils restèrent silencieux, n'échangeant que quelques remarques sur les effets désastreux de la sécheresse sur les cultures.

Felix était encore très impressionné par ce qu'il avait lu de Paracelse. Il lui semblait que derrière le discours enflammé et parfois obscur se trouvaient des idées qui révolutionnaient la médecine. Il avait été particulièrement touché par l'ébauche d'une médecine de l'âme. Paracelse avait écrit : « Là où l'esprit souffre, le corps souffre aussi. » Voilà qui était nouveau !

Était-il possible de soigner la folie comme toute autre maladie ? Il se promit que si un jour, il devenait médecin de la ville de Bâle comme l'avait été Paracelse, il étudierait soigneusement cette question.

Quant à François, s'il ne s'intéressait que modérément aux principes thérapeutiques de Paracelse, il avait été frappé par sa liberté de ton. Il se sentait conforté dans son refus des savoirs dogmatiques. L'idée de grappiller des connaissances en dehors des universités lui convenait bien. Il se sentait toutes les curiosités du monde naître en lui. Ainsi, que mangeait-on à Rotterdam, Londres, Vienne, Rome, Madrid ? Était-ce si différent ? Pourquoi ? Comment faire partager cette richesse ? Il lui apparaissait clairement que son destin était hors des sentiers battus et qu'il lui faudrait batailler pour faire reconnaître ses idées.

Ils chevauchèrent toute la journée et s'arrêtèrent pour la nuit à Lunel. Des bandes de brigands avaient coutume de se réunir à la Bégude Blanche, une auberge à la sortie du bourg. On ne comptait plus les voyageurs détroussés par leurs soins. Malgré leur hâte d'arriver à Montpellier, c'eût été de la folie de voyager de nuit.

*

Ils repartirent à l'aube. Montpellier n'était plus qu'à quelques lieues. Ils eurent la mauvaise surprise, au pont sur le Lez, de découvrir les sinistres silhouettes de pendus. Des voleurs, sans doute. Cela leur parut de mauvais augure. François se signa rapidement. Felix en bon huguenot n'en fit rien.

Ils n'étaient pas au bout de leurs peines : sitôt les portes de la ville franchies, ils tombèrent sur une bande de jeunes gens qui obstruaient la rue. Ils tapaient sur de vieux chaudrons, agitaient des cuillers dans des pots à sel, beuglaient dans des cornes de vache, hurlaient, chantaient. Impossible de passer à travers cette cohue. François alla demander en l'honneur de qui avait lieu ce charivari.

– C'est maître Desbordes, ce vieux trognon de soixante ans qui vient d'épouser une jeunette de quinze ans du quartier des drapiers. On ne va pas le laisser dépuceler sa gigolette sans lui faire la sérénade à cet ancêtre ! Allez viens avec ton camarade ! Le vieux va finir par céder et nous donner des sous pour aller boire un coup. On y a déjà passé la nuit, il va craquer, c'est sûr.

En temps normal, François et Felix auraient eux aussi participé au chahut, mais ils n'avaient vraiment pas le cœur à s'amuser. D'autant qu'ils entendirent à plusieurs reprises des jeunes gens hurler que s'ils n'obtenaient pas satisfaction, ils feraient avaler au nouvel époux « le poison de Catalan ».

Il fallut encore attendre une bonne heure avant que le vieux grigou lance les pièces tant attendues, que le vacarme cesse et que la rue se dégage.

Ils se précipitèrent rue de la Loge, chez Rondelet. Hélas, ce dernier était à Balaruc-les-Bains. Il s'était rendu de toute urgence auprès d'un de ses malades parti prendre les eaux. Le pauvre homme était au plus mal. Rien d'étonnant à cela : les eaux thermales de Balaruc, chaudes et salées, sont fortement déconseillées en été. Rondelet ne reviendrait que dans la soirée.

Ils allèrent ensuite chez Catalan où Béatrix les accueillit les yeux rougis de larmes. Non, rien ne s'était arrangé. Éléonor n'arrêtait pas de pleurer et le petit aussi. Il y avait assez de larmes dans cette maison pour éteindre un incendie, se lamenta Béatrix.

Felix et François, découragés, décidèrent de se rendre chez Anicette. Peut-être avait-elle des informations plus réconfortantes ? Ils la trouvèrent pilant des racines de réglisse. Ses yeux cernés, sa mine défaite trahissaient son inquiétude. Elle les accueillit avec joie, mais lança à François un regard teinté de reproches.

— Mais où étiez-vous passés ? J'ai dû aller chez Rondelet m'enquérir de vous. Il n'a rien voulu me dire. J'ai l'impression que vous êtes partis depuis des siècles. Avez-vous découvert quelque chose ?

François posa un doigt sur ses lèvres en montrant son commis perché sur un escabeau et lui fit signe de se rendre dans l'arrière-boutique.

— Non, nous n'avons rien trouvé de probant. Et ici, quelles sont les nouvelles ?

— Mauvaises. Le Prévôt continue à tenir des propos vengeurs contre les juifs et les protestants. À croire qu'il veut que la ville s'embrase.

— C'est bien ce qu'il souhaite, soupira Felix.

— En tout cas, la clientèle déserte les apothicaireries, reprit Anicette. Je ne sais pas comment je vais survivre. Le renvoi de Géraud Sihel n'est pas une grande perte. Il était plus paresseux qu'une couleuvre. Par contre, mettre à la porte mon commis signifierait la fermeture de la boutique.

Anicette était au bord des larmes. François la prit tendrement dans ses bras sous le regard surpris de Felix. Lui relevant le menton, il lui dit :

— Je te jure que nous allons tout faire pour sortir Catalan de sa prison et que la vérité soit faite sur ce complot.

— Dieu t'entende, lui répondit Anicette avec une petite moue qui blessa François.

Jusqu'à présent, c'est vrai, il s'était montré un brin insouciant, pensant que cette affaire se réglerait d'elle-même. Il prenait conscience avec acuité que l'avenir des gens qu'il aimait était menacé. Il sentait bien qu'Anicette ne lui faisait pas entièrement confiance, alors qu'elle buvait les paroles de Felix. Il fallait maintenant lui prouver qu'il n'était pas qu'un vert galant et qu'il était à la hauteur de la mission.

Anicette se reprit, essuya ses yeux avec un mouchoir de fine batiste, se força à sourire et leur dit :

– Revenez ce soir pour le souper. Je reçois un vieil ami de mon père, le docteur Jean Bruyerin-Champier. C'est un grand personnage, il fut médecin du roi François. Il se consacre dorénavant à l'écriture d'un monumental ouvrage sur l'alimentation à travers les âges. Cela devrait t'intéresser, François.

Il sentit une once d'ironie dans la voix d'Anicette, mais il se garda bien de répliquer. Au contraire, il la remercia chaleureusement et lui promit qu'ils viendraient dès qu'ils auraient pu parler avec Rondelet.

Une fois dans la rue, Felix s'adressa à son ami :

– Qu'est-ce que c'est que cette histoire ? Que se passe-t-il entre Anicette et toi ?

– On couche ensemble, si c'est ce que tu veux savoir.

– Décidément, tu es le roi des embrouilles. Une veuve…

– Felix, ce n'est pas la fin du monde. Ce n'est pas pire qu'une femme mariée ou une jouvencelle.

– Fais attention à ne pas vous faire surprendre. Nous avons assez d'ennuis comme ça. Vu l'état d'esprit du Prévôt, il serait capable de te faire partager la geôle de Catalan.

– Felix, ce que j'aime chez toi, c'est ta vision optimiste de la vie. Si tu veux bien, allons attendre Rondelet chez lui.

Ils repartirent rue de la Loge. Recrus de fatigue, ils s'endormirent sur les bancs en bois qui servaient habituellement aux étudiants venus écouter les leçons que le maître donnait chez lui.

*

Rondelet apparut alors que les cloches de Notre-Dame-des-Tables sonnaient l'angélus. Couvert de poussière, ses chausses de la couleur rouge des chemins, il ne prit pas le temps de changer de chemise et voulut entendre les jeunes gens séance tenante.

Au fur et à mesure où Felix faisait le compte rendu de leurs piètres découvertes, Rondelet paraissait de plus en plus soucieux. Se frappant le front avec l'index, il prit la parole :

– Quel âne je fais. Nostre-Dame a raison. Il faut chercher en priorité quelqu'un s'y connaissant en nouveautés américaines. Il y a bien Charles de l'Escluse, mon ancien secrétaire. Un garçon extraordinaire qui à mon avis est promis à un grand avenir. Je sais qu'il est actuellement en Espagne, occupé à collecter quelques plantes nouvelles. Mais où ? Madrid, Salamanque, Séville, Valence ? Je n'en sais foutre rien et cela nous prendrait trop de temps d'essayer de le localiser. Matthioli, l'idée est excellente. Je l'ai rencontré une fois, c'est un puits de science. Hélas, les informations de ce pauvre Nostre-Dame datent un peu : Matthioli n'est plus à Bologne. Il est à Vienne, à la cour de Charles Quint. C'est d'accord, vous partez demain.

– À Vienne ? s'exclamèrent à l'unisson Felix et François.

– Non, à Bologne, bien sûr, rétorqua Rondelet d'un ton agacé.

– Mais vous venez de dire que Matthioli n'est plus à Bologne, hasarda François.

– Dieu, que vous êtes lents d'esprit ! À Bologne, il y a Ulisse Aldrovandi, un érudit qui se consacre aux sciences naturelles. Il doit en savoir autant que Matthioli.

— Et comment allons-nous faire pour le trouver ? Ce n'est pas la porte à côté… reprit François.

— Dites donc, Poquet, vous avez moins d'hésitations quand il s'agit d'aller manger des lingoustes sur la plage de Lattes, rugit Rondelet. C'est très simple : vous galopez jusqu'à Padoue, vous tournez à droite et vous vous arrêtez à Bologne. Vous demandez l'Université, vous parlez avec Aldrovandi et vous revenez à bride abattue avec la solution. Ça vous va ?

Il les regarda avec une férocité non feinte et ajouta :

— Je vous ferai avaler des arêtes de rascasse, je tannerai votre peau comme celle des requins, je vous ferai boire du fiel de lotte, je vous découperai et ferai sécher au soleil comme de vulgaires morues si vous n'êtes pas en selle demain à l'aube.

Connaissant l'art du scalpel de Rondelet, François eut comme un petit frisson.

Subitement, Rondelet cessa de gesticuler, s'installa derrière son écritoire, saisit une plume d'oie et s'adressa à eux d'une voix redevenue calme :

— N'ayez aucun souci pour les frais. Je vous donnerai une bourse bien garnie qui vous permettra de voyager dans les meilleures conditions. Sur place, vous trouverez bien à vous loger et je te fais confiance, François, pour repérer les meilleurs endroits où manger. D'ailleurs, quand tout cela sera fini, tu devrais penser à produire une sorte de guide du voyageur. Déjà en Languedoc, tu connais les meilleures adresses.

Bien content que Rondelet ait retrouvé son calme, François acquiesça et se dit que ce n'était pas une mauvaise idée. Signaler les meilleures auberges et tavernes, traquer les mets frelatés, louanger les bons maîtres queux, voilà qui serait utile aux voyageurs.

– Maintenant, laissez-moi écrire vos lettres d'introduction. Vous irez à cheval jusqu'à Marseille où vous laisserez vos montures chez un de mes amis. Vous embarquerez sur un bateau se rendant à Gênes, puis, de Gênes à Bologne, vous utiliserez des chevaux de poste. Je veux vous voir demain à six heures tapantes, prêts à partir.

Les deux garçons, le visage empreint d'une certaine gravité, prirent congé et se rendirent, comme convenu, au souper d'Anicette.

21

François regrettait qu'Anicette ait invité ce Bruyerin-Champier à souper. Il aurait nettement préféré se retrouver en tête à tête avec elle. Un peu de douceur leur aurait fait du bien à l'un et à l'autre. Il aurait aimé lui dire qu'elle pouvait compter sur lui, qu'il ne la décevrait pas.

Quand ils arrivèrent, Anicette était dans la cuisine et surveillait les derniers apprêts du repas. Remarquant dans la cheminée une drôle de grosse volaille, François lui demanda ce que c'était :

– Une poule d'Inde que m'a rapportée Bruyerin-Champier. Il paraît que ces bestioles viennent d'Amérique et remplacent avantageusement les oies.

– Oh non, pas d'Amérique… s'exclamèrent d'une seule voix François et Felix.

– Je sais, ça tombe mal, mais je ne pouvais décemment pas la jeter aux ordures. Il est fier comme un paon de nous faire goûter ça. Allez-y, rejoignez-le dans la pièce du haut…

François et Felix obtempérèrent. À l'étage, ils se trouvèrent face à un grand escogriffe d'une soixantaine d'années vêtu à la dernière mode de Paris : chausses violet foncé avec des ornements de soie tombant jusqu'à terre, pourpoint en velours pourpre aux très larges épaules et aux manches plissées. « Fin prêt pour Carnaval », pensa François, se demandant comment il faisait pour supporter ce harnachement par une telle chaleur. Après les politesses d'usage, Bruyerin-Champier entreprit de leur raconter ses années d'études à Montpellier, son amitié avec le père d'Anicette, ses débuts comme médecin à la cour du roi François. Au moins n'auraient-ils pas à faire la conversation, Bruyerin-Champier se suffisait à lui-même.

François fut sauvé d'un endormissement précoce par Anicette et Mathilde sa servante qui présentèrent aux trois hommes une aiguière et un bassin où ils se lavèrent les mains. Sur la petite crédence derrière la table, Anicette avait placé dans de jolies coupes de faïence des fruits confits qu'elle offrit à ses invités. Chacun put apprécier le savoir-faire de la jeune apothicaire. L'hypocras blanc qu'elle leur servit suscita des murmures approbateurs de la part de Bruyerin-Champier. Anicette les pria alors de passer à table. Chacun disposait d'une cuillère et d'un couteau, d'un tranchoir, grosse tranche de pain dur sur laquelle on pouvait poser la viande.

« Allons, ce souper ne va peut-être pas être aussi catastrophique que ça », se dit François.

Les plats étaient disposés sur la table de manière à ce que chacun puisse se servir à sa guise. On pouvait ainsi choisir les mets selon son goût, mais aussi selon son état de santé. Une bonne maîtresse de maison se devait de prévoir assez de plats différents pour que chacun y trouve son compte. Anicette, en bonne apothicaire, maîtrisait parfaitement la question et elle aurait pu, sans rougir, recevoir Hippocrate, Galien, Avicenne et autres à sa table.

François se précipita sur les œufs frits au romarin tandis que Felix s'emparait de la tourte au melon et que Bruyerin-Champier se servait copieusement de sardines à l'escabèche. La crème de pommes et la tarte douce à la sauge ne tentèrent personne, mais tout le monde prit du potage aux quenelles de volaille que Mathilde avait servi dans de petites écuelles.

Felix semblait s'entendre comme larron en foire avec Bruyerin-Champier. Ils discutaient vigoureusement de l'anatomie que ce dernier avait pratiquée sur le dauphin François, mort d'une intoxication à Tournon en 1536. Il fut impossible de déterminer la cause de sa mort. Son écuyer fut accusé de l'avoir empoisonné sur ordre de Charles Quint et fut exécuté.

François ne voulait pas entendre parler ce soir de poisons et d'empoisonnements. Anicette était repartie en cuisine pour préparer le rôt, cette maudite poule d'Inde. Il quitta la table pour la rejoindre et lui faire part de la décision de Rondelet de les envoyer en Italie. Il la trouva devant la cheminée, arrosant de son jus l'énorme bête. Mathilde n'étant pas dans les parages, il lui annonça son départ, la teneur de leur mission et son espoir de revenir cette fois avec des résultats.

À cette annonce, Anicette lâcha la cuillère de fer qu'elle avait en main, se brûla en essayant de la récupérer, se redressa et d'une voix sourde lui déclara :

— C'est idiot ! Ton Rondelet ne voit que par ses livres et ses savants. C'est ici que cela se passe. C'est ici qu'il faut chercher. Vous, vous partez comme deux chiens fous sur les routes, à la chasse aux chimères. Il y a de l'aventure dans l'air et vous bondissez d'aise. Je me moque de ton Aldrovandi, de ton Matthioli et je ne sais qui encore. Vas-y, pars, mais ne cherche pas à me revoir à ton retour ! De toute manière, Catalan sera mort de mauvais traitements en prison, Éléonor en mourra de chagrin, son fils la suivra dans la tombe et moi aussi je serai morte. Morte de honte de n'avoir rien pu faire.

François, complètement désemparé devant cette explosion de colère suivie d'une grosse crise de larmes, chercha à la prendre dans ses bras, mais elle se dégagea violemment.

— Laisse-moi m'occuper de ce maudit animal avant qu'il ne soit calciné. Retourne à table.

C'est alors qu'apparut Mathilde, tirant par l'oreille Géraud Sihel qui essayait en vain d'échapper à sa poigne.

— Regardez, Anicette, qui j'ai trouvé chapardant dans les sacs d'épices. Ce petit brigand s'en mettait plein les poches. Vraiment, cette ville va mal. Si maintenant on se vole entre voisins, où va-t-on?

Anicette, espérant que Mathilde mettrait son visage rouge et défait sur le compte de la chaleur de la cheminée, regarda l'adolescent avec colère.

— Géraud, tu es une vraie vipère. Je suis bien contente de m'être débarrassée de toi. Rentre chez toi, que je ne te voie plus. Et que ta mère ne s'avise pas à me chercher noise, j'en aurais de belles à dire sur toi.

Le gamin disparut aussi vite qu'il put dans la nuit. François rejoignit la pièce du haut, laissant les deux femmes commenter avec indignation la conduite de cet apprenti détrousseur.

*

À table, Bruyerin-Champier s'impatientait de ne pas voir venir sa fameuse poule d'Inde. Elle arriva, dorée à point. Bruyerin-Champier applaudit et s'extasia. Son odeur parut abominable à François. Il sut que jusqu'à la fin de ses jours, il détesterait ce volatile.

Bruyerin-Champier ne manqua pas de leur signaler qu'à sa connaissance, c'étaient les Espagnols et les Portugais qui avaient découvert cette volaille dans les îles d'Amérique et l'avaient rapportée en Europe. Cet animal qui pouvait devenir aussi gros qu'un paon ne présentait pas de crête comme les braves poules d'ici, mais un énorme jabot qui leur pendouillait sous le bec.

Cela dégoûta encore un peu plus François qui fut bien obligé d'accepter un morceau qu'il posa sur son tranchoir. Il en avala une bouchée avec difficulté, tandis que les autres dévoraient la poule d'Inde à pleines dents.

Il ne put s'empêcher de demander à Bruyerin-Champier s'il était bien sûr que cet animal n'était pas toxique. Ce dernier se mit à rire en disant :

— Je me demande bien ce que vous avez tous avec le poison. Depuis mon arrivée à Montpellier, je n'entends que ça ! Rassurez-vous, cet animal est tout à fait comestible. Il n'en va pas de même pour tous les produits qu'on trouve en Amérique. Il y a par exemple une racine qu'on appelle manioc et qui fut fatale à ceux qui la mangèrent crue. Ils apprirent des autochtones à la faire bouillir dans l'eau, puis à la rôtir, ce qui la rendit inoffensive.

Fort intéressé et ravi de laisser sa poule d'Inde en plan, François poursuivit son idée :

— Connaissez-vous d'autres plantes d'Amérique qui pourraient causer la mort ?

— J'ai lu de nombreux écrits de voyageurs. Ils y parlent de choses étonnantes, comme ces grains qu'on appelle maïs mais qui ne nourrissent guère. Ou bien des *battatas*, des racines semblables à des truffes, mais à la peau beaucoup plus épaisse. Je n'en sais pas plus et je ne les ai jamais vues au naturel.

François ne poursuivit pas la conversation. Rien de tout cela ne pouvait les aider. Les paroles d'Anicette tournaient dans sa tête. Peut-être avait-elle raison. Tous ces savants se gargarisaient de mots. L'aventure aussi le tentait. Lui, François Poquet, le fils d'un rôtisseur, allait découvrir cette Italie dont on parlait tant. Même si les raisons de leur mission n'étaient guère réjouissantes, il était content de partir.

De plus en plus absent, il ne fit guère honneur aux pruneaux au vin blanc et aux écorces de cédrat confit qui clôturaient le souper. Anicette faisait grise mine. Seuls Felix et Bruyerin-Champier continuaient à bavarder gaillardement sur quelques découvertes médicales. Ainsi ce fameux Ambroise Paré, chirurgien des armées, qui avait mis au point une nouvelle technique pour les amputations. Il n'appliquait plus des fers ardents sur la plaie, mais ligaturait les vaisseaux sanguins, ce qui, semblait-il, assurait la survie des patients.

Anicette leur servit un dernier verre d'hypocras et ils prirent congé de leur hôtesse, Bruyerin-Champier la remerciant d'avoir fort bien réussi la poule d'Inde et François lui glissant dans l'oreille qu'il reviendrait dans une heure. Elle hésita quelques secondes et acquiesça d'un signe de tête. Son léger sourire rassura François : l'orage était passé et ils ne se quitteraient pas sur une brouille.

Felix et François retournèrent à la maison Catalan pour préparer les effets nécessaires à leur voyage. Ils n'allaient guère s'encombrer : quelques chemises et paires de chausses, deux ou trois pourpoints, une cape de voyage et le tour serait joué.

François raconta à Felix son altercation avec Anicette ainsi que l'incident avec Géraud Sihel. Felix parut inquiet :

– J'espère qu'il n'a rien entendu de ce que tu disais à Anicette. Rondelet nous a bien recommandé d'être discrets sur notre voyage. Il y a assez de rumeurs comme ça.

– Ne t'inquiète pas. Il était dans la réserve quand Mathilde l'a pincé. Il était bien trop occupé à voler. Écoute, il faut que je retourne voir Anicette. Je ne peux pas partir sur cette fâcherie.

– Fais comme tu l'entends, mais montre-toi prudent, ne te fais pas remarquer.

François ne rencontra personne sur son chemin à part les inévitables chiens, chats et rats friands de détritus. Anicette l'attendait. Après avoir fait l'amour, ils restèrent un long moment à bavarder, lovés l'un contre l'autre. Anicette s'en voulait de son éclat. François n'était pour rien dans cette malheureuse affaire. Entre la poule d'Inde, Catalan en prison, les larcins de Géraud Sihel, elle était à bout de nerfs.

Pour se changer les idées, ils se mirent à composer des menus qu'elle préparerait pour l'apothicaire. C'était aux familles de nourrir les prisonniers et cela déchargerait la pauvre Béatrix qui avait fort à faire avec Éléonor, le bébé et la maison. À quatre heures du matin, ils avaient une telle liste de plats, qu'ils se dirent que le cher homme aurait à choisir entre finir sur le gibet et mourir prématurément de trop plantureux repas. Après une douce et dernière étreinte, François s'arracha aux bras de sa tendre amie pour rejoindre Felix qui l'attendait avec leur paquetage.

Rondelet leur remit les lettres, les accompagna jusqu'à son écurie où les attendaient deux belles et solides juments. Il leur fit ses dernières recommandations et leur souhaita bon voyage :

– Jeunes gens, portez-vous bien, soyez très vigilants, et surtout revenez-nous vite avec ce maudit poison.

Rondelet les regarda partir. Désormais, le sort de Catalan était entre les mains des deux jeunes gens qui s'éloignaient dans les premières lueurs de l'aube. Que Dieu les garde !

22

Felix et François ne mirent que deux jours pour atteindre Marseille. Ils firent étape à Arles où le patron des Neuf Cochonnets leur fit remarquer qu'on ne voyait qu'eux. Au grand soulagement de Felix, il ne se lança pas dans une nouvelle histoire de tellines. Cette fois, ils n'abusèrent pas du vin du mas de l'Ange et repartirent au petit matin. Arrivés à Marseille, ils se rendirent sur le port et apprirent qu'un bateau partait pour Gênes le lendemain. Le trafic était tel qu'on pouvait être sûr de trouver un embarquement à tout moment, que ce soit pour Gênes, Venise ou bien Alexandrie ou Constantinople.

Marseille était une ville impressionnante, même pour François le Parisien. Felix, le puits de science, se fit un plaisir d'expliquer à son camarade que Marseille, l'antique Massilia, était plus ancienne que Paris. Felix ajouta doctement :

— Aujourd'hui, la gloire de la ville est son port, très sûr et puissamment fortifié. Quatorze canons, peut-être les plus gros qu'on puisse voir en France, le défendent. Il y a aussi au milieu de la rade un château fortifié qu'on appelle Dif qui lui-même comporte douze canons. Toutes ces défenses rendent la ville inexpugnable.

Après avoir confié leurs chevaux à l'ami de Rondelet chargé de les ramener à Montpellier, Felix et François avaient toute la fin de la journée pour visiter Marseille. Ils choisirent de rester sur le port, lieu d'animation intense. On y parlait toutes les langues, on y voyait tous les costumes, toutes les couleurs de peau. Les marchandises les plus incroyables débarquaient des navires. Ils s'étonnèrent des singes hurlant dans des cages qui sortaient des cales d'une tartane. Sur le quai, un attroupement s'était formé autour d'une autruche plus grande qu'un homme. Ses cuisses étaient aussi grosses que celles d'un veau. Son gardien, pour amuser le public, lui donna une poignée de clous à manger qu'elle avala sans difficulté. Il annonça que c'était son habitude et qu'elle lui avait déjà mangé un trousseau de clés qui n'étaient jamais ressorti de l'autre côté.

Felix qui traînait un peu plus loin appela François et lui montra un animal qui ressemblait à un énorme chat :

– Regarde, c'est un léopard. Avec ses horribles taches, il est vraiment repoussant, tu ne trouves pas ?

François était déjà parti, fasciné par quatre lionceaux apeurés qui attendaient dans un coin. Il voulut s'en approcher. Un homme lui cria de reculer, que ces animaux à l'air si gentil pouvaient être fort dangereux.

C'était merveille de circuler parmi toutes ces choses étranges. Seul problème : l'horrible puanteur que dégageait l'eau du port. Personne ne se gênait pour jeter toutes sortes de saletés auxquelles s'ajoutaient les égouts et puisards de la ville. Il était même recommandé de ne pas trop s'en approcher, car on pouvait craindre de sérieux malaises. Dieu merci, les épices et surtout le goudron qui servait à calfater les coques de navires masquaient parfois l'odeur.

Felix entraîna François dans le quartier des orfèvres et des corailleurs. Il y avait une multitude d'échoppes où l'on vendait des bijoux en nacre, en corail… Felix acheta une petite boîte à aiguilles en ivoire pour Madlen sa fiancée. François choisit pour Anicette un collier de perles irisées.

Ils virent des forçats enchaînés qui avaient quitté leurs galères pour travailler au pavage d'une rue. Cela leur fit froid dans le dos. La même idée leur avait traversé l'esprit.

— Voilà ce qui attend Catalan s'il a la chance d'échapper au bûcher, dit François d'un ton lugubre.

Ces galériens étaient effrayants, dépenaillés, hirsutes, le regard mauvais, attachés deux à deux par les pieds, avec de lourdes chaînes de fer.

La perspective que Catalan ait à partager ce sombre destin leur parut si odieuse qu'ils décidèrent de mettre immédiatement un terme à leur promenade dans Marseille.

*

L'auberge où ils devaient passer la nuit était juste derrière le port, dans une rue très animée. Ils y soupèrent d'un ragoût de poisson que l'aubergiste leur présenta comme une spécialité locale appelée « bouï abaisso ». François voulut en savoir plus.

— Ce n'est qu'une simple soupe de pêcheurs, lui répondit l'homme avec un accent que Felix avait bien du mal à comprendre. Nos calanques sont riches de petits et gros poissons. On y met de la rascasse avec sa tête, de la vive, du congre en tranches, de la galinette, de la girelle, du roucou, du serran, des petites scorpènes. Si on a la chance d'avoir une cigale de mer, c'est encore mieux. Aujourd'hui, je n'en avais pas, alors j'ai mis des favouilles, des petits crabes verts. Et puis il faut des poireaux, des oignons, de l'ail, du laurier.

François se dit que cette soupe devrait s'appeler « soupe à la Rondelet », tant il y avait de sortes de poissons. L'aubergiste continua en donnant la composition de la « rouïo », la sauce qui accompagne la « bouï abaisso » : de l'ail, de l'huile d'olive, de la mie de pain, un jaune d'œuf et du safran et, quand on en a, de la chair d'oursin.

Ils arrosèrent le repas avec un petit vin qui, dans d'autres circonstances, leur aurait mis l'âme en fête. Après le repas, ils retournèrent sur le port pour observer les bateaux. Aucun des deux n'avait jusqu'alors navigué et ils ressentaient une légère inquiétude à l'idée d'embarquer pour leur première traversée.

*

L'agitation dans cette ville semblait ne jamais vouloir s'arrêter. Il y avait presque autant de monde que dans la journée. Des faiseurs de tours et des saltimbanques avaient pris place tout le long des quais. Ils partageaient l'espace avec un nombre incroyable de prostituées peinturlurées, prenant des poses provocantes. Une grande fille brune au visage blanc de céruse, aux joues illuminées de fard rouge, ne tarda pas à s'agripper au bras de Felix et à lui faire les propositions les plus indécentes :

— Allez mon tout beau, viens donc. J'ai belle motte et beau con. Je vais donner de la joie à ton vit.

Felix le prude essayait de se défaire de l'étreinte de la fille :

— Laissez-moi. Je ne veux rien. Je suis avec mon ami.

– Oh, mais ton ami peut venir avec nous ! Il y a de la place pour tout le monde. Je lui branlerai la pique pendant que tu rompras un bois, beau prince.

François riait sous cape de l'embarras de son ami. La fille les avait entraînés vers un coin sombre du quai désert où étaient amarrés deux bateaux inoccupés. L'équipage devait être en bordée en ville. Elle dégrafa son corsage et montra ses seins, deux globes opulents qu'elle promena sous le nez de Felix qui recula dangereusement vers l'eau.

– Attention Felix, lui dit François, ne compte pas sur moi pour aller te repêcher dans ce cloaque.

François qui avait laissé faire, juste pour se moquer un peu de son camarade, dit à la fille qui retroussait ses jupes :

– Allez, remballe tout ça. Nous ne sommes pas tentés par tes honorables appâts. Va chercher d'autres clients.

À ce moment-là, deux hommes dont le visage était caché par une cagoule, sortirent de l'ombre, armés d'un gourdin. Avant que Felix et François n'aient eu le temps de faire un geste, ils avaient reçu un violent coup sur la nuque. François tituba, battit l'air avec ses bras, vit l'eau s'approcher et tomba la tête la première entre les deux bateaux. Felix s'était effondré sur place. Les deux hommes tirèrent son corps et le jetèrent du haut du quai. Il rejoignit François dans l'eau du port. La fille s'éloigna en courant, les deux hommes restèrent un moment et ne voyant aucun corps refaire surface s'éloignèrent dans la nuit.

François avait glissé sous la coque d'un des bateaux. Sonné, mais conscient, il cherchait désespérément à refaire surface. Son esprit ne réagissait pas et il sentait la panique monter en lui. Il était incapable de se diriger. Son cœur battait la chamade. Il plongea plus profondément, nagea dans une eau glauque, espérant avoir pris la bonne direction. Il se projeta vers la surface et, miraculeusement, ne rencontra aucun obstacle. Il put enfin respirer à l'air libre. Respirer était un bien grand mot, car il était entouré d'abominables immondices. Une tête de chien, dont la peau et les poils partaient en lambeaux et dont l'œil pendait accroché par un ligament à l'orbite, flottait près de lui. Saisi d'horreur, il avait toutes les peines du monde à nager dans ce magma. Il aperçut au bord du quai le corps de Felix entre deux pieux qui commençait à s'enfoncer. Était-il mort ? Avec l'énergie du désespoir, François nagea vers lui, écartant des cadavres de rats et des déchets peut-être encore plus répugnants. Il arriva jusqu'à Felix, réussit à le déloger d'entre les pieux et entreprit de remonter sur le quai. Les pierres gluantes d'algues et de déchets n'offraient aucune prise. Seul, il y serait peut-être parvenu. Il sentait ses forces diminuer. Il n'y avait qu'une solution : appeler au secours, avec le risque de voir revenir leurs agresseurs. Il respira profondément, ce qui lui donna la nausée tant l'odeur était horrible. Il se reprit et hurla à l'aide. Aucune réponse. Il recommença. Il vit alors un visage se pencher vers eux et une voix s'écria :

– Malheureux, vous allez vous noyer !

– Oui, oui, répondit François d'une voix faible.

– Mais ne restez pas là…

– Non, non, reprit François, se demandant s'il avait eu la malchance de tomber sur un crétin. Il me faut de l'aide. Mon camarade est blessé. Il faut nous aider à remonter.

– Ne bougez pas, lui dit l'inconnu, je reviens.

Et il disparut, cet imbécile, au lieu de leur lancer un cordage qui traînait sur le sol.

Ils allaient donc mourir tous les deux, noyés dans une fosse d'aisance. François se prit à détester Marseille, Montpellier, Rondelet, les médecins, les apothicaires, les Espagnols, l'Amérique, l'Italie. Lui qui se sentait un tel appétit de vie, mourir dans une marinade de cadavres de chiens et de rats lui semblait la pire des punitions. Il aurait encore préféré finir rôti à la broche par des cannibales. Ces funestes pensées occupaient son esprit. Il s'apprêtait à rendre son âme et celle de son ami à Dieu quand il entendit derrière lui des bruits de rames. Se retournant avec peine, il vit une petite barque approcher. La voix de l'inconnu lui apparut incroyablement séduisante :

— Me voilà, je vais vous aider à hisser votre ami et vous après.

Il ne fallut que quelques minutes pour effectuer le sauvetage. François s'assura que Felix était bien vivant, puis voulut remercier son sauveur par une grande embrassade. Ce dernier se récria violemment :

— Ne me touchez pas ! Vous puez comme vingt tonneaux de vidange !

François s'aperçut qu'il était couvert de détritus et d'excréments. Il arracha sa chemise et son pourpoint, les jeta à la mer et commença à vomir par-dessus bord. Les nausées revenaient par vagues et il mit plusieurs longues minutes avant de retrouver son souffle. Leur sauveur ramait toujours en direction d'un ponton. Ils y accostèrent, remontèrent Felix qui émettait de faibles gémissements. L'inconnu, que François regrettait amèrement d'avoir traité intérieurement de crétin, alla chercher deux seaux d'eau qui permirent un premier nettoyage.

Des curieux s'étaient rassemblés autour d'eux, à bonne distance vu leur odeur, et jacassaient :

– Té, en voilà encore qui prennent le port pour une baignoire.

– Pardi, à la pêche à merde, ils ont voulu aller.

– Ces estrangers, ils ne savent pas quoi inventer.

– Les fadas, un bain froid, ça les calme.

François se retint pour ne pas les apostropher vertement. Les bouffonneries marseillaises ne le faisaient pas rire. Il alla avec leur sauveur chercher d'autres seaux d'eau et réussit à ranimer tant bien que mal Felix qui le regarda d'un air hébété et dont les premières paroles furent :

– Qu'est-ce que tu pues…

– Tais-toi ou je te rejette à la baille ! On a failli mourir, imbécile, et sans moi tu servirais de nourriture aux poissons marseillais.

– Oui, mais tu pues très fort. Tu vas me faire vomir.

Et Felix se vida lui aussi. Les badauds s'étaient éloignés en riant. Ne restait que l'inconnu qui sifflotait en regardant les feux du fort Saint-Jean. François se confondit en remerciements pour leur avoir sauvé la vie. Il lui proposa de les accompagner jusqu'à leur auberge où il lui donnerait une coquette somme d'argent en remerciement de son geste.

– Ce n'est pas de refus. C'est un peu comme ça que je gagne ma vie. Je passe le long des quais et je repêche ceux qui tombent.

– Il y en a tant que ça ? s'étonna François.

– Non, mais ça me donne l'impression d'être utile.

François se dit que le pauvre garçon n'avait pas toute sa tête. Marseille lui semblait un lieu de plus en plus étrange et il n'avait plus qu'une idée : en partir.

Ils soutinrent Felix, qui avait du mal à reprendre ses esprits, jusqu'à l'auberge. Ils y furent reçus d'une façon peu amène. Vêtus de leurs simples chausses et pieds nus, ils empestaient encore. François donna de belles pièces à l'inconnu qui disparut en leur disant qu'il se ferait un plaisir de les repêcher la prochaine fois.

À prix d'or, François obtint de l'aubergiste de l'eau chaude et du savon. Dans la cour, ils se lavèrent autant qu'ils purent. Felix avait terriblement mal à la tête. Le coup de gourdin lui avait fait apparaître un œuf de pigeon à la base du crâne. Ni l'un ni l'autre ne parlèrent de ce qui venait de se passer. Ils ne pensaient qu'à une chose : aller se coucher. François eut malgré tout de la peine à s'endormir. L'odeur le poursuivait, il gardait un goût saumâtre dans la bouche. L'image des hommes encagoulés lui revenait sans cesse et il commençait à prendre conscience qu'ils avaient été victimes d'une tentative d'assassinat. Leurs desseins étaient donc connus. On avait dû les suivre depuis Montpellier. Ils avaient affaire à des gens qui ne reculeraient devant rien. Felix, quant à lui, avait plongé dans un sommeil agité.

*

Le lendemain matin, ils avaient la tête comme une coucourde. Surtout Felix qui croyait entendre des grelots dans la sienne. Ils rejoignirent à grand-peine le bateau sur lequel ils devaient s'embarquer. En les voyant arriver, le capitaine les salua d'un grand éclat de rire :

– Ben dites donc, vous avez dû faire une sacrée fête pour avoir cette tête-là. Vous allez pouvoir vous reposer pendant la traversée.

Trop fatigués, ils ne répondirent rien. Quand ils passèrent devant lui, le capitaine fit une grimace et retroussa le nez en se disant que ces fêtards avaient dû passer la nuit dans un égout.

Une fois à bord, François fit à Felix le récit de leurs aventures nocturnes. Felix qui se tenait la tête à deux mains fut très ému de savoir que son camarade lui avait sauvé la vie. Ils essayèrent d'évaluer les conséquences de cette attaque. Au moins, se dirent-ils, on nous croit morts. Ce qui devrait nous protéger pour la suite du voyage. Ils se promirent de rester sur leurs gardes et… se rendormirent pour les vingt-quatre heures que dura la traversée.

23

Une fois arrivés à Gênes, François et Felix utilisèrent les chevaux des relais de poste afin de gagner Bologne au plus vite. Ils eurent la chance de voyager en compagnie de deux marchands lyonnais et de leur escorte, ce qui leur permit de traverser sans encombre les Apennins. Cette région montagneuse et sauvage était réputée pour abriter des bandits de grand chemin qui n'hésitaient pas à plumer et trucider les voyageurs.

Ils se séparèrent à Modène où les marchands lyonnais venaient négocier une cargaison d'un vinaigre qu'ils appelaient balsamique. François ne manqua pas de leur demander pourquoi aller si loin pour acheter du vinaigre. Ceux d'Orléans, de Champagne n'étaient-ils pas à leur convenance ? Les marchands répondirent que celui de Modène n'était pas fabriqué à partir de vin mais de moût de raisin et qu'il était conservé dans des fûts de bois précieux. Avec sa petite note sucrée, son velouté subtil, il était à nul autre pareil et valait le déplacement. Felix, une fois de plus, s'étonnait de l'importance que les Français attachaient aux plaisirs de la table. Pour eux, chaque terroir semblait receler des trésors. Ils étaient prêts à faire des dizaines, voire des centaines de lieues pour se rembourrer le pourpoint.

Funeste et vil penchant que Felix réprouvait au nom de la sobriété prônée par la religion réformée.

*

Bologne la rouge leur apparut dans toute la splendeur du soleil couchant. Depuis plusieurs heures, ils voyaient se rapprocher un horizon hérissé de tours. S'agissait-il de châteaux ? Cette ville que les marchands leur avaient décrite comme une des plus belles d'Italie n'était-elle qu'un immense camp fortifié ? Arrivés à la Porta San Felice, ils durent subir l'interrogatoire des gardiens. Dans une langue faite de latin et de français, ils s'expliquèrent comme ils purent. Répétant à qui mieux mieux « Aldrovandi, Aldrovandi », cela finit par agir sur le gardien comme un sésame et ils pénétrèrent dans la ville. Aussitôt une foule les submergea et ils furent obligés de descendre de cheval. Pris dans la cohue, ils suivirent le flot, un flot chantant, criant, gesticulant.

— Il se passe quelque chose, commenta Felix, tentant de calmer son cheval qui, comme lui, n'appréciait guère de se sentir prisonnier de cette horde colorée.

— Bravo, cher camarade, pour ta perspicacité. Je suis d'accord avec toi : il se passe quelque chose. Un mariage, une exécution, l'arrivée du Pape ? lui répondit François, faisant très attention à ce que personne ne s'approche trop de son paquetage. La réputation de tire-laine des Italiens n'était plus à faire. Il s'adressa à un homme hirsute, plutôt âgé, qui marchait avec peine :

— *Que passa en la cita ?*

— *La Porchetta, signore, la Porchetta. Piazza Maggiore.*

– Tu vois, lança-t-il à Felix, c'est la Porchetta et ça se passe Piazza Maggiore.

– Et tu sais ce que c'est que la Porchetta ? De toute manière, nous n'avons pas le choix, suivons-les.

Les derniers feux du soleil allumaient comme des incendies sur les façades ocre, rouges, roses. Les petites maisons avaient fait place à des palais. Ils longèrent un superbe bâtiment dont toute la façade était embossée de pointes de pierre taillées comme des diamants. François s'aperçut que le relief en changeait selon l'angle sous lequel on le regardait.

Ils finirent par arriver sur une place, la plus grande qu'ils aient jamais vue. Même Paris n'offrait pas de lieu aussi majestueux. Elle était immense, entourée de palais encore plus beaux que ceux qu'ils avaient pu apercevoir. De grandes tentures de soie cramoisie tombaient des balcons du bâtiment qui leur faisait face.

Ils s'arrêtèrent, saisis par la magnificence du lieu. Sur la place, des mâts de cocagne étaient dressés et une foule se pressait autour, riant et hurlant des encouragements aux valeureux grimpeurs qui essayaient de décrocher, tout là-haut, jambons et saucissons. La tâche était rendue quasiment impossible par le savon dont étaient enduits les mâts, mais les volontaires ne manquaient pas.

– Je crois comprendre qu'il s'agit d'une fête, énonça doctement Felix.

– Cher Maître, vous faites à nouveau preuve d'une grande clairvoyance, renchérit François qui n'avait qu'une seule envie : se mêler à la foule. D'autant que de délicieuses odeurs de viande grillée venaient effleurer ses narines.

– Il nous faut trouver où habite notre Aldrovandi et nous débarrasser de ces maudits chevaux qui vont finir par nous piétiner. François, reste là, je vais essayer de me renseigner.

Felix confia sa monture à son camarade et s'approcha d'un petit groupe de jeunes gens vêtus de soie damassée du meilleur effet. Les jeunes filles portaient toutes les cheveux relevés en bandeaux ou en coques. S'y entremêlaient de légères chaînes d'or et des rubans de satin. Leurs robes étaient de couleurs chatoyantes et irisées. François resta bouche bée devant tant de grâce. Seraient-ils arrivés au paradis ? Cette ville n'était-elle faite que de rire et de beauté ?

François vit l'une des jeunes personnes s'emparer de la toque que Felix avait poliment enlevée pour leur parler. Elle la lança en l'air, un jeune homme la rattrapa. D'autres se mêlèrent au jeu. Felix faisait des bonds de cabri pour essayer de récupérer son bien. Les Bolonais, cela se voyait tout de suite, étaient joueurs, très joueurs,

Finalement, une jeune fille prenant pitié de l'air dépité de Felix lui rendit son couvre-chef. Il revint vers François qui arrêta immédiatement de rire en voyant l'air féroce de son ami.

– Cette ville est folle ! Ces gens n'ont pas le sens commun. Mais que vient-on faire dans cette galère ?

– Au moins, ces fous t'ont-ils dit où trouver Aldrovandi ?

– Oui. Il a l'air connu comme le loup blanc. Heureusement, ce n'est pas loin. Juste derrière la Piazza Maggiore où nous sommes. En face de l'église Santo Gregorio et Santo Siro. En plus, il y a des saints partout dans cette ville. Je sens que je ne vais pas aimer, mais alors, pas du tout.

– Ne fais pas ton luthérien bougon. Et ne manifeste pas trop ton inimitié pour les catholiques. N'oublie pas que nous sommes sur une terre papale et que l'Inquisition n'est jamais loin.

– C'est bien ce que je dis, je ne vais pas aimer du tout.

François sentit que son ami ne plaisantait pas. Il allait devoir le surveiller afin qu'il ne commette pas d'esclandre. Voilà qui n'était pas prévu au programme.

*

Ils trouvèrent sans difficulté le palais Aldrovandi, une vaste demeure en pleins travaux. Bien contents de confier leurs chevaux au valet d'écurie, ils se mirent en quête du maître des lieux. Il y avait presque autant de monde dans cette maison que dans les rues de Bologne. Un escalier à double rampe menait à une galerie couverte surplombant la cour intérieure. Tous les murs étaient décorés de fresques. Dans l'escalier, François eut le temps d'apercevoir Poséidon en compagnie d'aguichantes sirènes, puis quelques nymphes très dévêtues s'ébattant dans le jardin des Hespérides. Felix faisait mine de ne rien voir, bien décidé, semble-t-il, à détester tout ce que lui offrait cette ville.

Ils essayèrent d'attirer l'attention d'un groupe de jeunes gens portant des piles de livres. En vain. Ils se rapprochèrent de la porte par laquelle ils avaient disparu. Elle se rouvrit, faisant apparaître une tête de crocodile suivie du corps de l'animal péniblement porté par deux jeunes garçons. Puis vinrent des défenses d'éléphant, des œufs d'autruche, des paniers de coquillages, des plantes, des coraux…

François et Felix laissèrent passer la procession affairée. Avisant un homme d'une trentaine d'années qui fermait la marche, ils lui demandèrent :

166

– Signor, signor, nous cherchons Maître Aldrovandi.

– Mon maître est absent, répondit l'homme dans un français chantant.

Voyant l'air dépité de ses interlocuteurs, il ajouta :

– Je peux certainement vous aider. Je me présente : Ugo Balducci, secrétaire d'Ulisse Aldrovandi.

– Vous êtes très aimable, mais nous devons voir Maître Aldrovandi en personne, répliqua Felix d'un ton démentant qu'il fût sensible à l'amabilité d'Ugo.

Souhaitant endiguer l'agressivité de Felix, François prit la parole :

– Nous venons de Montpellier. Nous sommes envoyés par le professeur Rondelet.

– Guillaume ! Comment va-t-il ? l'interrompit Ugo d'un ton joyeux. C'est un grand ami d'Ulisse. Bienvenue à vous ! Les amis de Rondelet trouveront toujours aide et réconfort chez nous. Mon maître est actuellement en excursion botanique dans les Apennins avec ses étudiants. Il sera ravi de vous savoir dans sa maison.

– Mais quand rentre-t-il ? demanda François, paniqué à l'idée qu'Aldrovandi puisse, comme Rondelet, disparaître des semaines entières à la recherche d'une espèce botanique ou animale particulièrement rare.

– Je ne puis le dire. Nous sommes actuellement au sixième volume de son herbier et à la 1 543ᵉ planche. Comme il prévoit seize volumes, soit 4 760 planches, j'ignore quand Maître Aldrovandi sera de retour. Mais rassurez-vous, l'été est tellement chaud que je doute qu'il trouve de quoi s'occuper. En plus, ils doivent être morts de soif, là-haut, dans leurs collines desséchées. Je n'imagine guère qu'ils tiennent le coup longtemps sans le recours aux tavernes bolonaises. Et puis, Ulisse n'a jamais manqué une seule Porchetta…

– Signor Ugo, l'interrompit François, ne nous en veuillez pas d'être si peu au fait des coutumes locales. Pouvez-vous nous expliquer ce qu'est la Porchetta ? Nous avons vu en ville des millions de gens qui n'avaient que ce mot à la bouche.

– La Porchetta est la plus grande fête de Bologne. À l'origine, c'était l'occasion de fêter la victoire des Guelfes contre les Gibelins. Une sombre période de notre histoire. Depuis, tous les ans, le peuple entier de Bologne se précipite sur la Piazza Maggiore pour assister aux spectacles, aux feux d'artifice et surtout à la distribution de porc rôti depuis le palais du Podestat. Vous verrez, c'est demain. Comme tout bon Bolonais, Ulisse sera là pour attraper au vol un morceau de porchetta.

– Et nous, nous pourrons y aller ? demanda François, de plus en plus séduit par cette ville qui le lendemain de son arrivée allait se répandre en côtelettes et travers de porc.

Felix, d'un ton exaspéré lui fit remarquer qu'ils n'étaient pas là pour faire la fête. François aurait aimé lui répondre qu'il n'oubliait pas Catalan et l'objet de leur mission. Mais ils ne progresseraient pas plus vite en faisant triste mine et en boudant les réjouissances offertes.

Ugo, ne tenant pas compte de la remarque de Felix, poursuivit en riant :

– Mais vous êtes obligés d'y aller. C'est la tradition ! Et si j'étais vous, je retournerais sur la Piazza séance tenante. Les nuits de Bologne sont chaudes. Les filles sont belles. Allez tenter votre chance !

François se disait que cette ville était décidément faite pour lui. Depuis qu'il avait passé les portes de la cité rouge, il ressentait une excitation intérieure, un mélange de désir et d'attente. Il avait aimé ces premiers instants, bousculé par une foule joyeuse et chantante. Il avait senti une grande énergie naître en lui, à la vue de cette vague remuante, allant vers la fête, le spectacle. Il n'avait qu'une hâte : partager les feux du crépuscule, ceux de l'aube, marcher sur ces pavés inégaux, lever les yeux vers d'improbables lueurs.

– Maître Ugo, nous vous savons gré de votre accueil.

Le ton glacial de Felix lui confirma que son camarade ne partageait pas son enthousiasme.

– Nous nous contenterons pour ce soir d'un peu de repos. Le voyage a été long et périlleux.

Voilà qui sonnait définitivement le glas d'une nuit de fête.

– Nous attendrons le Signor Aldrovandi dans sa demeure.

Mais qu'est-ce qui lui prenait au Bâlois de jouer ainsi au rabat-joie ?

– Nous nous devons à notre mission.

« Ben voyons, et en prison, rester, nous devons ? » pesta François intérieurement. Il y avait bien assez de Catalan à se morfondre dans sa geôle.

Voyant s'échapper les promesses de sa première nuit bolonaise, il en voulut beaucoup à Felix. Comment cet animal pouvait-il rester insensible à la liesse et aux plaisirs offerts ? Les pluies et les brumes de Bâle, Luther et Calvin en étaient peut-être la cause. Il se demanda comment il pourrait l'amener à prendre la vie avec un peu plus de légèreté.

Les paroles de Felix avaient eu sur Ugo le même effet que sur François. C'est presque en s'excusant qu'il les mena à leur chambre au troisième étage.

Felix le remercia obséquieusement et s'apprêtait à refermer la porte. François ne le suivit pas, il avait bien trop envie d'en apprendre plus sur Bologne. Laissant Felix cuver sa mauvaise humeur, Ugo et lui s'assirent sur les marches du vaste escalier.

– N'en veuillez pas à Felix, commença François. Il est bâlois et plutôt austère.

– Vous verrez, l'interrompit Ugo, il s'y fera. Nous recevons beaucoup d'étrangers. J'ai remarqué que les gens du Nord sont parfois désarçonnés les premiers jours. Trop de rires, de couleurs, de bruit. Et puis, il est dans une maison amie. Ulisse a été poursuivi par l'Inquisition.

– Ah bon, lui aussi ! s'exclama François.

– Il était soupçonné d'avoir des amitiés pour les anabaptistes. C'était vrai. Comme eux, Ulisse dénie toute valeur au baptême des enfants, estimant que ce sacrement ne doit être reçu que par des adultes pleinement conscients. Il a fini par abjurer et promis de respecter l'Église catholique et romaine. Il s'y tient, mais ses pensées sont autres.

– N'est-ce pas dangereux dans cette enclave papale ?

– La liberté de pensée est un bien que nul ne peut nous enlever. Nous la cultivons au contact des textes de l'Antiquité grecque et latine.

– Je sens bien qu'il règne une liberté extraordinaire dans cette ville…

– Normal, nous sommes la plus vieille université d'Europe. Depuis cinq siècles, nous vivons avec les plus grands savants. Nous débattons de droit, de théologie, de philosophie. Ça donne des idées, que voulez-vous ! Ce n'est pas un hasard si on dit « Bologne, la Docte ». Mais on dit aussi « Bologne, la Grasse », ce qui signifie qu'on y fait la fête. La bonne humeur est un trait majeur de la ville. Il va falloir que votre ami s'y habitue !

— Il est un brin trop sérieux. Et ce qui nous amène n'est pas joyeux. Nous aurons le temps d'en parler plus tard, je ne veux pas vous prendre plus de temps.

— Bien, je retourne à notre déménagement. Les collections amassées par Ulisse prennent de plus en plus de place et nous les transférons dans la nouvelle aile du palais construite à cet effet. Vous verrez, il y a des choses extraordinaires. Maintenant, rejoignez votre ami Felix. Je vais demander aux cuisines de vous monter un petit en-cas. Prenez du repos ; la journée de demain va être longue, fête de la Porchetta oblige.

*

François retrouva un Felix sombre et muet. Mieux valait le laisser tranquille. C'est à peine s'il toucha aux mets délicats apportés sur un grand plateau par une jeune fille souriante. François, lui, fit honneur au jambon coupé en tranches si fines qu'elles en étaient transparentes, au fromage étrangement granuleux, aux petites salades mélangées, aux belles tranches de melon. Il remercia Dieu de lui avoir donné cette capacité de se réjouir avec des choses aussi simples. Le vin léger était admirable et curieusement servi dans un pichet glacé. Ne disait-on pas qu'il y avait grand danger à boire froid ? De toute évidence, dans cette maison de médecin, on n'en avait cure. François se dit que c'était une manière tout à fait plaisante et nouvelle de boire le vin et qu'il s'empresserait de faire de même à son retour en France.

24

À leur réveil, le palais était étrangement silencieux. La maisonnée avait dû veiller fort tard, que ce soit pour cause d'aménagement de l'aile nouvelle ou de Porchetta. Felix ne semblait pas de meilleure humeur, gardant les sourcils froncés et les lèvres serrées. François l'entraîna dans une visite détaillée du lieu qui les accueillait. Ils eurent d'abord la surprise, de la petite terrasse qui jouxtait leur chambre, de découvrir la ville, une marée ocre qui s'étendait à l'infini, hérissée de centaines de tours de hauteurs et de formes différentes. Cette cité qui semblait si paisible avait-elle besoin de tant de défenses ? Ils descendirent dans la cour intérieure. Les pilastres qui soutenaient la galerie du premier étage étaient si fins, si graciles, qu'on pouvait se demander comment ils tenaient debout. Les architectes bolonais savaient y faire !

Le plus surprenant était la débauche de fresques sur les murs et les plafonds. À la lumière du jour, elles apparaissaient dans toute leur splendeur. Craignant que Felix ne s'énerve devant un tel étalage de corps dénudés, François l'entraîna dans une partie plus sombre du palais où semblait se manifester un début d'activité. Guidés par d'alléchantes odeurs, ils arrivèrent dans une salle voûtée faisant office de cuisine. Ugo Balducci, entouré de quatre jeunes gens, était attablé devant une écuelle de soupe fumante. Il les invita à prendre place.

– Goûtez à ce brodetto, il est plein d'herbes aromatiques qui vous assureront un bon réveil.

Les deux compères ne se firent pas prier. À leur grand étonnement, il y avait dans le bouillon des petites coques de pâte farcies d'un délicat fromage qui fondait sous la langue. Voilà qui, en effet, mettait les papilles en joie au petit matin.

Ugo, qui était en train d'organiser le travail de la journée, s'adressa à Felix et François :

– Maître Aldrovandi devrait être de retour avant midi. Si vous voulez, je peux vous montrer les collections que nous sommes en train d'installer. Vous verrez, ce sont les plus riches d'Italie, peut-être les plus riches du monde. Ulisse souhaite en faire un musée dès qu'elles seront complètes.

Felix, que le sujet intéressait, commença enfin à se dérider. Il hocha vigoureusement la tête en signe d'assentiment et pressa François qui traquait la moindre goutte de son brodetto avec une tranche de pain.

– Ce cabinet de curiosités est très célèbre. Maître Rondelet en parle souvent, dit Felix.

– Oh, mais il ne s'agit pas d'un cabinet de curiosités. L'ambition d'Ulisse est bien plus vaste. Il cherche à faire une sorte d'encyclopédie du monde naturel et rassemble tout ce que la terre porte d'animaux, de plantes, de minéraux.

– C'est de la folie ! s'exclama Felix.

– On peut le voir comme ça ! Ulisse a commencé il y a six ans et nous avons déjà beaucoup de choses. Il travaille comme un damné.

– Certes, mais il ne peut pas voyager partout, reprit Felix. L'Afrique, l'Asie et maintenant l'Amérique : le monde devient de plus en plus vaste. Comment peut-il faire ?

– Il compte sur ses élèves et sur ses amis. Voyez Guillaume Rondelet. Ils se sont rencontrés à Rome il y a plus de dix ans, et Guillaume lui envoie régulièrement poissons et coquillages qu'il récolte dans ses voyages. Même chose avec Charles de l'Ecluse qui est depuis un an en Espagne à la recherche de plantes nouvelles. Il ne manque jamais d'envoyer ses trouvailles à Ulisse. Je pourrais vous en citer des dizaines qui participent à cette œuvre.

– C'est magnifique de travailler ainsi, s'enthousiasma Felix. Partager ses connaissances, en faire profiter la communauté des savants. Ça nous change des professeurs enfermés dans leur tour d'ivoire, jaloux de leur savoir et ne communiquant qu'avec parcimonie.

Ugo renchérit :

– C'est vrai. Ulisse est un curieux personnage. Cela lui vaut bien des inimitiés auprès des maîtres de l'Université qui n'ont pas encore compris que c'était ainsi qu'il faut travailler. Mais allons voir ces petites merveilles.

Ils se rendirent dans la nouvelle aile du palais qui sentait encore le plâtre. Des peintres s'activaient sur les inévitables fresques.

Ils retrouvèrent le crocodile qu'ils avaient vu la veille. Il devait bien faire dix pieds de long. Quatre jeunes gens tentaient de le fixer au plafond où était déjà en place une carapace de tortue tellement grande qu'elle aurait pu servir de table pour une bonne demi-douzaine de convives. Il y avait plusieurs dizaines d'oiseaux empaillés, dont un énorme, tout blanc, avec une grosse poche sous le bec. Felix voulut en savoir plus à son sujet.

– C'est un *Onocrotalus*, il nous vient d'Égypte, répondit Ugo. On dit que le cri qu'il pousse ressemble au braiment d'un âne. La poche que vous voyez peut contenir trois litres d'eau et c'est là qu'il range les poissons qu'il vient de pêcher. Là, l'animal à quatre pattes qui ressemble à nos lézards vient des Indes orientales, il ne se nourrit que d'air, on l'appelle caméléon.

Un fracas se fit entendre derrière eux. Une table chargée de côtes de baleine dont certaines faisaient dans les vingt empans de long venait de s'écrouler. Ugo se précipita. Par bonheur, aucune des côtes n'était brisée.

Ils reprirent leur visite : un veau marin aussi gros qu'un veau terrestre côtoyait un minuscule poisson appelé *Remora* qui selon les croyances populaires est doté d'une telle force qu'il peut arrêter un navire en marche. Il y avait aussi de l'écume desséchée, de très belles dents de lion, des colliers de petits os humains portés par les anthropophages d'Amérique, une chèvre à deux têtes, un cochon à huit pattes.

La pièce suivante était consacrée aux plantes et ce fut pour Felix et François un nouvel émerveillement. Non seulement il y avait des centaines de plantes séchées, mais autant de dessins où ces plantes étaient reproduites aussi bien dans leurs formes que dans leurs couleurs.

Peut-être était-ce là qu'ils trouveraient la réponse à leur quête. Ils demandèrent à Ugo s'ils pouvaient feuilleter les planches. Hélas, il ne put leur donner satisfaction.

– Il vous faut attendre Maître Aldrovandi. Lui seul maîtrise ses collections et ne laisse personne les manipuler. Faire sécher les plantes n'est pas une mince affaire. C'est Luca Ghini, auprès de qui Ulisse a étudié, qui a mis au point cette technique qu'on appelle herbier. Elle permet d'étudier les plantes telles qu'elles sont et non à partir d'iconographies qui perpétuent les erreurs. Il y a encore cinquante ans, personne ne voulait entendre parler de cette méthode. Mais comme les plantes séchées et collées sur des feuilles de papier sont fragiles, Aldrovandi fait aussi réaliser des dessins qu'il veut absolument conformes à la réalité. Ce sont des artistes de renom qui les exécutent. Il fait ensuite graver ces planches par le plus grand maître du moment, Coriolanus de Nuremberg. Ainsi, les informations recueillies sont sauvegardées pour la nuit des temps. Vous pourrez revenir ici dans quatre cents ans, vous les trouverez telles que vous les voyez aujourd'hui.

Felix et François étaient stupéfaits de découvrir en si peu de temps tant de choses nouvelles. L'un et l'autre sentaient qu'ils touchaient à un monde nouveau, qu'ils se trouvaient au cœur de ce que leur siècle avait de meilleur à leur offrir. Felix s'était départi de sa mauvaise humeur. S'il n'abandonnait pas ses préventions contre cette ville papiste, il était prêt à ouvrir grand ses yeux et ses oreilles sur les nouveautés scientifiques. François, lui, se sentait renaître au monde, une renaissance faite de clarté, de couleurs, de charme, de beauté.

Ugo, qui devait surveiller la suite des déménagements, les pria de bien vouloir l'excuser. Il leur proposa de les installer dans la bibliothèque qui servait aussi de salle de cours. Comme bien des professeurs d'université, Aldrovandi donnait ses cours chez lui.

François et Felix, sans se consulter, lui offrirent leurs bras pour le transport des caisses et objets précieux.

– Parfait, je vous embauche jusqu'à l'arrivée du maître.

C'est ainsi que pendant près de quatre heures, les deux garçons déplacèrent des outardes empaillées, des serpents naturalisés, un squelette d'autruche, un ours, un loup, des renards et encore bien d'autres choses étranges…

*

Peu après que le carillon de Santo Gregorio eut sonné midi, un grand tumulte se fit dans la cour. Tous se précipitèrent pour assister au retour d'Aldrovandi. Six mules toutes poussiéreuses chargées de paniers avaient envahi la cour. François et Felix reconnurent d'emblée Ulisse Aldrovandi à l'autorité dont il faisait preuve pour le déchargement des bêtes. Une autorité tranquille, chacun des jeunes gens qui étaient accourus sachant parfaitement ce qu'il avait à faire. À leurs gestes précautionneux, on aurait pu croire qu'ils transportaient les plus coûteux joyaux de la terre. Pourtant, ce n'étaient que de vulgaires plantes de montagne. Les quatre compagnons d'Aldrovandi dont une jeune fille, ce qui ne manqua pas d'étonner Felix, avaient mis pied à terre. Ils entouraient le maître en riant. Voilà un professeur qui entretient des rapports cordiaux avec ses étudiants, se réjouit François.

Aldrovandi et sa petite escorte disparurent dans les profondeurs du palais. Ugo vint chercher Felix et François :

– Venez avec moi, nous allons rejoindre Ulisse. Il doit être mort de faim. Nous prendrons la collation avec lui. Vous lui expliquerez les raisons de votre venue.

Ulisse Aldrovandi s'était débarrassé de ses vêtements de voyage et portait une chemise de lin blanc, des chausses noires qui accentuaient sa minceur. À trente-cinq ans, il avait une allure de jeune homme. Les petites rides autour de ses yeux trahissaient un tempérament rieur. Le tic qui lui faisait plisser l'œil gauche accentuait l'impression qu'on avait d'être en présence d'un joyeux drille plutôt que d'un docte savant. Il ne parut guère étonné de voir des étrangers prendre place à sa table. Il était habitué à tenir table ouverte pour ceux qui venaient de loin écouter ses leçons et partager de nouveaux savoirs. Quand il eut fini de lire la lettre que lui avait adressée Rondelet, il déclara dans un français parfait :

– Ugo, fais monter le repas dans la petite salle des Lions. J'y emmène ces deux jeunes gens qui m'apportent de singulières nouvelles de l'ami Rondelet. Rejoins-nous. Quant à vous (s'adressant aux étudiants qui l'avaient accompagné dans son voyage d'herborisation), faites bonne chère. Reposez-vous pour être vaillants ce soir sur la Piazza Maggiore. Nous nous y retrouverons pour fêter dignement la Porchetta. Mais n'oubliez pas que dès demain à l'aube, nous devons nous occuper de nos plantes.

Felix et François le suivirent dans une petite pièce du premier étage qui devait son nom à un plafond caissonné où une multitude de lions étaient peints : jouant, dormant, mangeant, chassant…

En leur faisant prendre place sur des chaises recouvertes de cuir de Cordoue, Aldrovandi leur dit :

– Je préfère que nos entretiens se déroulent dans la discrétion. Ce que rapporte Rondelet est inquiétant. Un nouveau poison est toujours chose grave. Le complot qui se développe à Montpellier contre les juifs et les protestants peut s'étendre à d'autres villes. Il faut arrêter ça le plus vite possible. Vous devez savoir qu'à Bologne vit une très grande communauté juive. Il ne faut pas grand-chose pour qu'elle soit accusée de tous les maux. Le Pape vient de prendre de nouvelles mesures à son encontre. Son vice-légat Lenzi a ordre de reléguer les juifs dans le ghetto délimité par les via dell'Inferno, Giudei et Mandria. On ferme les portes le soir pour ne les rouvrir qu'au matin. Il y a déjà eu des expulsions et je redoute qu'un jour, ils ne soient chassés définitivement de la ville. Je ferai donc tout ce qui est en mon pouvoir pour vous aider à trouver les coupables de telles manigances. Mais ça ne va pas être simple. Surtout, je vous engage à être très prudents.

La porte s'ouvrit sur Ugo accompagné de trois servantes portant de quoi nourrir une bonne douzaine de personnes. Une table à tréteaux fut promptement dressée. Tourtes, viandes, fruits et salades y furent disposés. Se servant à boire, Ulisse leur dit :

– Ne m'en veuillez pas, je meurs de faim. Ces trois jours dans les montagnes ont été frugaux. Nous nous sommes nourris de pain et de fromage, aussi vais-je faire honneur à nos bons vieux mets bolonais.

François et Felix après leur matinée de déménagement étaient tout aussi affamés. Pendant de longues minutes, peu de mots furent échangés, chacun se consacrant à son assiette. Voilà encore une chose extraordinaire : chacun avait une assiette, une vraie assiette, non pas une écuelle dans laquelle on mange la soupe. Chacun avait son propre verre. Plus besoin de le partager avec son voisin. Il y avait aussi une drôle de petite fourche à quatre dents. En voyant leurs hôtes s'en servir pour piquer les morceaux de viande et les porter à la bouche, Felix et François étaient stupéfaits. À Bologne, on ne mangeait pas avec les doigts ! Vraiment ces Italiens ne faisaient rien comme tout le monde. En les voyant hésiter à se servir de cet instrument, Ulisse éclata de rire :

– C'est toujours la même chose. Qu'ils soient anglais, hollandais, espagnols, allemands, suisses, français, nos visiteurs ignorent tout de la fourchette ! Vous verrez, vous vous y mettrez vous aussi ! C'est très pratique, il suffit juste d'un peu d'entraînement.

Courageusement François se lança. Il rata le premier morceau qui s'envola pour atterrir dans l'assiette d'Ugo qui le remercia en riant. Au deuxième essai, il avait solidement arrimé un morceau de tourte qui se désagrégea et retomba piteusement dans son assiette.

– Dans ces cas-là sers-t'en comme d'une petite pelle, lui conseilla Ugo.

À la fin du repas, François n'avait pas encore maîtrisé l'usage de sa satanée fourchette, mais il avait magnifiquement bien mangé. Il avait goûté à de jolis petits coussinets de pâte aux bords dentelés farcis de viande et de sauge et parsemés du fameux fromage granuleux. Il avait beaucoup aimé les curieux petits paquets ficelés, faits d'une tranche très fine de veau dans laquelle on avait mis fromage frais, herbes, cannelle, raisins secs, pignons et qui avaient cuit dans un mélange de bouillon et de vin blanc. « Polpette », avait dit Ugo. Il faut absolument que je me souvienne de ça : « Polpiette, polpiette », se répétait François.

Rassasié, Aldrovandi s'étira, repoussa les plats qui étaient sur la table, demanda une plume, de l'encre et du papier qu'Ugo lui apporta aussitôt. On lisait sur son visage une totale admiration pour son maître.

Aldrovandi traça des grandes cases sur son papier et commença à énoncer :

— Regroupons tout ce que nous savons sur ce mystérieux poison. Provenance : Amérique. D'après ce que vous avez pu apprendre de votre mercenaire espagnol, il y a voyagé entre 1540 et 1552. Il va donc falloir retrouver les différentes traversées qui ont été effectuées à cette période. Et voir quelles plantes ont été rapportées.

— Mais c'est impossible…, hasarda Felix.

— N'en croyez rien. Il y a dans ma bibliothèque la plupart des récits de voyage que des amis à moi collectent en Espagne et au Portugal. Reprenons. Ugo, tu vas demander à Pietro Giambattista et Laura Montanari d'éplucher ces récits et de dresser la liste des plantes observées et de leurs effets. Tu leur diras que c'est une nouvelle idée que j'ai eue pour mes recherches sur la pharmacopée.

— Mais ils se détestent, lui fit remarquer Ugo. Ils ne vont jamais vouloir travailler ensemble.

— Justement, ils ne diront rien de ce qu'ils font par peur que l'autre ne prenne de l'avance. Deuxièmement : voyons les circonstances de la mort et les symptômes qui ont été observés. Tout ce que vous avez relevé : stupeur, délires, hallucinations indiquent sans aucun doute une drogue semblable à la belladone. Continuons à dresser notre tableau. Les caractéristiques de ces plantes : nous savons peu de chose. Blanche comme le lys et rouge comme l'enfer. Voilà qui peut s'appliquer à des centaines de végétaux.

— Cela fait beaucoup d'inconnues, s'inquiéta Felix.

– Bien sûr. Mais si nous arrivons à croiser nos différentes informations, nous tomberons peut-être sur une ou des plantes blanches et rouges, aux effets semblables à la belladone et arrivées d'Amérique récemment. Voilà. Il suffit de chercher.

Felix et François restaient ébahis devant ce diable d'homme qui réfléchissait plus vite qu'un cheval au galop. Tout lui semblait simple. Il reprit :

– Je vais vous décevoir. Je suis sûr de ne pas avoir une telle plante dans mon herbier. La seule chose dont j'ai entendu parler qui soit rouge et qui vienne d'Amérique est une sorte de fruit dont la tige et les feuilles ressembleraient à ceux de la melanzana et qu'on appelle pomme d'or. C'est un gentilhomme de Pesare, Baldo Cortivio, qui m'en avait envoyé des graines. Si seulement la ville de Bologne avait son jardin botanique comme à Padoue, j'aurais pu les planter et les observer de plus près. Mais il va encore falloir des années pour convaincre la municipalité de créer un tel jardin.

Une fois de plus, Felix et François voyaient leurs espoirs s'envoler. Une pomme d'or : avec un tel nom, ce n'était certainement pas leur plante tueuse. Aldrovandi continua :

– Quant à la fleur blanche, je ne vois rien ou, plutôt, j'en vois trop.

Les voyant dépités, il ajouta :

– Je n'ai pas dit mon dernier mot. J'ai une petite idée. Il me faut passer un peu de temps à rechercher certains courriers de Pier-Andrea Matthioli, un des plus grands botanistes de ce temps, et Costanzo Felici, qui s'intéresse aux plantes potagères. Je m'en occuperai en fin d'après-midi. J'ai deux affaires urgentes à régler. Si cela vous dit, accompagnez-moi. Ce sera une occasion de vous montrer Bologne préparant la Porchetta.

Aldrovandi, qui avait saisi dans une coupe un morceau de cédrat confit, était déjà sur le pas de la porte. Felix et François se précipitèrent à sa suite.

25

– Le monde entier s'est-il donné rendez-vous à Bologne ? s'étonna François auprès d'Aldrovandi qui, à grandes enjambées, se frayait un passage à travers la foule.

– Bologne a toujours attiré beaucoup de monde. On y fabrique des draps d'une grande finesse, il y a d'excellents verriers, les banquiers y sont très puissants, mais c'est surtout l'Université qui fait la richesse de la ville. Cela fait marcher les affaires, tous ces gens en quête de livres, de vêtements, de logement, de plaisirs, de vin et de petits plats. Vous verrez, tout à l'heure, nous traverserons le marché, vous serez étonnés de voir autant de victuailles. Les Bolonais aiment les plaisirs de l'esprit, mais aussi ceux des sens.

Au débouché d'une rue, ils virent se dresser devant eux deux immenses tours étonnement élancées. L'une devait faire plus de deux cent cinquante pieds de haut. L'autre toute penchée donnait l'impression qu'elle allait tomber sur eux.

Voyant leur air étonné, Aldrovandi déclara :

– Les voilà nos toutes belles, l'Asinelli et la Garisenda. Elles sont plantées là depuis quatre siècles. Elles ont été construites par deux familles du parti Gibelin qui s'opposaient aux Guelfes. À cette époque, toutes les villes d'Italie se déchiraient autour de ces deux partis. À Bologne, plus qu'ailleurs, chaque famille se mit à construire des tours qui servaient de refuge en cas d'attaque.

— Mais elles ont l'air si étroites… On ne doit guère pouvoir s'y réfugier à plus de dix à moins de s'empiler, s'exclama François.

— Tu as raison. L'Asinelli servait essentiellement à donner l'alarme. Il y avait en haut un guetteur. Avec des signaux lumineux, il transmettait l'alerte aux différentes tours de la ville. Je ne vous conseille pas de vous y aventurer. L'escalier est très dangereux. Par volée de vingt marches, il mène à des paliers qui donnent directement sur le vide intérieur de la tour. Il n'y a aucune fenêtre, on n'y voit goutte. Dépêchons-nous, j'ai rendez-vous au Palais Poggi pour récupérer des documents transmis par Della Porta sur la magie naturelle.

Aldrovandi accéléra le pas. Se retournant vers les deux garçons qui avaient du mal à le suivre, il ajouta :

— Au fait, dans les événements que se sont produits à Montpellier, avez-vous remarqué des choses surnaturelles, des prodiges ? Parmi les morts que vous avez pu observer, y en avait-il qui présentaient des formes monstrueuses ?

— Dans la panique qui a suivi l'arrestation de Catalan, beaucoup de choses ont été dites que nous n'avons pu vérifier par nous-mêmes, répondit Felix.

— Un barbier chirurgien, présent au chevet d'une des victimes, a rapporté que le mourant avait pris une tête de chien puis était redevenu normal, continua François. On nous a dit que des poulets à quatre ailes et quatre pattes étaient nés dans la basse-cour d'un des trépassés.

— Ça, ce sont les choses qu'on raconte toujours. Je m'intéresse beaucoup aux monstres. Je compte bien écrire un livre sur eux, mais cela attendra. J'ai trop de choses à faire. Votre maître Rondelet me fait régulièrement parvenir des informations intéressantes, comme ce poisson en habit d'évêque qu'on dit avoir pêché en Pologne.

— Oui, oui, je le connais, s'exclama François, il est dans le livre de Rondelet.

— Mais il n'y croit guère, poursuivit Aldrovandi. Il m'a dit que pour lui, l'artiste s'était laissé emporter par son imagination. La représentation de la nature telle qu'elle est me tient à cœur : ce sera l'objet de mon deuxième rendez-vous de l'après-midi. Vous verrez.

Ils étaient arrivés à la porte d'un immense palais en pleins travaux. « Ces Bolonais sont vraiment des frénétiques de la construction », pensa François. On ne pouvait leur reprocher car les résultats étaient grandioses. À côté, Montpellier lui paraissait pauvre, petit, sombre. Voyant le regard admiratif de François, Aldrovandi précisa :

— L'auteur de ces fresques, Nicolo dell'Abate, est parti en France il y a quatre ans à la demande de votre roi François. Je crois qu'il travaille au château de Fontainebleau.

Aldrovandi les conduisit jusqu'à la bibliothèque où le cardinal Giovanni Poggi, maître des lieux, allongé sur un lit de repos se faisait servir un verre de vin et quelques sucreries. Très heureux de voir Aldrovandi, il fit mine de se lever, mais retomba sur son lit :

— J'ai bien peur de ne plus en avoir pour longtemps. La vie va me manquer. J'aurais tellement aimé voir mon palais terminé. Avez-vous vu les dernières merveilles peintes par Pellegrino Tebaldi ? J'ai fait promettre à mes héritiers de finir à tout prix la décoration intérieure, même s'il leur faut pour cela vendre les bijoux et la vaisselle du patrimoine familial.

— Votre palais restera l'écrin de lumière de Bologne. Ces jeunes gens, tout juste arrivés de France, dit-il, en montrant Felix et François, en sont tout émerveillés. Vous avez fait une œuvre qui s'inscrit dans le temps.

— Aldrovandi, mon ami, ne vous lancez pas dans un panégyrique. Réservez-le pour le jour de ma mort. Prenez donc plutôt connaissance de ce courrier de Della Porta et dites-moi ce que vous en pensez.

Aldrovandi prit le document que lui tendait Poggi. Felix et François furent sidérés de la vitesse à laquelle il le lut. Ce diable d'homme aurait-il le cerveau fait différemment d'eux ?

— Tout d'abord, je pense que malgré sa jeunesse, à peine vingt-deux ans, Della Porta est déjà très savant. Ce qu'il nous dit là est très sensé. Il réfute la magie noire et les superstitions. Il s'attache à la magie naturelle, celle de la nature qui pour tout savant est l'objet de recherches. La nature est capable de tout. À nous de chercher ce qui se cache derrière les différents phénomènes qu'elle s'amuse à produire. Il nous dit aussi s'intéresser à la « physiognomonie ».

— Qu'entend-il par là ? demanda Poggi

— Eh bien, qu'à partir des caractéristiques extérieures de chaque être, on peut connaître son caractère profond. Ceci étant valable aussi bien pour les hommes que pour les plantes ou les animaux. Par exemple, si l'on porte un anneau où est enchâssé l'œil droit d'une belette, on évitera tous les sortilèges lancés par les yeux. Il cite encore l'effet bénéfique de la ronce contre les morsures de serpent. Car les épines de la ronce ressemblent aux crocs de la vipère.

Felix ne put s'empêcher de demander si ce Della Porta s'y connaissait en poison. Aldrovandi répondit que cela était fort probable, mais que Della Porta était à Naples. Il faudrait plusieurs semaines avant d'avoir une réponse de lui.

Le cardinal poursuivit :

— Si vous vous intéressez aux poisons, allez donc à Florence. Giorgio Vasari m'a rendu visite récemment. Il peint quelques fresques chez les Médicis. Il est totalement désespéré par les fumées qui sortent de la Fonderia où Cosme de Médicis mène ses expériences d'alchimie. Ces fumées gâtent tout son travail. D'après lui, ce laboratoire fournit des substances plus que douteuses qui sont envoyées dans toute l'Europe.

Pendant que le cardinal parlait, Aldrovandi avait fait un signe discret à Felix lui signifiant de se taire, puis il reprit la parole.

— C'est une grande chance d'avoir des princes qui s'intéressent aux sciences. Ils permettent à bien des savants de vivre et de travailler.

— C'est vrai, mais ils ne sauraient remplacer l'Université, lui répondit Poggi. Regardez cette ville et les gloires qui en sont sorties. Dante, Pétrarque, Thomas Beckett, Pic de la Mirandole. Même cet Érasme de Rotterdam dont on fait si grand cas est passé sur les bancs de notre université.

Felix redouta un moment que François ne se lance, comme chez Nostradamus, dans une récitation du *Traité de civilité* d'Érasme.

François s'en garda bien. Il avait furieusement envie de retourner dans la rue et de suivre les préparatifs de la fête.

Felix, lui aussi s'impatientait. Aldrovandi avait parlé d'affaires urgentes à régler et les voilà en train d'assister à des bavardages qui n'en finissaient pas. Au moins, à Bâle, on avait des horloges pour mesurer le temps. Cette invention aurait du mal à s'implanter en Italie, se dit-il.

Aldrovandi ne semblait pas prêt à mettre fin à sa conversation avec le cardinal.

— Souvenez-vous de Nicolas Copernic qui a fait ici des études de droit canon. Il était logé chez notre ami Domenico Maria Novarra, un professeur de mathématiques. Tous deux passaient leurs nuits à observer les étoiles. Un bien étrange personnage, ce Copernic… Juste avant de mourir, il m'a envoyé son livre *Révolution des sphères célestes* qui affirme que la Terre tourne sur son axe en un jour et fait le tour du Soleil en une année.

— Quelle drôle d'idée ! s'exclama le cardinal.

— Ce n'est pas si bête. Évidemment ça remet totalement en cause les théories d'Aristote et de Ptolémée.

— Une terre mobile me semble totalement impossible à imaginer, reprit le cardinal.

— Nous verrons bien, conclut Aldrovandi. Nous allons prendre congé. Je dois encore passer par l'atelier de Passerotti. Nous aurons ensuite à nous préparer pour la Porchetta.

— Je vous envie, jeunes gens. Je ne pourrai, hélas, participer à la fête que par la pensée. Allez et portez-vous bien.

Ils quittèrent le palais. Aldrovandi leur signifia son mécontentement :

— Je vous avais pourtant dit de rester discrets. Le cardinal est un homme de confiance, mais on ne sait jamais qui peut traîner dans l'entourage. Nous sommes sur un sujet sensible. Inutile de nous mettre en danger.

Felix fit amende honorable et jura dorénavant de faire attention à ses paroles.

*

Pour se rendre à l'atelier de Passerotti, ils empruntèrent les petites rues étroites où se tenait le marché de Bologne. La foule était encore plus dense. Ce fut pour François un nouvel émerveillement. La plupart des denrées qu'il voyait lui étaient inconnues. Les melons, qu'il avait découverts à Montpellier, semblaient ici la chose la plus banale. Il y avait des montagnes d'artichauts, ces étranges boules de feuilles dures et épineuses. Il ne put s'empêcher de demander à Aldrovandi comment cela se mangeait.

– C'est assez nouveau. Tout le monde en raffole. On peut le manger cru ou cuit sur les braises. Ou bien encore en bouillon. On peut le truffer d'ail haché menu et de feuilles de menthe. Il réveille l'appétit.

François lui désigna de drôles de légumes à la peau lisse et à la couleur violine.

– Ah ça! Ce sont des aubergines. Elles viennent d'Inde. Ce sont les Arabes qui les ont introduites en Sicile. Ici, elles ne sont guère appréciées que par les Juifs. On les mange communément frites dans l'huile avec du sel et du poivre comme les champignons.

– Vos terres sont-elles si pauvres qu'il vous faut vous nourrir de verdures? lui demanda François. En France, c'est nourriture de gueux.

Aldrovandi éclata de rire.

– Ici, c'est tout le contraire. Les riches en raffolent. Et tu n'as pas tout vu. Il y a d'autres nouveautés comme les choux-fleurs, les haricots verts, les petits fenouils

190

doux. On les doit à des maraîchers inventifs de la région de Florence.

François aurait bien pris racine devant ces étals. Il se promit de revenir pour en savoir plus sur la manière d'accommoder toutes ces choses nouvelles. Une charcuterie insolite lui attira l'œil. De la taille d'une grande assiette, à la chair rose mouchetée de blanc. Avant qu'il ne lui pose la question, Aldrovandi annonça :

— La mortadelle, la fameuse mortadelle de Bologne. C'est une des spécialités les plus appréciées. Les charcutiers ont des commandes de l'Europe entière. Il y a aussi la saucisse d'oie fabriquée par les Juifs qui ne sauraient manger du porc.

Les jambons qui pendaient aux solives des boutiques étaient somptueux. Il y avait aussi toutes sortes de saucissons et de saucisses. François se dit que l'art de la charcuterie n'appartenait pas qu'à la France, contrairement à ce que clamait son père.

Quant aux fromages, le spectacle était impressionnant : d'énormes meules du fameux fromage granuleux trônaient sur de grandes tables. Voyant son intérêt, Aldrovandi précisa :

— C'est du fromage de Parme, le parmiggiano, une vraie merveille que le monde entier nous envie.

François se dit que s'il n'y avait eu Catalan en prison et Montpellier au bord de la guerre civile, il aurait été le plus heureux des hommes.

26

Ils avaient quitté le quartier du marché et longeaient l'immense cathédrale. Aldrovandi leur montra un ensemble de bâtisses très anciennes :

— Ces maisons vont être détruites. C'est là que va être construit l'Archiginnasio. Y seront réunies toutes les écoles universitaires.

— Vous voulez dire que tous les cours auront lieu au même endroit ? Que ce soit pour le droit, la médecine, les lettres ? demanda Felix.

— Et la théologie, la philosophie, les mathématiques. C'est une manière pour l'Église de reprendre son pouvoir sur l'Université, de surveiller ce qui se dit et se fait. Depuis très longtemps, les étudiants ont un droit de regard sur le choix des professeurs et l'Église le supporte difficilement.

— Jamais je n'aurais imaginé une université aussi puissante, dit Felix. Nous avons vu, tout à l'heure, une jeune fille parmi vos étudiants. Il n'y a qu'ici qu'on peut voir ça.

— Très certainement. Nous avons même eu des femmes professeurs comme Bettista Gozzadini, il y a deux cents ans. On dit qu'elle donnait ses cours sur la place publique. Ou Novella d'Andrea qui portait un masque pour que sa beauté ne distraie pas les étudiants.

Bologne est terre bénie pour les études et pour les arts. Nous voilà arrivés chez Bartolomeo Passerotti.

Au deuxième étage d'un immeuble récent se tenait un *botteghe*, un atelier de peintres. Une ruche où de nombreux jeunes gens s'affairaient. Les uns broyaient des couleurs, les autres étaient assis par terre pour dessiner. Des moulages, de petits objets antiques côtoyaient des animaux empaillés, des fleurs fraîches et séchées. L'ambiance était un tantinet survoltée, tous s'interpellant avec vigueur. Un grand jeune homme aux cheveux longs et noirs se précipita à la rencontre d'Aldrovandi qui le prit affectueusement dans ses bras. Ils se donnèrent une longue accolade. Ces Italiens ont l'amitié démonstrative, se dit Felix, peu habitué aux grandes effusions.

Passerotti les fit asseoir sur des petits tabourets. S'emparant d'un pichet et de gobelets, il leur servit un vin clair et rosé.

– Alors Bartolomeo, quand quittes-tu Rome pour nous revenir ? lui demanda Aldrovandi.

– Bientôt, bientôt. Je compte reprendre cet atelier à mon compte. Je commence à avoir une idée bien précise de ce que je veux faire. Une nouvelle manière de peindre que je mettrai en pratique ici, à Bologne.

– Donne-moi donc quelques nouvelles de Rome, cette ville de fous.

– Mon cher Ulisse, tu ne crois pas si bien dire. En ce moment je travaille avec Taddeo Zuccari à la réalisation des fresques de la Sala Régia au Vatican. On en voit des vertes et des pas mûres avec ces princes de l'Église.

– Ça ne peut pas être pire que lors du règne des Borgia. J'ai hâte de te revoir définitivement parmi nous. Nous pourrions enfin travailler ensemble.

– Je ne suis pas sûr que ce soit une bonne idée. Le plaisir que je prends à rajouter au réel des choses qui ne sont que dans mon imagination risque de nous brouiller à jamais. Tu attends de tes peintres la plus grande fidélité à la nature. Moi, j'aime l'enjoliver, raconter une histoire.

– J'ai toujours aimé les histoires que tu racontes, rajouta Aldrovandi avec un sourire qui fit rougir Passerotti. Te joindras-tu à nous ce soir, à la fête ? J'y emmène ces jeunes gens, tout droit arrivés de Montpellier et qui ne connaissent rien de nos amusements.

– Oui, j'y serai. Je pars dans deux jours pour Padoue et je ne manquerai pour rien au monde la Porchetta. Je t'ai préparé les pigments que tu m'as demandés. Voilà le vermillon. N'oublie pas de conseiller à tes peintres d'appliquer un glacis garance pour conserver sa luminosité.

– C'est vrai que cette couleur a tendance à être fugace. Qu'as-tu d'autre à me proposer ?

– Quelque chose de très nouveau qui vient de Naples. Un jaune superbe. Mais fais très attention, il est aussi dangereux que le vermillon. Un vrai poison.

Encore des poisons. À croire que tous les métiers en employaient. François se dit alors que le Prévôt aurait pu aller enquêter chez les peintres de Montpellier ou chez les tanneurs qui faisaient une forte consommation de vitriol. Les apothicaires n'étaient pas les seuls à manier des substances vénéneuses.

– Ne t'inquiète pas, répondit Aldrovandi à Passeroti. Je serai prudent. Fais-moi plaisir, garde auprès de toi mes jeunes amis pendant que je continue à courir après quelques énergumènes de ton espèce. Conduis-les sur la Piazza et ramène-les-moi ce soir.

Aldrovandi bondit sur ses pieds, saisit le précieux paquet de pigments et disparut à grandes enjambées. Passerotti s'exclama en riant :

– Il ne changera jamais ! Il ne sait pas tenir en place. Son esprit est en constante alerte et sa grande carcasse fait ce qu'elle peut pour suivre le mouvement. Un feu follet qui attire dans son sillage tout ce que le monde compte de lumineux. Il vous a confié à moi, je ne saurai le décevoir. Laissez-moi juste le temps de nettoyer mes pinceaux.

Restés seuls, Felix et François se resservirent un gobelet de vin et commencèrent à échanger leurs impressions :

– Nous n'avançons guère, nous piétinons. Bologne est peut-être la ville la plus savante du monde, mais cela n'arrange pas nos affaires, se lamenta Felix.

– Attends, nous ne sommes là que depuis à peine vingt-quatre heures. Aldrovandi semble avoir une idée en tête.

– Ce Messer Ulisse qui joue de tous ses charmes me paraît un peu suspect. Ugo, Passerotti et même le cardinal le couvent d'un regard adorateur, mais en attendant, il ne fait que brasser du vent.

François s'exclama :

– Tu exagères ! Pense à ses collections extraordinaires et à la manière délicieuse dont il nous reçoit.

– Et voilà. C'est bien ce que je dis. Toi aussi, tu es sous le charme, prêt à chanter ses louanges. En plus, je déteste ses embrassades et cette impression qu'il me fait de l'œil en permanence.

François lui répondit dans un éclat de rire :

– Tu es injuste, il a un tic. Ce n'est pas de sa faute.

– Je t'assure qu'il en fait plus qu'il ne devrait.

— Vraiment, l'Italie ne te réussit pas. Prends ton mal en patience et bois un coup.

La méchante humeur de Felix agaçait de plus en plus François. Lui se trouvait parfaitement bien à Bologne. Il n'avait rien à reprocher à Aldrovandi qui semblait prendre leur problème à cœur. En outre, ses manières flamboyantes ne lui déplaisaient pas, bien au contraire.

*

Passeroti revint vers eux et leur proposa de faire un tour sur la Piazza Maggiore où la fête se préparait. Ils traînaient derrière eux un Felix revêche, bien décidé à ne pas se laisser divertir.

Des filins étaient fixés du sommet du palais d'Acurso à celui du Podestat. Là-haut, dans les airs, des funambules, habillés de rouge et de bleu, faisaient des acrobaties. Chacun de leurs mouvements provoquait des cris d'effroi et de stupeur dans le public.

Sur une estrade, des comédiens donnaient une farce qui faisait rire aux éclats les spectateurs. Tous les bâtiments étaient ornés de grandes tentures multicolores, bruissant au moindre souffle de vent.

Felix abandonnait un peu de sa réserve. François le surprit même à sourire aux pitreries d'un jongleur et d'un cracheur de feu.

Hélas, Passeroti eut la mauvaise idée de leur proposer une visite de San Petronio, la cathédrale où Charles Quint avait été couronné empereur en 1530.

Tout à son bonheur de leur montrer les chefs-d'œuvre de ses collègues, Passeroti les entraînait de chapelle en chapelle. Il leur montra une piétá livide et tourmentée d'Americo Aspertini, un saint Roch du Parmigianino, une madone à l'enfant de Lorenzo Costa. Pour couronner le tout, il s'arrêta un long moment dans la chapelle Bolognini. Il leur commenta les fresques de Giovanni da Modena : le terrible Lucifer en train d'avaler un homme par la bouche et d'en rejeter un par le fondement. En passant devant un monumental retable peint et rehaussé d'or, François sentit que Felix était au bord de la crise de nerfs. Les précieuses marqueteries des prie-Dieu que leur signalait Passerotti lui arrachèrent un gémissement. Quant aux reliquaires ornés de pierres précieuses, d'or et d'argent, ce fut avec un abominable grincement de dents qu'il s'en éloigna. Sentant venir le drame, François le prit par le bras, s'excusa brièvement auprès de Passeroti passablement interloqué. Il entraîna son ami aussi vite qu'il put vers la sortie. Felix était vert et blanc. Il murmurait d'une voix sourde :

– Les anges, les saints, les vierges Marie, je n'en peux plus. Sornettes et balivernes. Superstitions papistes. Rendez-moi Luther et Calvin. Au secours…

Exaspéré, François s'emporta :

– Ça suffit Felix ! Des images religieuses, il y en a partout dans cette ville. Il va bien falloir que tu t'y fasses si tu veux survivre.

Felix, assis sur les marches du parvis, se tenait la tête entre les mains. Quand Passerotti les rejoignit, François s'excusa de devoir mettre fin à la visite. Il lui fallait ramener son ami chez Aldrovandi pour le mettre à l'abri des attaques d'anges.

*

De retour au palais, François lui tint compagnie un bon moment et s'en fut à la recherche d'Aldrovandi.

Il le trouva dans son cabinet de travail. Ce dernier l'accueillit avec son désormais célèbre sourire et déclara :

– Tu tombes bien. Nous sommes sur la bonne voie. Laura a trouvé un passage intéressant dans un récit de voyage d'un conquistador. Il est question d'une fleur blanche dont l'odeur provoquerait la mort immédiate. Ugo recherche les lettres que je lui ai demandées. Nous en saurons plus demain.

François lui fit part de son inquiétude pour Felix, ce qui n'eut pas l'air d'étonner Aldrovandi :

– C'est un phénomène courant. Luther s'est déchaîné contre toute représentation religieuse. Calvin mène une lutte sans merci, non seulement contre les images mais aussi contre la musique, les fêtes, l'habillement, les banquets. Ici où tout est prétexte à magnificence, certains éprouvent un léger malaise. Tu verras, un bain de couleurs ne peut pas lui faire de mal. C'est un garçon intelligent, il abandonnera ses préventions. Quant à toi, il est temps de te préparer pour ce soir. Comme j'imagine que vous n'avez guère prévu de vêtements de fête, j'ai demandé à Ugo de vous en choisir quelques-uns. Dès la nuit tombée, nous irons ensemble Piazza Maggiore.

François le remercia chaleureusement. Dans l'escalier, il rencontra Ugo chargé des vêtements qui leur étaient destinés. Il l'en débarrassa et trouva que le jeune homme était plus réservé à son égard. La mauvaise humeur de Felix était-elle contagieuse ? Il retrouva ce dernier fort maussade. François lui annonça que les recherches d'Aldrovandi semblaient porter leurs fruits. Il répondit par un laconique « Tant mieux ».

Felix refusa d'essayer les vêtements et déclara qu'il était hors de question qu'il se rende à la fête. Il se tourna ostensiblement vers le mur.

François soupira et commença ses essayages. Il opta pour une chemise en dentelle de Venise que les crevés d'un pourpoint de velours couleur groseille laissaient entrevoir. Les chausses l'étonnèrent : chaque jambe était d'une couleur différente. Il choisit des tons parme et violet assortis au pourpoint. Les hauts-de-chausses noirs étaient pourvus d'une braguette proéminente, à la mode italienne. Il hésita à prendre une casaque, il y en avait de superbes en soie mordorée, mais la chaleur permettait de s'en passer. Jamais il n'avait porté de vêtements aussi fins, aussi doux à la peau. Il était impatient de voir ce que porteraient Aldrovandi et ses amis. La fête serait belle, il en était sûr. Il laissa Felix, plus fermé qu'une huître de Zélande.

*

Il retrouva dans la cour ceux qui étaient déjà prêts. Ugo le félicita sur sa belle allure, mais s'éloigna aussitôt pour parler avec d'autres. Aldrovandi apparut dans un costume où les bleus profonds se mariaient à des couleurs ciel et pierre de lune. Il avait une telle prestance qu'un léger murmure admiratif se fit entendre. Ils prirent le chemin de la Piazza Maggiore. De toutes parts surgissaient des groupes en habits chamarrés. Sur la place, des centaines de torches faisaient danser les ombres. La foule était joyeuse et attendait avec impatience la Porchetta. De grands feux avaient été allumés et des dizaines de cochons de lait étaient en train de rôtir. Puis ce fut le branle-bas de combat : la viande fut découpée et distribuée à tous. Les vendeurs de vin faisaient des affaires en or. La foule devenait de plus en plus bruyante. Les jeunes gens dansaient près des musiciens. Le petit groupe autour d'Aldrovandi s'était considérablement agrandi. Ugo semblait avoir retrouvé sa bonne humeur. Il buvait les paroles de son maître qui avait un mot pour chacun. C'était une bien belle et bien bonne chose à voir que cette liesse générale. François avait la tête qui lui tournait un peu. Il se retira sous une de ces arcades qui couraient le long des rues et des places de Bologne. Il regardait la foule brillante qui attendait le clou du spectacle : le feu d'artifice. Toutes les torches s'éteignirent. La place était plongée dans le noir quand il sentit des bras se refermer sur lui avec douceur. Il reconnut Aldrovandi à son eau florale de verveine et l'entendit lui chuchoter à l'oreille :

— Petit Français, tu me plais. Si je le pouvais, je te garderais.

Il sentit des lèvres chaudes lui parcourir la nuque. Il resta interdit, incapable de mouvement, irrésistiblement attiré par cette chaleur et le désir qu'il sentait monter en lui. Il se retourna vers Aldrovandi qui l'étreignit avec force. Leurs corps se touchaient. François, éperdu, respirait la peau d'Ulisse qui lui releva le menton, caressa son visage, ses yeux, posa les lèvres sur les siennes. François ne résista pas et ce baiser fut si intense, si parfait qu'il souhaitait qu'il ne se termine jamais. Les fusées du feu d'artifice qui éclataient au-dessus d'eux étaient autant d'explosions qu'il ressentait dans son corps. Quand ce baiser prit fin, Aldrovandi resserra son étreinte et dit :

— Tu vois, la nature est pleine de surprises. Il faut toujours aller chercher ce qui est caché. Reviens un jour. Je t'en dirai plus.

François ne lui répondit pas, trop étonné par ce qui venait de se passer. Il vit dans le regard d'Aldrovandi cette bienveillance teintée d'ironie, qui, il s'en rendait compte maintenant, l'avait séduit depuis leur rencontre.

Ils restèrent quelques instants silencieux, unis par une profonde complicité. Aldrovandi déposa un baiser sur les lèvres de François et lui dit :

— Je dois retourner à mon petit monde qui va s'inquiéter de mon absence. N'oublie pas ce moment.

Aucun risque que François n'oublie ! Aldrovandi reparti vers la piazza, il s'assit contre la colonnade et essaya de ramener un peu de calme dans son corps et son esprit. Pas banale, cette histoire. Ainsi, on pouvait aimer charnellement les hommes et les femmes. Ce diable d'Italien, cueilleur de plantes et collectionneur de monstres, l'avait emmené avec une facilité déconcertante sur des chemins qu'il ne soupçonnait pas.

Lui, François, qui avait toujours désiré les filles ; lui, l'amant heureux d'Anicette, était tombé dans les bras d'un homme, avait cherché à sentir son sexe contre le sien et l'avait embrassé à bouche-que-veux-tu…

Felix avait peut-être raison : ce pays était dangereux. Attaque d'anges pour l'un, attaque de bougre pour l'autre. Mais François se réjouissait d'avoir goûté à un fruit nouveau. Défendu, certes, mais délicieux.

Souhaitant s'en remémorer tous les goûts, il quitta la piazza où la fête battait son plein et rentra au palais. Felix était profondément endormi et ronflait à tout-va. Dieu merci, il n'aurait pas à lui raconter sa soirée.

Il se déshabilla, cherchant sur ses vêtements le parfum de verveine. Il caressa le brocart du pourpoint, surpris de sa raideur alors qu'il n'avait ressenti que douceur quand Ulisse l'avait pris dans ses bras. Il sut alors se souvenir des moindres frémissements de sa peau sous les caresses, de la langueur qui l'avait envahi au contact des lèvres chaudes sur les siennes, du feu qui s'était emparé de lui dans ce baiser profond. Il laissa venir à lui les vagues de plaisir. Il s'endormit avec pour ciel de lit le regard d'Aldrovandi au plus fort de leur baiser.

27

Felix le réveilla sans ménagement :

– Allez, bouge-toi, il faut absolument qu'on parte au plus vite. Allons voir ce que ton Aldrovandi a trouvé comme piste et quittons ces lieux.

La dénomination « ton Aldrovandi » résonna curieusement aux oreilles de François. Felix ne croyait pas si bien dire. Un peu anxieux à l'idée de se retrouver en présence d'Ulisse, François se dépêcha d'enfiler une chemise, un pourpoint et des chausses. Il rattrapa en courant Felix qui était déjà dans l'escalier. Ils trouvèrent Aldrovandi dans son cabinet de travail qui s'exclama en les voyant :

– J'allais vous chercher. Je crois avoir trouvé. Il y a deux témoignages. Écoutez celui de Pietro Andrea Matthioli : « On trouve de nos jours une espèce en Italie, aplatie comme une pomme et côtelée. Elle est d'abord verte et quand elle mûrit, elle devient couleur or. » Mais il paraît, toujours selon Matthioli, que certains la mangent comme l'aubergine, frite dans de l'huile d'olive.

– Si on en mange, ce ne peut donc être elle, l'interrompit Felix d'un ton qui trahissait son animosité envers Aldrovandi.

Ce dernier ne parut pas le remarquer et répondit posément :

– La contradiction est flagrante. Peut-être pouvons-nous lui appliquer la phrase de Paracelse : « Rien n'est poison, tout est poison. C'est la dose qui fait le poison. » Toujours d'après Matthioli, les Indiens l'appellent *tumatl*. C'est notre fameuse pomme d'or. Il parle aussi de *tartuffi* qui poussent dans la terre. Très vénéneuses, elles aussi. Ainsi que d'une feuille appelée tabac qui est mortelle.

– Décidément, la découverte de l'Amérique ne présage rien de bon, fit remarquer François. Peut-être y a-t-il un lien entre la couleur de cette *tumatl* et le breuvage rouge qu'a décrit Bernd ?

– Oui et c'est confirmé par une lettre de Costanzo Felici. Il la décrit comme une étrange baie rouge rapportée par Hernan Cortez. Laura a trouvé le blanc, nous avons trouvé le rouge. Malheureusement, je n'ai que ces descriptions écrites. Aucun dessin ne les accompagne. Il faut absolument que nous trouvions ces plantes à l'état naturel. Quand je pense que j'ai eu des graines de cette fameuse *tumatl* entre les mains !

Une fois de plus, Felix et François voyaient s'évanouir une piste prometteuse. Aldrovandi, après un moment de silence, reprit la parole :

– Il y a peut-être une chance de la trouver à Padoue. Cortivio qui m'avait envoyé ces graines disait qu'il en faisait aussi parvenir à Gabriel Fallope. C'est lui qui assure l'enseignement de la botanique à l'université. Il a certainement dû la planter pour l'étudier. Je vais vous préparer des lettres d'introduction pour Gabriel et pour Luigi Squalermo, le directeur du jardin botanique. Vous partirez demain avec Passeroti qui lui aussi doit se rendre à Padoue.

L'espoir renaissait.

Felix était grandement soulagé à l'idée de quitter Bologne. François, s'il se réjouissait de la tournure que prenait leur enquête, n'était pas aussi pressé de partir.

En voyant Aldrovandi simplement vêtu de chausses d'étamine, de hauts-de-chausses de velours noir et d'un pourpoint de satin écarlate, il s'était senti de nouveau terriblement attiré par ce corps d'homme. Il tenta d'oublier son désir pour l'écouter attentivement, mais la voix d'Ulisse le ramenait au plaisir qu'il avait ressenti dans ses bras. Rester, oui, rester encore un peu, pour en savoir plus, pour goûter à sa peau, recevoir ses caresses, se soumettre à sa volonté.

Il reprit pied dans la réalité quand Ulisse s'adressa à lui :

– François, tu aideras Laura à recopier les différents passages qu'elle a trouvés dans les récits des conquistadors. Vous aurez ainsi les informations écrites prouvant l'origine de ces plantes.

Aldrovandi avait son habituel ton aimable et rien n'indiquait qu'il fût le moins du monde troublé. François lui en voulut ardemment d'avoir ainsi mis le feu à ses sens pour finalement se détourner de lui aussi rapidement. Il se rendit compte qu'Ugo l'observait attentivement, le visage sombre et fermé. Il ressentit une jalousie aiguë. Bien sûr, il aurait dû y penser : Ugo était le mignon d'Aldrovandi et veillait en bon chien de garde à ce que personne n'approche de trop près son maître.

François se ressaisit et acquiesça avec un joli sourire qui lui coûta fort. Il remercia Aldrovandi de les avoir guidés sur des chemins inconnus avec tant de bienveillance, de leur avoir fait découvrir tant de nouveautés dans un temps aussi court et de leur avoir procuré des souvenirs inoubliables.

Felix, un peu étonné du ton solennel de François, regardait son ami d'un air interrogatif. Ugo avait les yeux baissés et les poings fermés. Aldrovandi ne s'était pas départi de son sourire. Le tressautement de sa paupière se fit encore plus rapide quand il remercia François par ces paroles :

– C'est un grand plaisir pour moi de vous avoir ici, jeunes gens.

Sur ce, chacun partit vaquer à ses occupations. François alla retrouver Laura à la bibliothèque. Ulisse et Ugo regagnèrent la nouvelle aile du palais pour continuer à installer les collections. Felix resta dans le cabinet de travail avec pour tâche de recopier les lettres de Matthioli et de Costanzi.

Laura fit un bon accueil à François et l'installa confortablement. Mine de rien, il amena la conversation sur le célibat d'Aldrovandi. Laura qui était du genre jaseuse comme une pie borgne ne lésina pas sur les informations.

– C'est vrai que les femmes ne sont pas son souci premier. Il dit que dans quatre ans, pour ses quarante ans, il prendra une épouse. Il y en a qui n'attendent que ça. C'est incroyable le nombre de dames et demoiselles qui le font venir pour qu'il leur montre comment faire un herbier ! Alors, il maraude, il butine, il picore. Bologne doit être la ville au monde où il y a le plus grand nombre d'herbiers…

– C'est bon pour la science !

– Certes, mais très mauvais pour le moral d'Ugo ! De toute manière, le pauvre se berce d'illusions. Pour Aldrovandi, ce qui compte, ce sont ses fleurettes, ses scarabées et ses morceaux de pierre. Il ne sera jamais l'époux idéal pour qui que ce soit, homme ou femme !

François était un peu surpris que la jeune fille aborde aussi librement la vie amoureuse de son professeur. Encore trop peu certain de ses sentiments, il ne tenait pas vraiment à ce que la conversation continue sur ce sujet brûlant. Aussi orienta-t-il leurs échanges sur les travers des universités, des professeurs, les difficultés et les plaisirs de la vie d'étudiant.

Ayant fini sa tâche, il décida d'aller prendre un peu l'air. Il partit dans la ville sans but, marchant pour calmer la tension qu'il sentait en lui. Au coin de la via Santo Stefano et de la via Pepoli, il entra en collision avec un petit homme rondouillard qui s'agrippa à lui pour ne pas tomber. L'inconnu, resserrant son étreinte, lui murmura dans un français à peine compréhensible :

– Je sais ce que vous cherchez. Je peux vous aider. Nous avons connu les mêmes problèmes. Des moines qui produisent les herbes médicinales pour la pharmacie de Calmadolesi ont percé le mystère.

François essaya de se dégager, se méfiant de ce personnage surgi de l'ombre. L'autre continua :

– Si vous voulez sauver Catalan, venez avec votre ami ce soir au couvent Santo Stefano. Nous savons qui est à la tête de tout ça.

– Comment savez-vous qui nous sommes ? Pourquoi ne vous êtes-vous pas manifesté avant ?

– Nous sommes très surveillés et nous risquons la mort. Je ne peux pas vous en dire plus. Ce soir, après complies, la petite porte qui donne sur le jardin sera ouverte. Je vous y attendrai.

Le temps que François réalise qu'il ne pouvait le laisser partir ainsi, l'homme avait disparu. Était-il entré dans une maison ? Avait-il atteint une autre rue ?

Comment cet individu avait-il eu connaissance de leur présence à Bologne ? Il avait prononcé le nom de Catalan, il était donc au courant de toute l'affaire.

François rentra immédiatement au palais, trouva Felix plongé dans des livres d'anatomie, l'entraîna dans leur chambre et lui raconta l'incident. La réaction de Felix fut immédiate :

– C'est un piège. On nous a suivis. On nous traque.

– Peut-être ne sommes-nous pas les seuls sur la piste du poison ? Allons-y ce soir pour en avoir le cœur net.

– Pas question ! Ce serait totalement stupide d'aller au-devant d'ennuis alors que nous sommes si près du but.

– Sauf que si nous pouvons gagner quelques jours et repartir de Bologne dès demain sans passer par Padoue, Catalan ne s'en plaindra pas. C'est toi, ce matin, qui disais vouloir mettre les voiles.

– Au moins parlons-en à Aldrovandi. Il nous a assez conseillé d'être prudents.

– Surtout pas ! C'est peut-être lui qui nous tient éloignés de la vérité et qui nous empêche d'entrer en contact avec ceux qui ont la solution.

D'un ton excédé, Felix l'interrompit :

– Tu délires, mon pauvre garçon. Tu es le premier à lui tresser des couronnes de laurier. Depuis deux jours, tu ne jures que par lui.

François resta un moment interdit et répliqua :

– Peut-être. Parfois trop de bonté cache de noirs desseins. Je me suis peut-être fourvoyé. Fais ce que tu veux. J'irai ce soir à Santo Stefano et je t'interdis d'en parler à qui que ce soit.

– Triple mule, bougre d'idiot. Jamais je n'aurais dû accepter de partir avec toi. Tu as un pois chiche dans le cerveau.

Furieux, François se mit à crier à son tour :

— Et toi, tu crois que c'est une preuve d'intelligence de te trouver mal parce qu'il y a des anges au plafond et que Marie-Madeleine a les seins nus ?

Furieux, François sortit de la chambre en claquant la porte. Qu'ils aillent tous au diable ! Felix et ses vapeurs anti-papistes, Ulisse et ses baisers incendiaires, Ugo et ses airs de madone offensée. Il allait régler l'affaire une fois pour toutes, retourner à Montpellier avec le poison, prendre Anicette par la main et partir au bout du monde. Tiens, en Amérique ! Voilà une bonne idée. Au moins, avec les cannibales, c'était simple. Pas d'états d'âme. Tu as bon goût, on t'aime et hop dans la marmite !

28

Deux heures à attendre avant que l'office de complies plonge le couvent San Stefano dans le calme de la nuit. Pour calmer sa colère et son impatience, François décida de s'offrir une halte dans une auberge, une de ces *osterie* qui étaient, paraît-il, au nombre de cent cinquante à Bologne. Il se laissa guider par les enseignes qui annonçaient la spécialité de la maison. Il entra aux *Due Gambari*, les deux crevettes, et s'octroya un festin où tous les crustacés et coquillages s'étaient donné rendez-vous. Il ne négligea pas les vins et goûta à tout ce que lui proposait le patron : du blanc, du rosé, du rouge. Il se sentait de plus en plus sûr de lui et de son choix d'agir la nuit même.

Au deuxième pichet, pris d'un accès d'amour universel, il oublia ses griefs envers Felix et Aldrovandi et se jura, dès son retour, de leur dire à quel point il les aimait.

Il entendit les cloches d'une église proche annonçant qu'il devait se mettre en route. Délicat, ce fut très délicat. Le vin italien était traître. Il se demanda pourquoi les cloches avaient migré dans son crâne. Il eut le plus grand mal à atteindre la porte du jardin du couvent. Elle lui paraissait aussi lointaine que cette fameuse Amérique. Non sans mal, il y arriva, la trouva ouverte et pénétra en titubant dans le sanctuaire. Quelque chose lui disait qu'il fallait ouvrir l'œil. Mais lequel ? Les deux avaient une lourde tendance à se fermer. Il se laissa glisser contre un mur et s'endormit comme un bienheureux.

Rien n'étant plus inconfortable qu'un pilier d'église et un carrelage de marbre, deux bonnes heures après, François reprit conscience. Il s'en voulut furieusement d'avoir raté le rendez-vous à cause de quelques flacons de vin. Mais peut-être l'avait-on attendu ?

Il avançait dans une obscurité devenant de plus en plus profonde. Il savait par Passerotti que Santo Stefano était composé de sept églises et d'un couvent de Célestins. Un dédale dans lequel il aurait du mal à s'orienter. Il suivait les piliers en direction d'une bougie vacillante quand il vit sur la droite une porte voûtée menant à un cloître faiblement éclairé par la lune. Le silence était aussi profond que la nuit. Il longea le cloître et entra en collision avec ce qu'il comprit être le monumental tombeau de San Pétronio décrit par Passerotti et qui occupait tout le centre de la première église. Les cloches se firent carillonnantes dans sa tête, mais il continua à tâtons. Un bruit lui parvint, celui de voix assourdies. Il se rapprocha. Les paroles devinrent perceptibles. Il reconnut la voix de l'Italien rencontré l'après-midi. Il y avait deux autres hommes : l'un qui parlait français sans accent et l'autre avec un accent italien. Les premiers mots le glacèrent :

— Ces petits imbéciles ne sont pas venus.

— Pourtant, j'en ai bien vu un, celui de cet après-midi qui s'approchait de la porte. Il avait l'air souffrant. Je l'ai vu entrer. J'ai attendu un moment avant d'entrer à mon tour pour lui laisser un peu d'avance, mais il a disparu.

– Il faut absolument le retrouver et lui faire la peau. Nous savons par Ugo Balducci, le secrétaire de ce maudit Aldrovandi, qu'ils vont partir pour Padoue avec toutes les chances de trouver ce qu'ils cherchent.

François, qui maintenant entendait distinctement toutes les paroles, était terrifié. Felix avait raison : c'était un piège. Et Ugo était le traître.

– Il ne faut absolument pas qu'ils arrivent au jardin botanique. C'est là que nous nous sommes procuré une grande partie des semences.

François avait l'oreille aussi tendue qu'une oriflamme à la bataille de Marignan.

Le Français reprit :

– Ce ne sont pas ces deux blancs-becs qui vont se mettre en travers de notre chemin. Ce que nous faisons à Montpellier n'est qu'une première étape. Nous agirons ainsi dans toute l'Europe. Vous auriez dû faire comme je l'avais proposé : les trucider dès qu'ils sont arrivés à Bologne.

L'Italien qui parlait très bien français reprit la parole :

– Vous savez très bien que nous n'avons pas pu. Ils n'ont été que rarement ensemble ou alors toujours en compagnie d'Aldrovandi. Avec la foule de la fête, toute attaque directe était impossible. Et dois-je vous rappeler que votre tentative de les faire disparaître à Marseille a lamentablement échoué ?

François fut pris d'un grand frisson. Au souvenir de l'odeur nauséabonde du port, la tête lui tourna, il eut un haut-le-cœur. Non, ce n'était vraiment pas le moment de rendre tripes et boyaux.

Il en avait assez entendu comme ça. Il lui fallait s'éclipser le plus discrètement possible. Il voulut tout de même essayer de voir les visages des comploteurs. Se rapprochant un peu plus, il aperçut les trois hommes assis à une table. Dans la lueur tremblotante d'une bougie, il discerna un moine âgé au visage rond et au nez épaté. Le rondouillard, il le connaissait déjà, il l'avait percuté dans la rue l'après-midi même. Le dernier, le Français, lui tournait le dos. Il ne vit que sa haute stature, sa chevelure argentée et sa grande cape de voyage noire.

Il se déplaça sur la droite et prit appui sur ce qu'il croyait être un pilier. Ce n'était qu'une colonne de pierre en équilibre instable qui tomba avec fracas sur les dalles de pierre. Aussitôt les trois hommes se levèrent et le virent détaler vers la porte menant à l'église.

Comment allait-il retrouver son chemin à travers ce dédale ? Se fiant à son sens de l'orientation, il réussit à traverser sans problème le premier sanctuaire. Hélas, le vieux moine qui connaissait parfaitement les lieux avait surgi d'une porte latérale et n'était qu'à un mètre de lui. François sentit l'odeur infecte qui se dégageait de la robe de bure jamais lavée. Le moine réussit à l'attraper par l'épaule. François se retourna et lui assena un coup de poing d'une telle violence que l'homme à la tonsure alla s'écraser les quatre fers en l'air au pied d'un autel. Et d'un ! se dit François en reprenant sa course.

Les deux autres avaient le même handicap que lui : la méconnaissance des lieux, mais se repéraient facilement au bruit de sa course. Il reconnut le tombeau de Petronio. Ouf ! il était sur la bonne voie. Il maudissait ces bâtisseurs, qu'ils soient bénédictins ou célestins, qui avaient cru intelligent d'imbriquer sept églises les unes dans les autres.

Arrivé dans le transept, il était incapable de se souvenir si la porte qui menait au jardin et à la liberté se trouvait à gauche ou à droite de la nef. Il se maudit d'avoir autant taquiné le pichet. Ses poursuivants se rapprochaient. Il zigzagua entre les colonnes de marbre et soudain reconnut les deux angelots contre lesquels il s'était endormi. « Tu vois, Felix, que les anges ça peut servir… »

Il était enfin dehors. Il traversa la place et pesta contre le pavage de galets qui rendait sa course douloureuse. Il s'engouffra dans un passage qui reliait plusieurs maisons entre elles, souhaitant que ce ne fût pas un cul-de-sac. Une première volée d'escaliers menait à une courette, puis à une seconde, puis à une troisième. Ça n'allait donc jamais finir ! Le grand escogriffe à la cape noire était à deux pas de lui, tandis que le Bolonais avait plus de mal à suivre.

S'emparant d'un seau de bois qu'il venait d'apercevoir sur un petit puits juste devant lui, il s'en servit comme d'une masse d'armes. Le Français, emporté par sa course, le reçut en plein abdomen. Il s'écroula et, gémissant, ne put se relever. Et de deux !

Après une cinquième volée de marches, il déboucha dans une rue d'où il aperçut les deux tours, l'Asinelli et la Garisenda. S'il arrivait à maintenir son allure, il avait une chance de s'en tirer. En contournant le ghetto juif, il ne lui restait qu'une dizaine de minutes avant d'atteindre le palais Aldrovandi.

Manque de chance, le petit gros, un poignard à la main, se rapprochait, tricotant des gambettes. Arrivé au pied de l'Asinelli, voyant une porte ouverte, François pensa qu'il pourrait se barricader à l'intérieur. Mais l'autre entra sur ses talons, avant que François n'ait eu le temps de refermer la porte.

Il s'aperçut avec horreur que ne s'offrait devant lui qu'un escalier branlant menant à des paliers sans protection.

Il était fait comme un rat. Il n'avait pas le choix : il fallait grimper. Lui qui avait le vertige dès qu'il montait sur un tabouret !

À plusieurs reprises, il sentit son poursuivant s'agripper à ses chausses. Il s'en débarrassa avec des coups de pied, espérant le déséquilibrer et le voir chuter. Peine perdue. Il serrait les dents, essayant de toutes ses forces de ne pas penser au vide sous ses pieds.

Il déboucha sur une petite plate-forme. Le parapet lui arrivait à peine à mi-cuisse. Son cœur battait la chamade, la tête lui tournait. Irrésistiblement attiré par le vide, il était prêt à se jeter quand le Bolonais surgit, brandissant son arme. Voyant François si près du muret, il se jeta sur lui. Pris d'une soudaine inspiration, François s'écarta légèrement. Il vit l'autre basculer, tournoyer dans les airs et dans un cri déchirant s'écraser à terre.

Sauvé, il avait été sauvé par son vertige.

*

Il devait disparaître au plus vite. Il ne faudrait pas longtemps avant que l'alerte soit donnée. Il se précipita dans l'escalier et descendit aussi vite qu'il put.

Hors d'haleine, il se retrouva sur la place et prenant ses jambes à son cou s'enfonça dans l'obscurité des petites rues adjacentes. Il ne pouvait s'empêcher de se retourner parfois, même s'il était sûr de ne plus être poursuivi. Il frappa comme un forcené à la porte du palais avec le marteau formé de deux dauphins et d'une baleine. Il se jura que si un jour il avait une maison, il aurait le même, tant il représentait la fin de son épreuve. Le gardien lui ouvrit en toute hâte. François se précipita à l'intérieur. Une fois la porte refermée, il s'écroula sur le pavé de la cour centrale. Le bruit avait réveillé une partie de la maisonnée. Aldrovandi, muni d'un bougeoir, ne tarda pas à apparaître, suivi d'Ugo et de quelques autres. Tous se penchaient sur François, blanc comme un linge et qui avait le plus grand mal à retrouver une respiration normale. Ouvrant les yeux sur le visage décomposé d'Ugo, il eut un mouvement de crainte et dit précipitamment à Aldrovandi :

— Il faut que je vous parle, il se passe des choses terribles, de grâce, allez chercher Felix.

— Essaye de te relever, tu as l'air bien mal en point, appuie-toi sur moi.

Refusant le bras secourable d'Ulisse, François se remit debout. Il gravit avec peine l'escalier pendant qu'Aldrovandi donnait l'ordre d'aller chercher Felix et de monter un pichet d'hypocras dans sa chambre. Il fit allonger le jeune homme sur son lit, installa dans son dos des oreillers de plume, lui enleva sa chemise et l'enroula dans une couverture de laine mousseuse. François se laissait faire, ému aux larmes par tant d'attentions après tant de frayeurs. Il s'abandonna aux mains d'Ulisse qui lui caressaient le front avec douceur.

La porte s'ouvrit sur Felix qui, voyant son ami livide et les yeux clos, s'exclama :

— Il est mort ?

— Non, ne t'inquiète pas, juste à bout de forces, pour une raison que j'ignore. Donne-moi un gobelet de cet hypocras que je le fasse boire. Où est Ugo ? L'as-tu vu dans les parages ?

— Il ne viendra pas, dit François, repoussant le verre qu'Aldrovandi approchait de ses lèvres.

Il raconta toute l'histoire. À l'annonce de la trahison d'Ugo, Aldrovandi resta impassible. À la fin du récit, tous les trois restèrent silencieux. Le premier à réagir fut Aldrovandi :

– Vous ne pouvez pas rester ici. Cela devient trop dangereux. Ce que dit François laisse à penser que les moines célestins font partie du complot. Si l'Église est dans le coup, je ne pourrai pas vous protéger. Vous devez partir sur-le-champ.

– Vous avez certainement raison, mais où pouvons-nous aller pour être sûrs d'être à l'abri ? demanda Felix.

– Je ne vois qu'une seule solution : Ferrare. C'est sur la route de Padoue et surtout en dehors des États pontificaux. De surcroît, la duchesse d'Este n'est autre que Renée de France, la belle-sœur et cousine de votre défunt roi François. Elle a derrière elle une longue tradition d'accueil de proscrits. Je vais immédiatement faire prévenir Passerotti que votre départ est avancé de quelques heures. Il a de bons amis à Ferrare. Je vais écrire une lettre pour la duchesse lui expliquant les raisons de votre arrivée impromptue. Surtout, remettez-lui en mains propres. Nous avons été trop négligents et je regrette amèrement les agissements d'Ugo.

Aldrovandi n'en dit pas plus. François et lui savaient qu'Ugo avait agi par jalousie, ne supportant pas l'idylle naissante entre son amant et le jeune Français.

Aldrovandi quitta la chambre.

François demanda à Felix de venir s'asseoir près de lui. Ils s'étaient quittés furieux et ils allaient maintenant devoir faire la paix.

– Felix, tu avais raison, c'était un piège. Comme un âne, je me suis précipité tête baissée.

– Ce n'est pas faute de te l'avoir dit ! Au moins, maintenant, nous sommes sûrs qu'il y a complot. Rien n'est perdu. Nous savons que la solution est au jardin botanique de Padoue. Nous n'avons plus qu'à y aller !

– Merci Felix de ne pas m'agonir d'injures pour ma légèreté.

– Je suis bien trop content de te savoir en vie. Je n'ai pas été très malin non plus. Si je n'avais pas été obsédé par les fastes papistes, j'aurais certainement agi autrement. Je fais amende honorable. Vas-tu être capable de prendre la route cette nuit?

– Il va bien falloir. Je suis rompu, mais je ne serai pas mécontent de mettre une bonne distance entre moi et ces maudites tours. Le plus tôt sera le mieux.

– Je vais aller préparer nos sacs. Reprends un peu de force. La nuit va être longue!

François ferma les yeux. Trop de choses tournaient dans sa tête pour qu'il puisse s'endormir. Et il y avait cette odeur de verveine, l'odeur d'Ulisse qui l'enveloppait et le tenait éveillé. Voilà qu'il était dans son lit, ce lit qu'il avait dû partager avec Ugo. Il était trop faible pour ressentir quelque désir que ce soit à part celui d'arrêter le cours tumultueux de ses pensées. Dormir pendant dix jours d'affilée, voilà qui serait bien.

Moins d'une heure plus tard, Aldrovandi était de retour.

– Passerotti est prévenu, il sera là dans peu de temps. J'ai fait préparer trois bonnes montures, un sauf-conduit qui vous permettra de sortir de Bologne sans difficulté et des lettres pour Ferrare. Voilà, petit François, nos routes se séparent de bien étrange manière. Tu es dans mon lit, mais tu y auras passé trop peu de temps pour que je te livre mes secrets. Mais souviens-toi de mon émotion comme je me souviendrai de la tienne. Nous nous sommes effleurés. Nous ne serons pas amants, nous resterons amis. C'est bien ainsi.

Il aida François à se mettre debout, le retint contre lui un long moment. Silencieux, ils écoutaient ce que leurs corps se disaient. Ce fut leur dernière étreinte.

Felix entra dans la chambre avec leurs paquetages et fut bien content de voir François debout, même s'il avait l'air défait et malheureux.

– Je suis prêt. Je viens de voir Passerotti arriver. À propos, avez-vous revu Ugo ?

– Il s'est enfui, répondit brièvement Aldrovandi.

Ils rejoignirent les écuries où les attendait un Passerotti ébouriffé, les yeux pleins de sommeil mais à la bonne humeur inaltérable.

– En route pour de nouvelles aventures ! s'exclama-t-il d'un ton enjoué, ce qui n'eut pas l'heur de dérider ses compagnons de voyage.

Ulisse leur donna l'accolade et aida François à se hisser sur son cheval. Il leur fit promettre de le tenir au courant et les regarda s'éloigner dans la ruelle en direction de la porte Santo Donato.

François bénissait sa solide constitution. L'air vif de la nuit l'avait ranimé et il parvenait à se tenir à cheval sans trop de difficulté. Passerotti avait bien compris qu'ils couraient de graves dangers. On ne part pas en pleine nuit pour aller pêcher la grenouille, même si elle abonde dans les marécages entre Bologne et Ferrare. Felix et François restant silencieux, il faisait la conversation à lui tout seul.

Il leur expliqua qu'à Ferrare, les arts et les lettres s'épanouissaient comme roses au soleil, grâce au grand amour que leur portait la famille régnante, les Este. Borso, un gentilhomme rondouillard et affable, s'était entouré, au début du siècle, d'une cour de fins lettrés et avait notamment fait peindre une extraordinaire fresque dans son palais de Schifanoia.

En entendant le mot fresques, François frémit. Pourvu qu'il n'y ait pas trop de vierges aux seins nus !

Passerotti continuait à énumérer les bienfaits de la famille d'Este. Le neveu de Borso, Hercule Ier, avait réaménagé la ville et fait construire de délicieux palais et des jardins enchanteurs. Contrairement à Bologne, il n'y avait pas d'arcades à Ferrare. Ouf ! pensa François pour qui cet élément architectural avait pris un peu trop d'importance ces derniers jours.

Felix avait envie d'arrêter ce bavardage, se disant qu'ils avaient d'autres soucis que d'aller respirer les roses à peine écloses. Mais Passerotti y mettait tant d'enthousiasme qu'il n'osait l'interrompre. François s'était rapproché de lui et d'une voix lasse, lui demanda :

– Comment crois-tu que Catalan supporte son séjour en prison ? Est-il torturé ? Anicette est-elle autorisée à le voir ?

Felix haussa les épaules en signe d'ignorance et éperonna sa monture.

Imperturbable, Passerotti continuait son récit. Il en était arrivé à Alphonse, le successeur d'Hercule qui avait fait redécorer le vieux château en faisant appel au Titien, le peintre à la mode, vingt ans auparavant. Le duc actuel, Hercule II, était un fou de musique et de théâtre. Les fêtes données dans les différents palais de la famille d'Este étaient des merveilles de délicatesse et de bon goût, alliant banquets fastueux, discussions érudites et danses légères.

Passerotti se disait ravi de les accompagner. Il pourrait ainsi aller voir son vieil ami le peintre Girolami da Carpi, qu'on savait très malade.

Felix et François avaient l'impression de tout connaître de Ferrare avant d'y avoir mis les pieds.

Ils y arrivèrent au petit matin, parlementèrent avec les hommes du guet et pénétrèrent sans encombre dans la ville.

Passerotti les mena directement au palais de Renée de France. La duchesse d'Este ne vivait pas au château ducal près de son mari. Il faut dire que ces dernières années, la vie du couple avait été quelque peu mouvementée.

Renée s'était fait le chantre de la religion réformée dans cette Italie si catholique. Non contente d'entretenir une correspondance avec Calvin, elle avait été jusqu'à l'accueillir et le cacher quand il avait dû fuir la France. Hercule, quoique plutôt tolérant en matière religieuse, finit par céder aux très inamicales pressions de l'Inquisition. Il avait traduit sa femme devant ce sinistre tribunal. Renée avait été condamnée à la prison à perpétuité. Bon prince, le duc n'exécuta pas la sentence. Il se contenta de reléguer son épouse dans un palais à quelques centaines de mètres du château, où elle continuait à professer ses convictions calvinistes.

Il fallut réveiller les gardiens qui les firent attendre dans une pièce sobrement meublée, ce qui plut beaucoup à Felix.

Malgré l'inconfort des bancs où ils avaient pris place, les trois compagnons ne tardèrent pas à s'assoupir. C'est donc un peu fripés et passablement débraillés qu'ils apparurent à la duchesse. Cette femme de plus de quarante ans, menue, presque frêle, à la peau laiteuse et aux yeux clairs, dégageait une autorité bienveillante.

Ils lui remirent la missive d'Aldrovandi. Après l'avoir lue, elle s'adressa à eux avec chaleur :

– Vous me voyez ravie de vous accueillir. Vous serez sous ma protection le temps de votre séjour à Ferrare. Vous devrez néanmoins être très prudents et éviter de trop vous montrer. Je suis entourée d'espions et je ne puis hélas compter sur le soutien de mon époux. Vous ne resterez pas ensemble, ce serait trop dangereux. Je ne me fais pas de souci pour Messer Passerotti qui trouvera auprès de ses amis peintres accueil et logis. Felix restera dans ma maison et aura tout loisir d'assister mon secrétaire. Quant à François, le plus en danger selon Ulisse Aldrovandi, je dois lui trouver un lieu où il n'attire pas l'attention.

En entendant ces paroles, certes affables, Felix et François ressentirent une grande inquiétude. Il était hors de question de s'éterniser à Ferrare. Ils devaient rejoindre Padoue au plus tôt. Or le discours de la duchesse laissait penser que leur séjour risquait d'être long.

Felix s'en ouvrit auprès de Renée. Elle lui répondit avec douceur :

— Vous sous-estimez les dangers que vous courez. L'Église est toute-puissante et ses moyens sont immenses. Vous resterez à Ferrare jusqu'à ce qu'un message d'Aldrovandi nous prévienne que tout péril est écarté. Je vous ferai alors donner une escorte qui vous mènera à Padoue, puis jusqu'à Gênes où vous embarquerez pour la France.

Voyant leur air déconfit, elle ajouta :

— Je suis en exil dans cette ville depuis vingt-huit ans. Le vôtre n'excédera pas quelques jours. Vous m'aiderez à supporter ma peine en me racontant la France que vous avez quittée il y a si peu de temps. Vous Felix, qui avez la chance de venir de Bâle où la religion dite réformée peut se pratiquer en toute liberté, vous me direz l'air que l'on respire en Suisse.

La noblesse tranquille, la souffrance à peine voilée de cette femme les émurent. Il n'y avait de toute manière pas d'autre solution que celle qu'elle proposait.

Felix se sentait pousser des ailes de chevalier servant et était prêt à communier avec elle dans la célébration de leur foi.

François était moins à l'aise. Que pourrait-il bien raconter à la fille de Louis XII et d'Anne de Bretagne, à la cousine du roi François, qui n'avait connu de la France que la vie de cour ? S'intéressait-elle aux pâtés de lièvre, aux tourtes de champignons ?

Il lui demanda :

— Savez-vous si à Ferrare on peut trouver des saucisses d'oie et ces tortellini à la courge dont on m'a parlé à Bologne ?

C'était très cavalier de s'adresser à cette princesse de France comme à l'aubergiste du coin, mais François manquait parfois de discernement.

La bonne dame ne s'en formalisa pas et éclata de rire :

— Voilà qui me donne une idée. Mon maître queux souffre beaucoup chez moi. Je n'ai aucune attirance pour les banquets que mon époux et ses ancêtres ont toujours si fort appréciés. Je me contente d'une nourriture frugale. Domenico n'arrête pas de me proposer des mets qu'il tient de son maître défunt, Cristofaro Messibugo. Je me contente de quelques soupes et brouets qui le mettent au martyre. Alors, de temps en temps il continue d'exercer ses talents auprès du duc. Vous habiterez chez lui, il vous présentera comme son aide. Personne ne pourra soupçonner que les Célestins poursuivent un garçon de cuisine. Et profitez-en pour goûter aux tortelli à la zuca !

La vie était de plus en plus étonnante. Lui qui rêvait de marmites depuis toujours allait devenir, pour quelques jours, marmiton auprès d'un chef, Domenico Coarazza, qui officiait dans une des cours les plus fastueuses d'Europe ! Si ce n'était le désir profond qu'il avait de sortir Catalan de geôle, François aurait volontiers tiré un trait sur Montpellier.

*

Passerotti s'envola vers les échafaudages où ses collègues s'escrimaient à transformer plafonds, voûtes et murs en scènes d'amour, de chasse, où dieux et déesses s'ébattaient cheveux au vent au son des lyres, flûtes et mandolines.

Felix fut conduit auprès de Simone Simoni, un austère quinquagénaire qui œuvrait dans une pièce sombre aux murs couverts de livres. Nul doute, ces deux-là allaient s'entendre comme larrons en foire. Felix serait hors de portée d'un assaut d'anges, ces derniers ayant à Ferrare moult autres lieux où voleter.

François fut mené jusqu'aux cuisines où il trouva un Domenico touillant mélancoliquement un potage d'herbes. Quand on lui dit qu'il avait pour mission de montrer à ce jeune étranger de quoi étaient capables les cuisiniers ferrarais, il s'illumina, arrêta de touiller et s'en vint vers François, les bras ouverts, répétant « *Grazzie mille, grazzie mille* ». L'abominable réputation des maîtres queux qui voulait qu'ils soient méchants, pervers, vindicatifs, coléreux, n'avait-elle pas cours à Ferrare ? se demanda François.

— Vous me sauvez la vie, dit-il, dans un français rocailleux. Je n'ai plus le cœur à rien dans ce désert des sens. Notre duchesse est fort gentille, elle fait le bien autour d'elle, toujours prête à secourir les malheureux. Hélas, elle me fait mourir à petit feu. Je ne vis plus que de souvenirs, des souvenirs de ces merveilleux *banchetti* qu'organisait mon maître Cristofaro Messibugo et qui ont fait de Ferrara le temple de la bonne chère.

François n'avait aucune envie de l'entendre se lamenter sur ses malheurs. Quoique ravi de découvrir le monde des cuisiniers italiens, il n'aspirait, pour le moment, qu'au repos. Faisant contre mauvaise fortune bon cœur, il demanda :

— Et qui est ce fameux Messibugo ?

– Il était de noble famille et était chargé de l'approvisionnement de la *casa ducale*. Il fut l'âme des plus grandes fêtes, comme ce peintre, Leonardo da Vinci, qui était intendant chez Ludovico el Mauro à Firenze. Messibugo veillait à ce que tout soit parfait. Il a même employé le Titien pour aller acheter les plus beaux verres de Venezia. Sans compter les assiettes en majolique qu'il commandait aux meilleurs artisans de la ville.

Domenico s'animait, se transformait. Les yeux brillants, il tourbillonnait dans la cuisine, sa cuillère en bois dans la main, esquissait un pas de danse.

– Et la *musica*, tu ne peux pas imaginer comme les intermèdes chantés par les voix les plus pures donnaient à ces repas un charme inégalé. Et les pièces de théâtre, et les ballets…

Craignant de le voir s'envoler dans de nouvelles arabesques qui lui donnaient le tournis, François l'interrompit :

– Et que proposait-il à manger ?

– Les choses les plus délicates, les plus choisies. Il n'était plus question de ces abominables volatiles comme le cygne et le paon qu'on servait autrefois, mais de viandes fondantes, de sauces légères. Il nous a laissé un chef-d'œuvre, un livre intitulé *Banchetti* qui dit tout ce qu'il faut savoir sur l'organisation des banquets. Il y a des centaines de recettes toutes plus exquises les unes que les autres. Je te le prêterai, tu verras. Sortons d'ici, ce lieu m'épouvante. Je vais t'emmener visiter les cuisines du château ducal, ça, c'est quelque chose !

Docilement, François suivit Domenico qui trottinait, enchanté d'avoir fait revivre le temps des splendeurs. Ils arrivèrent devant une forteresse, entourée de douves profondes, dominée par quatre tours. Ils pénétrèrent dans une grande cour dont le pavage en galets rappela à François le douloureux souvenir de sa course éperdue à Bologne. Domenico s'engouffra dans un petit passage, François sur ses talons.

Cet endroit n'avait rien à voir avec l'élégance des nouvelles bâtisses qu'il avait aperçues en arrivant. C'était un lieu de l'ancien temps, sombre, aux murs faits pour se défendre. Il s'en étonna :

– Les ducs d'Este vivent-ils comme leurs ancêtres ? Ce palais me semble bien sombre.

– C'est que tu n'as pas vu les appartements du duc dans les étages ! Ce n'est que luxe et volupté. Il y a même une terrasse avec des orangers. Mais le plus beau pour moi, ce sont les cuisines.

François se dit qu'il avait trouvé plus fou que lui. Les cuisines étaient en effet impressionnantes, immenses, avec une cheminée d'une taille qu'il n'aurait jamais cru possible. Tout un mur était occupé par des fours d'où sortaient d'excitantes odeurs. Une foule occupait les lieux et le vacarme qui y régnait rendait la conversation difficile. Les garçons de cuisine semblaient mis à rude épreuve. Il y avait ceux qui activaient le feu, ceux qui coupaient, taillaient, remuaient, fricassaient, versaient… Le tout sous les hurlements des cuisiniers qui trouvaient qu'il n'y avait pas assez de bois, pas assez de flamme, pas assez de braise, pas assez de sucre, pas assez de poivre…

François se promit que, si un jour il devenait cuisinier, il ne passerait pas son temps à houspiller ses aides. Nul besoin de transformer une cuisine en chambre de torture. Des monceaux de victuailles couvraient les tables. Des anguilles vivantes se tortillaient dans de grands paniers d'osier. Des langoustes essayaient de s'échapper à leur manière : à reculons. Un thon d'une taille monstrueuse attendait d'être découpé.

François, qui avait perdu le décompte des jours, sut alors qu'on était vendredi et que le repas ne comporterait aucune viande.

Domenico humait, voltigeait entre les marmites, soulevait des linges pour voir ce qui se tramait dans les grandes jattes vernissées. C'était un bonheur de le voir reprendre vie. Un des cuisiniers hurleurs s'approcha de lui et lui fit signe de le suivre au-dehors pour lui parler. Il revint quelques minutes plus tard, encore plus épanoui, et déclara à François :

– C'est mon jour de chance. Giambattista vient de me dire que le duc va donner un grand repas au palais Schifanoia dans deux jours. On va avoir besoin de moi. Il m'a demandé de me charger d'une vingtaine de plats. Dépêche-toi. Il ne faut pas perdre une minute. Nous allons choisir ce que Messibugo propose de mieux.

François était ravi pour lui, mais voyait une fois de plus s'évanouir l'espoir d'une petite sieste.

*

Pendant ce temps, Felix se délectait de la conversation avec Simone Simoni, le secrétaire de la duchesse. Il était à son service depuis les premières années de sa présence à Ferrare.

Renée n'avait pas eu la vie facile. Son beau-père Alphonse, le duc, un vieil avaricieux, lui reprochait ses dépenses et ne voulait pas lui remettre un sol de sa dot. Son époux s'était vite éloigné d'elle, préférant la compagnie de jeunes femmes peu farouches. Il ne comprenait pas le peu d'intérêt que Renée manifestait pour les peintres et les musiciens. N'avait-elle pas décidé que son oratoire privé serait exempt de fresques et de peintures, se contentant d'un autel de marbre que seuls des motifs géométriques égayaient ? Elle préférait l'étude solitaire, les discussions philosophiques et, bien entendu, religieuses. Disserter sur le libre arbitre, la prédestination ou la justification par la foi ne passionnait pas Hercule. Bref, pour le duc, c'était une rabat-joie.

Felix classait des documents pendant que Simone Simoni recopiait un manuscrit.

— Comment se fait-il que la duchesse ait accueilli Calvin ? demanda Felix à Simone qui, ravi de chanter les louanges de Renée, ne se fit pas prier pour répondre.

— Il y eut d'abord cette terrible histoire des Placards. Des affichettes vitupérant contre « le pape et toute sa vermine de cardinaux, d'évêques et de prêtres, de moines et autres cafards diseurs de messe » se mirent à fleurir partout jusque sur la porte de la chambre du roi à Amboise et même sur son drageoir. Pour le roi François, c'en était trop et il fit dresser des bûchers où périrent nombre de réformés. Marguerite de Navarre, la propre sœur du roi François, la cousine de Renée avec qui elle était très amie et partageait les mêmes idées, quitta la cour et repartit en Navarre.

— C'était en quelle année ?

— 1534, en octobre.

— J'étais encore dans mes langes…

— Et bien heureux d'y être car je peux vous assurer que d'autres pissaient dans leurs chausses à l'idée d'être pris dans la tourmente. Les protégés de Marguerite, tous professant des idées sentant la corde, l'avaient suivie, mais la Navarre se révéla un asile peu sûr. Marguerite pensa alors à Renée et expédia en premier lieu Clément Marot.

— Le poète ? Lui aussi était luthérien ?

Simone Simoni se leva pour choisir une nouvelle plume d'oie et continua :

– Il s'en défendait, mais il avait été condamné à la prison pour avoir mangé du lard en carême. Bref, il arriva à Ferrare en 1535. Renée fut ravie de l'accueillir. La cour devint un vrai nid de versificateurs. Il écrivait de bien jolies choses, ainsi ce « viens donc petit enfant, viens voir de terre et de mer le grand tour » pour la naissance de Lucrèce, le troisième enfant de Renée que vous ne tarderez pas à voir, d'ailleurs.

Felix n'avait que faire de la jeune Lucrèce et asticota Simone pour qu'il en arrive à Calvin.

– J'y viens, j'y viens. En 1535, Calvin avait dû, lui aussi, quitter la France. Le sol devenait un peu trop chaud sous ses pieds. Il partit à Bâle où il fit publier son *Institution de la religion chrétienne*. Provocateur, il dédia son livre au roi François. Par contre, il eut l'intelligence de se mettre au vert. Il vint à Ferrare, Renée ayant acquis la réputation de recevoir les fugitifs.

– À l'époque, Calvin était très peu connu…

– Certes, mais il avait déjà toute la force, la conviction et l'éloquence qu'on lui connaît.

– Combien de temps est-il resté ?

– Trois semaines environ, mais je dois dire qu'il a marqué les esprits. Après son passage plus rien n'a été pareil. Renée a abandonné l'étude des astres, des horoscopes, Calvin y voyant la main du démon. La musique est devenue suspecte, les fards et l'habillement peu recommandables.

– Pourquoi n'est-il pas resté plus longtemps ? Ferrare aurait pu devenir ce qu'est Genève aujourd'hui, la Jérusalem terrestre.

– Je ne crois pas. Mes compatriotes aiment trop les farces, les jeux, les comédies pour s'en voir privés comme Calvin le préconise. Or donc, le Vendredi saint, au plus fort de la cérémonie se déroula un drame qui jeta Calvin de nouveau sur les routes. Un jeune chantre qui n'était autre qu'un compagnon de Marot jeta son cahier de chant et parcourut la nef de la cathédrale en criant des insanités sur la papisterie et l'idolâtrie. Tout cela devant l'évêque et deux cardinaux. Ce fut une belle émotion ! Le duc Hercule, quand il l'apprit, devint fou de rage. Renée se dit qu'elle ne pourrait protéger plus longtemps ses amis. Marot fut le premier à rejoindre subrepticement la Vénétie. Peu de temps après, on escamota Calvin qui, par des chemins muletiers, arriva à Genève au mois d'août.

Felix, de plus en plus intéressé, s'apprêtait à demander à Simone de lui raconter en détail le procès de la duchesse par l'Inquisition quand la porte s'ouvrit avec fracas et qu'un essaim de jeunes personnes envahit la pièce. Lucrèce, accompagnée de quatre de ses amies, se présentait devant Simone pour leur cours d'histoire antique. Felix, subjugué, ne put détacher ses yeux de l'une des jeunes filles, une petite créature aux fins cheveux blonds tressés, à la nuque gracile, à la peau de pêche, aux yeux verts en amande. Non, gémit-il, pas ça, pas l'amour...

30

Les deux jours qui suivirent furent une épreuve pour les deux compères. Aucune nouvelle n'étant arrivée de Bologne, leur séjour allait devoir se prolonger. Ils s'angoissaient à l'idée d'arriver trop tard pour sauver Catalan. Ils enrageaient d'avoir presque tous les éléments en main pour le disculper et d'être dans l'incapacité d'agir.

François courait dans tous les sens à la suite de Domenico. Felix, lui, arpentait le palais dans l'espoir de tomber sur sa petite Italienne.

Le banquet offert par Hercule d'Este était destiné à honorer une ambassade de Venise, la dangereuse voisine. Il fallait signifier que Ferrare était puissante et valeureuse, aussi mettait-on les petits plats dans les grands.

La fête aurait lieu au palais Schifanoia, ce qui ne facilitait pas la vie des cuisiniers. Ce palais construit, comme son nom l'indique, « *pour chasser l'ennui* » était dépourvu de cuisines. Il fallait que tous les plats soient mis en œuvre au château ducal et transportés avec d'infinies précautions au palais, ainsi que verres, couverts, nappes et mobilier. D'incessants va-et-vient de charrettes sillonnaient les rues de Ferrare. Les invités, cent cinquante au total, couraient eux aussi à travers toute la ville à la recherche d'un voile, d'un tissu précieux, d'une broche. Il était indispensable de montrer à ces vaniteux de Vénitiens que les hommes et les femmes de Ferrare portaient beau.

*

Une fois, Felix avait vu sa bien-aimée disparaître dans un froufrou de soie bleuette dans la chambre de Lucrèce où ces péronnelles faisaient un bruit d'enfer. Une autre fois, il l'avait aperçue nouant un turban de velours noir décoré de pierreries dans sa chevelure blonde. Il avait failli défaillir.

Mais que lui arrivait-il? Il avait une fiancée à Bâle : Madlen, la fille d'un ami de son père. Une fille bien, solide, qui ferait une excellente épouse. Bien sûr, pas aussi jolie que cet oiseau exotique qui lui faisait battre le cœur. Une fille aimant la simplicité et qui n'avait que faire de tissus chamarrés et brodés. Une fille qui ne portait pas de fard, alors que son oiseau des îles accentuait la pâleur de son visage avec une poudre blanche.

Il se demandait si la ravissante petite créature avait remarqué l'intérêt qu'il lui portait, car il lui semblait la rencontrer de plus en plus souvent. Elle apparaissait et disparaissait entre deux portes avec, à chaque fois, un geste délicat de la main que Felix prenait pour une invitation à la suivre.

Était-il devenu fou?

Il mettait tous ses espoirs dans le banquet où les proches de Renée étaient invités. Il lui fallait absolument voir François pour qu'il le conseille sur la manière de se vêtir.

Bien que Renée leur ait formellement déconseillé de se rencontrer, Felix partit à la recherche de François. Il le trouva dans la cuisine du château, suant sang et eau. Il découpait une poularde d'une main et farcissait des cailles de l'autre.

— Tu vois que les cours d'anatomie servent à quelque chose. Tu t'en sors très bien, railla Felix.

— Pas le temps de te parler. J'ai encore les anguilles à écorcher, les canards à décapiter, les oies à plumer.

— Il le faut. Je suis amoureux, insista Felix d'une voix plaintive.

Stupéfait, François en laissa tomber son couteau. Il scruta son ami pour s'assurer qu'il ne présentait pas les signes de quelque fièvre maligne.

— Tiens, prends un pilon et écrase-moi cette montagne de gingembre. Raconte-moi.

Felix, tout en pilant frénétiquement, se lança dans une description des charmes enivrants de la dame de ses pensées. François se dit que le sens du dithyrambe devait être contagieux. On avait changé son sage Helvète en fougueux Italien, ce qui ne manquait pas de l'inquiéter.

— Et Madlen ? fut tout ce qu'il trouva à dire.

— Madlen, c'est Madlen.

— J'entends, j'entends. C'est aussi ta fiancée, non ?

— Cela n'a rien à voir. Ma petite Italienne est…

— Je vois, coupa François pour éviter une nouvelle avalanche de termes fleuris. Elle n'en a peut-être que faire de toi.

— Je crois bien qu'elle me porte aussi de l'intérêt.

Pitié, pourvu qu'il se trompe, pensa François, voyant venir de sérieux ennuis. Leur situation n'était déjà pas très brillante. Si Felix, le sage, le raisonnable, se laissait tourner la tête, il ne donnait pas cher de la fin de leur mission.

Felix continuait à pépier, à gazouiller sur son futur bonheur. Il en avait oublié de piler. François lui enleva le mortier des mains et déclara :

– Je serai au banquet ce soir. Tu me montreras cette jeune personne et je te dirai ce que j'en pense.

Felix se fichait de l'opinion de François comme de sa première chemise. Ce qui lui rappela l'objet de sa venue :

– Le problème, c'est que je n'ai rien à me mettre. Je ne peux pas y aller avec ce pauvre pourpoint et ces chausses vermoulues.

François éclata de rire.

– Alors là, c'est un comble ! Il y a à peine trois jours, tu professais le plus grand mépris pour les vêtements prêtés par Aldrovandi. Tout juste si tu ne les as pas jetés par la fenêtre et maintenant tu veux faire ton coquet ! Va en ville et achète-toi quelque chose.

– Toutes les boutiques ont été dévalisées. Il ne reste plus rien, répondit-il piteusement.

– Bien, bien, soupira François, je vais demander à Domenico qui a une garde-robe très bien pourvue de te trouver quelque chose. Je te déposerai ça en allant à la Schifonia. Et maintenant file, je vais me faire tuer si je n'avance pas mes tourtes.

Il ne restait que quelques heures pour finir de préparer les cent quarante-quatre plats qui allaient être servis. Il y aurait huit services de dix-huit plats chacun. François n'avait jamais vu ça, mais Domenico assurait que c'était ce qu'il fallait. Ça chauffait dans les cuisines. Comme une armée qui se mettait en marche, avec ses généraux, ses cavaliers, ses lansquenets, ses hommes de troupe. Avec à sa tête un commandant en chef qui voyait tout.

Les tables furent dressées dans le Salon des mois. La table d'honneur réunirait cinquante-quatre invités. Les autres s'installeraient, à la mode allemande, autour de tables rondes accueillant une dizaine de personnes. Les gens de service les recouvrirent de nappes immaculées et de serviettes pliées de telle manière qu'elles évoquaient des oiseaux en plein envol. Chaque convive aurait devant lui une assiette de majolique au décor stylisé de feuilles et de fruits, un verre à ailettes décoré de filets bleus et au pied finement ourlé, la plus belle production des ateliers de Murano. Les couteaux, fourchettes, cuillères étaient d'argent filigrané et de vermeil. Les lustres en verre de Venise ne suffisant pas, de grands chandeliers en verre soufflé transparent, gravés au diamant d'entrelacs et de branchages fleuris, éclaireraient les tables.

Une immense crédence de plus de huit étages accueillerait les plats des différents services. Pour le moment n'y figuraient que les coupes pleines des confiseries. Certaines en verre bullé de couleur légèrement ambrée regorgeaient de cerises confites. D'autres en forme de navette, aux tons gris fumé, s'accordaient avec des tranches d'orange au sucre. Des grands plats de parade, également en verre, décorés de scènes mythologiques étaient garnis de fruits frais.

Un échanson transvasait le vin des jarres dans des carafes de verre fin.

Les invités se promenaient dans le jardin. Sous les ombrages, ils assistèrent à des saynètes puis à quelques madrigaux qu'affectionnait tant Hercule d'Este. Ils avaient à leur disposition une grande table décorée de fleurs et de rameaux. On y trouvait des coupes de boissons acidulées au citron, à la groseille, à la figue et ce que les Italiens appellent *antipasti*, composés de légumes marinés, de mortadelle et de *prosciuto*, de salades d'anchois, de pâtés d'esturgeons ainsi que de petits personnages en sucre représentant Vénus, Bacchus et Cupidon.

Les plus jeunes invités jouaient au jeu de l'anneau, une excellente occasion de se frôler, de toucher la main de celui ou de celle dont on cherchait à attirer l'attention.

Felix, un peu mal à l'aise dans son superbe pourpoint de velours frisé de Flandres, ses chausses de satin et sa toque empanachée de plumes de cygne, regardait avec envie les jeunes gens se poursuivre, se cacher dans les bosquets. Sa bien-aimée n'était pas la dernière à s'amuser. Ses cheveux étaient ramenés en petites coques ornées de fils d'argent finement ciselés. Sa robe de soie incarnat faisait ressortir son teint clair. Elle n'était que grâce et légèreté. Alors qu'elle se penchait pour réajuster son soulier, Felix aperçut la délicieuse vallée qui séparait ses seins menus. Lorsqu'elle releva la tête, leurs regards se croisèrent. Felix crut mourir de honte, mais la jeune fille lui adressa un petit sourire. Il avait vu juste. Elle aussi l'aimait. Il ne la quittait plus des yeux, espérant un nouveau sourire complice.

La jeune fille, au plus fort du jeu, ne semblait plus lui prêter attention. Elle appuyait sa main délicate sur quelque poignet masculin, virevoltait pour échapper à ses poursuivants. À un moment elle effleura même de ses lèvres la joue de l'un d'entre eux. Felix était au supplice. Quand donc ce maudit jeu s'arrêterait-il, qu'il

puisse enfin approcher l'objet de son désir et lui déclarer sa flamme ?

Hélas, ce fut au bras d'un de ces jeunes blancs-
becs, habillé comme un dieu et au regard conquérant,
qu'elle fit son entrée dans le Salon des mois. Il eut la
chance d'être à la même table qu'elle. Il avait hâte que
François apparaisse pour lui confier son espoir et ses
tourments.

Le premier service fut précédé par quelques pièces
musicales jouées par quatre musiciens perchés sur une
estrade.

Puis apparurent, dans un ordre parfait, les porteurs de
plats dont François faisait partie. Il y avait des soupes
blanches, des soupes dorées, des truites en escabèche,
des poissons frits, des œufs, des laitances d'esturgeons
au sucre et à la cannelle, des lamproies…

François s'était arrangé pour servir à la table de Felix.
Il vit aussitôt que son ami était dans un état de grande
nervosité. Il n'eut aucun mal à découvrir qui était la
jeune fille de ses pensées, Felix ayant les yeux braqués
sur elle comme la flèche d'une arbalète. La jeune fille,
que ses amis appelaient Isabella, avait un rire cristal-
lin, haut perché. François trouva qu'elle en faisait un
usage immodéré. Felix lui aurait rétorqué qu'elle était
la joie de vivre incarnée et que tels les oiseaux, de son
chant enchanteur et patati et patata.

Après le premier service, les tables furent promptement desservies. Un jeune valet buta sur un des petits
chiens qui se disputaient les os jetés à terre par les
convives. Il s'étala de tout de son long dans un fracas
d'assiettes brisées. Le maître d'hôtel se précipita sur
lui et, sans se soucier de ses cris de douleur, le traîna
dans l'antichambre. En voilà un qui allait payer cher sa
maladresse.

Au deuxième service, François arriva avec des crevettes, des sarcelles, des sardines, du riz à la catalane, des *tortelle* à la lombarde. Il constata que Felix n'avait guère progressé dans ses travaux d'approche, mais la petite dinde riait toujours aussi fort. Elle prenait un grand plaisir à couler des regards appuyés à ses voisins masculins.

Felix n'y voyait que du feu et se contentait de la regarder avec des yeux énamourés. Il devait se dire que la belle était sensible à tant de simplicité et de silence, alors que tous les autres caquetaient à qui mieux mieux.

Chaque service était suivi d'intermèdes chantés et dansés. Après le quatrième service, François vit Felix se lever, certainement pour assouvir un besoin naturel. Il le suivit dans le jardin et lui déclara sans ambages :

— C'est une bécasse.

— Tais-toi, je n'en peux plus. On a vu défiler tout ce que la Terre compte comme nourriture, alors ne rajoute pas les bécasses.

— Non, je dis qu'Isabella est une bécasse, une gourde, et en plus une coureuse de rempart.

— Je ne te permets pas, c'est…

— Ouvre les yeux, bon sang de bois. Elle fait des cajoleries à tous les garçons qui l'entourent. Tu ne vois donc pas comment sa charmante petite main se pose de-ci de-là sur tout ce qui porte chausses. Comment son délicat regard cherche à allumer une flamme dans les yeux de ses victimes. Comment elle promène ses petits seins sous le nez de pauvres garçons comme toi en riant à gorge déployée. Elle ne sait faire que ça, rire.

— Ce n'est pas vrai. Elle parle…

— Cela fait deux heures que je tourne autour de votre table. Je ne l'ai entendue parler que des fêtes passées et de celles à venir. Felix, reprends-toi. Elle est jolie comme un cœur mais bête à manger du foin. Cette fille va passer sa vie à faire tourner les hommes en bourrique. Tu imagines la tête de ton père si tu lui ramènes ça.

Pour sûr que Papa Platter mourrait d'apoplexie sur-le-champ et que Felix serait bien en peine d'expliquer à Madlen qu'il lui avait préféré une coquette de papiste. Ces pensées l'accablaient. Il sentait confusément que François avait raison. Il voyait son beau rêve soyeux se défaire. François continua :

– Profite de la fin du souper pour savoir ce qu'elle a dans la tête. Si tu t'aperçois que c'est un Phénix, je me confondrai en excuses. Si tu vois qu'elle te fait marcher, que dis-je courir et qu'elle ne t'accordera rien d'autre que ses regards, abandonne.

Services, plats, fables et ballets s'enchaînaient. Les vins des meilleurs crus coulaient à flots. L'ambassade vénitienne semblait sous le charme des différents talents ferrarais. Domenico, le maître queux, en avait les larmes aux yeux. François, lui, avait l'impression d'avoir marché plusieurs milliers de lieues. Il arrivait à peine à distinguer pintades, oies rôties, poules d'Inde qui continuaient à se succéder.

Pour clore le banquet, le duc d'Este fit distribuer à ses invités des colliers, des bracelets, des boucles d'oreilles, des gants parfumés et autres gentillesses. Des fifres se mirent alors à jouer et apparurent vingt-quatre danseurs habillés pareillement. Ils tenaient tous en main une torche blanche et dansèrent une très belle mauresque, la danse à la mode.

Ce fut le signal du départ pour les invités. Pas pour François, car il fallait encore débarrasser les tables. Les reliefs du repas allaient être distribués séance tenante aux pauvres qui attendaient impatiemment à l'arrière du palais.

Felix n'avait pas bougé. Il avait les yeux fixés sur la fresque représentant le mois d'avril. Dans un décor agreste où gambadaient des lapins, un groupe de jeunes gens se contaient fleurette. Parmi les jeunes filles, une ressemblait étonnamment à Isabella. Elle portait une robe en soie émeraude aux manches noires moirées. Elle était agenouillée et son chevalier servant non seulement l'enlaçait, mais glissait une main désinvolte entre ses cuisses.

François s'approcha de Felix et lui murmura :

— Ne te fais pas mal. Laisse ces bécassines et leurs bécasseaux.

— Si je le pouvais, j'emporterais avec moi ce morceau de mur.

— Je vois que la tourterelle n'a pas été sensible à ton charme.

— Dis plutôt que je me suis couvert de ridicule. Comme elle fait partie des élèves de Simone Simoni, j'ai cru bon amener la conversation sur des sujets comme Érasme, Pic de la Mirandole… Elle s'est esclaffée et m'a dit que j'étais bien trop sérieux, que toutes ces vieilles barbes l'ennuyaient…

François ne put s'empêcher de rire.

— Je ne lui donne pas complètement tort !

La mine défaite, Felix continua.

— Le pire, ce fut la fin du repas. J'avais réussi à me rapprocher d'elle. Je lui ai dit les sentiments qu'elle m'inspirait. Elle a ri de plus belle. Ce rire qui n'en finissait pas me mettait au supplice. Elle s'est moquée de moi assez méchamment, me disant que j'étais assez bête pour croire que je l'intéressais. Elle a ajouté que je pouvais la regarder autant que je voulais, qu'elle aimait que les garçons rendent hommage à sa beauté. Bref, une garce écervelée, tu avais raison.

Décidément leurs amours italiennes n'étaient pas faciles. Sans qu'il puisse lui en dire les raisons, François se sentait très solidaire de Felix. Pris dans le tourbillon des cuisines ferraraises, il n'avait pas eu le temps de penser à l'épisode Aldrovandi. Il ne savait pas exactement ce qu'il ressentait. De la surprise : tout s'était passé si naturellement. De la curiosité : ce désir charnel, le connaîtrait-il de nouveau avec un homme ?

Il laissa Felix à sa déception amoureuse qui, il en était sûr, n'aurait pas de répercussions trop graves. Felix avait les pieds sur terre et finalement, une aventure de ce genre ne pouvait que lui faire du bien. Il n'avait que trop tendance à fustiger les plaisirs des sens. Voilà qui le rendrait un peu plus bienveillant à l'égard des faiblesses bien humaines.

François l'arracha à sa contemplation et lui conseilla d'aller faire un tour en ville où la fête continuait. Peut-être rencontrerait-il une gentille petite garce qui, pour quelques sous, lui ferait oublier les mauvaises manières de son Isabella.

Plus que fatigué, François faisait son travail machinalement. Ses pensées reprirent le chemin de ses amours. Et Anicette ? Elle était si drôle, si vivante et si forte. Il aimait leurs jeux au lit. N'était-ce que pour un temps, le temps de Montpellier ? Lui demanderait-il, comme il avait pensé quelques jours auparavant, de partir avec lui pour un avenir inconnu ? Le voudrait-elle ? L'aimait-elle assez ? Et lui, l'aimait-il assez pour lui offrir une vie d'incertitudes ?

François s'octroya un instant de repos, le regard perdu sur la forêt de bougies qui s'éteignaient les unes après les autres.

Ce voyage avait changé bien des choses. Il avait découvert un monde nouveau, de nouveaux plaisirs. Il approchait de près le monde de la richesse, du pouvoir. Il savait intuitivement que ce serait son monde. La petite apothicaire aurait-elle envie d'y vivre ? Et lui, aurait-il envie de l'y voir ? L'aimait-il assez ?

31

À Montpellier, pendant ce temps, Anicette se démenait comme une belle diablesse. Elle avait obtenu d'Éléonor, l'épouse de Catalan, qu'elle parte avec son fils chez ses parents à Sommières. Béatrix les avait rejoints après avoir mis à l'abri chez Rondelet les plus précieuses possessions des époux Catalan. Un mouvement de colère de la populace suivi de pillage était à redouter. La maison avait été barricadée, les employés renvoyés. Ces derniers n'avaient aucune chance de retrouver un emploi à Montpellier. La plupart des apothicaires avaient été obligés de débaucher une partie de leur personnel. Thomas, le commis principal de Catalan, était parti à Barcelone, où, espérait-il, le bruit du scandale ne serait pas arrivé. Deux autres s'étaient exilés dans le Dauphiné où ils avaient des attaches familiales. Olivier, l'apprenti, était retourné dans sa famille et aidait aux travaux des champs. Personne n'avait plus entendu parler de Marsile, l'autre apprenti.

Anicette évitait autant que possible de passer par la place des Cévenols. La vue de la boutique fermée lui faisait monter les larmes aux yeux. Elle rendait quotidiennement visite au prisonnier qui perdait espoir de revoir le jour.

Catalan avait subi dix-sept interrogatoires. Il avait été soumis trois fois à la question, cette redoutable épreuve destinée à obtenir des aveux sous la torture.

En premier, il eut droit au tenaillement : des pinces rougies au feu lui avaient déchiré la peau des bras, des cuisses et de la poitrine. Puis ç'avait été le supplice de l'eau. On l'avait attaché par les poignets et les chevilles à des anneaux scellés au mur. On lui avait fait avaler une dizaine de litres d'eau. Il avait cru que ses entrailles allaient éclater. La troisième fois, le geôlier lui avait passé un rouleau à épines sur tout le corps. Il avait échappé aux brodequins et à l'estrapade. Pas pour longtemps, pensait-il.

Il n'avait rien avoué. Et pour cause ! Mais il redoutait de ne pas tenir le coup et d'avouer n'importe quoi tant les douleurs étaient insupportables.

Après chacune de ces horribles séances, Anicette était venue avec crèmes et onguents pour soigner les blessures du pauvre homme. Elle le nourrissait des petits plats que François et elle avaient choisis lors de leur dernière nuit ensemble, mais Catalan avait perdu tout appétit. Anicette devait le forcer à ingurgiter les blancs de poularde et les tourtes de légumes qu'elle préparait.

Elle se désolait de le voir dépérir et appelait de tous ses vœux le retour de Felix et François. Peut-être rapporteraient-ils la solution. Au moins l'aideraient-ils à faire face à tant de souffrance.

Elle était toujours en contact avec Rondelet qui continuait à intercéder auprès du Prévôt en faveur de Catalan. En vain. Le clan catholique reprenait du poil de la bête dans ce fief protestant et commençait à crier victoire.

Le jour où Felix et Thomas assistaient au banquet à la Schifonia, Anicette avait apporté à Catalan de l'anguille en escabèche et quatre darioles. Il laissa choir sa cuillère, repoussa son écuelle, se prit la tête entre les mains. D'une voix tremblante, il lui dit :

— Anicette, je n'en puis plus. Laisse-moi mourir, ne viens plus.

— Maître Catalan, je ne peux vous entendre dire ça. Pensez à Éléonor, à votre fils nouveau-né. Ils ont besoin de vous. Ne laissez pas cet ignoble Prévôt vous détruire. Ce sera la porte ouverte à toutes les exactions.

— Je le sais Anicette et c'est bien ce qui me tourmente. Je dois tenir, mais cela va bientôt être au-dessus de mes forces. Ce matin, le Prévôt m'a annoncé que la semaine prochaine je serai de nouveau soumis à la question. Plus brutalement, m'a-t-il dit, ce qui signifie huile chaude et plomb fondu dans les blessures faites par les tenailles.

— C'est impossible. Vous n'avez qu'à raconter n'importe quoi…

— Que veux-tu que je réponde à ses questions, toujours les mêmes ?…

— Mais ne pouvez-vous les réfuter ?

— Écoute-moi, Anicette. Je vais te dire quelles sont ces questions. Essaye de les imaginer prononcées par cet homme sans pitié. Voilà ce qu'il me demande : Depuis combien de temps êtes-vous un empoisonneur ? Avec quelles forces du mal avez-vous passé alliance ? Les juifs ? Les protestants ? Que vous ont-ils donné pour votre soumission ? Ne portez-vous pas la marque des juifs sur votre verge ? Êtes-vous le Maître parmi les démons ? Quels démons et quels autres êtres humains participent à votre complot ? Quels poisons ou quelles autres méthodes utilisez-vous pour faire le mal ? Quelles formules magiques employez-vous alors ? Quelles tempêtes avez-vous soulevées et qui vous a aidé ? Quelles vermines avez-vous lancées ? Le Diable a-t-il assigné une limite à votre action maléfique ?

Épuisé, Catalan s'était effondré sur sa paillasse, sans connaissance. Anicette, en pleurs, lui fit respirer du vinaigre. Il revint à lui et retrouvant un peu de courage lui dit :

– Anicette, prie pour moi et ne dis rien de tout cela à Éléonor. Dis-lui au contraire que je garde espoir et que je serai bientôt auprès d'elle et de notre fils.

Anicette repartit l'âme en peine. Elle se rendit chez Rondelet pour lui faire part du triste état dans lequel se trouvait Catalan. Il n'y avait guère qu'avec lui qu'elle pouvait parler à cœur ouvert. En ville, tout le monde se méfiait de tout le monde. Elle avait été de nouveau prise à parti par la mère de Géraud Sihel, un jour de marché. Elle avait bien cru que les commères qui s'étaient mises de la partie allaient la massacrer.

Rondelet l'accueillit chaleureusement.

– Anicette, je vois à tes yeux que tu as encore pleuré. Cette histoire va tous nous rendre fous. Viens, raconte-moi comment va ce pauvre Catalan.

Elle n'oublia pas un seul détail.

Rondelet avait la mine sombre.

– Il a raison. Il n'y a pas grand-chose à espérer. C'est même un miracle que le Prévôt ne l'ait pas soumis plus souvent à la question.

– Ne dites pas ça. Il va en mourir si cela continue.

– Le Prévôt n'a aucun intérêt à ce qu'il meure. Il veut un procès retentissant. Il montera en épingle les soi-disant vilenies commises par la soi-disant conjuration. Il cherche à rassembler les témoignages qui vont dans ce sens.

– Tout Montpellier bruisse d'histoires incroyables. Les rares personnes qui sont du côté de Catalan n'osent même plus faire entendre leur voix.

Rondelet poussa un profond soupir.

– C'est toujours ainsi. Quand on a un bouc émissaire sous la main, les sentiments les plus noirs se réveillent en chacun. Dans ces cas-là, les rumeurs deviennent incontrôlables. Ne dit-on pas qu'à Lunel, une femme a accouché d'abord d'une tête humaine, secondement d'un serpent de la longueur de deux pieds ayant la tête d'un brochet, le corps et les pieds d'une grenouille et la queue d'un lézard, tiercement d'un cochon fourni de tous ses membres ?

– C'est comme à Mauguio, renchérit Anicette. Dans la lune serait apparu un homme au regard cruel tenant dans la main une épée dégainée dont il voulut frapper une jeune fille agenouillée devant lui et qui les larmes aux yeux le supplia de l'épargner. Quand l'histoire a été connue à Montpellier, tout le monde a dit que l'homme, c'était Catalan. Ce ne sont que des sornettes !

Rondelet se rapprocha d'Anicette et lui posa affectueusement la main sur l'épaule.

– Oui et non. Pour le Prévôt, ce sont des invitations à extirper l'impiété et le vice que nous représentons, nous les protestants et les juifs.

– Vous les avez vus les monstres dont on parle ?

– Non. Mais dis-toi qu'il y a deux sortes de monstres. Ceux qui sortent de l'imagination des gens et ceux qui sont dus à l'incroyable diversité de la nature. Je ne connais bien que les monstres marins. Et je peux te dire que pour certains, on raconte n'importe quoi. Par exemple, la baleine. Moi, j'en ai vu des baleines et je t'assure qu'elles n'ont pas de grandes oreilles ni de pattes comme on peut le voir sur certaines gravures.

Anicette n'avait aucune envie que Rondelet se lance dans un cours sur les monstres. Elle était déjà assez inquiète pour ne pas avoir à imaginer des hommes loups ou des enfants à tête de chien qui la poursuivraient dans ses nuits déjà peuplées de cauchemars.

— De grâce, Maître Rondelet, ne me parlez pas de toutes ces horreurs. Avez-vous des nouvelles de François et Felix ? Savez-vous quand ils rentreront ?

— Hélas, ma bellotte, je n'en sais rien. Ils devraient déjà être de retour et je commence à m'inquiéter. Je fais toute confiance à mon ami Aldrovandi pour avoir pris le plus grand soin d'eux, mais tu sais comme moi que tout peut arriver en voyage.

Voilà qui ne rassurait nullement Anicette. Elle prit congé du professeur encore plus désemparée. À la lueur de ce qu'avait dit Rondelet, elle s'aperçut qu'elle tenait très fort à François. Le jeune homme avec sa légèreté, son impétuosité lui apportait une nouvelle joie de vivre. S'il ne revenait pas, elle ne s'en remettrait pas. Non, il ne fallait pas se laisser aller à de telles pensées. François reviendrait. Ils se retrouveraient dans le creux de son lit et feraient l'amour. Peut-être était-il tout près de Montpellier…

Passant devant l'église Saint-Roch, elle s'y précipita et offrit à la Vierge des prières enfiévrées pour que tous ces drames cessent enfin.

*

Elle rentra chez elle où elle retrouva Bruyerin-Champier, le vieil ami de son père qui avait décidé de prolonger son séjour et pris pension chez elle. Il l'agaçait avec son ton prétentieux, mais il se révélait, au final, un bon compagnon. Il lui changeait les idées, même si tous ses propos tournaient autour de ce qui était mangeable et ce qui ne l'était pas. Complètement obsédé par l'écriture de son ouvrage sur l'alimentation, il parcourait la campagne montpelliéraine, s'entretenait avec les gens des métiers de bouche, consultait les nombreux ouvrages de la bibliothèque de l'école de médecine.

Il s'était adjoint les services d'un jeune homme de dix-sept ans, natif d'Ardèche, Olivier, venu passer l'été chez sa cousine Charlotte de Serres. Passionné d'agronomie, il connaissait déjà bien des choses.

Chaque soir, Anicette avait droit à un compte rendu détaillé de leurs découvertes. Ils étaient au courant du drame qui se jouait sous leurs yeux. Olivier, huguenot farouche, se désolait de voir la haine se développer autour de sa religion. Bruyerin-Champier, lui, ne tenait guère à se mêler de cette affaire, arguant que son travail passait en premier.

Quand Anicette fit son entrée dans la salle commune où les deux compères récapitulaient les variétés de cépages cultivés en Languedoc, Bruyerin-Champier s'exclama :

– Anicette, tu as l'air défaite. On croirait que tu reviens de l'Enfer.

– C'est un peu ça, lui répondit Anicette qui pour la troisième fois de la journée éclata en sanglots et leur raconta les souffrances endurées par Catalan.

Le jeune Olivier lui prit les mains et, jetant un regard plein de reproches à Bruyerin-Champier, déclara :

– Il faut faire quelque chose. Nous ne pouvons pas rester les bras ballants devant tant d'ignominie.

Bruyerin-Champier hocha la tête :

– Tu as sans doute raison, mais je ne vois pas bien ce que je pourrais faire.

– Moi si. Nous passons notre temps à poser des questions sur la farine, les olives, les amandes. Nous sillonnons la ville et les champs. Nous pourrions orienter nos recherches sur ces fameuses plantes tueuses qui doivent bien pousser quelque part.

– Mais ce serait très dangereux, répliqua Bruyerin-Champier. Tu imagines bien que ceux qui les font pousser ne vont ni s'en vanter ni nous inviter à venir y jeter un œil. Je n'ai aucune envie de me faire trucider au détour d'un chemin.

Olivier resta un moment silencieux et reprit :

– Alors, laissez-moi faire. Vous ne serez en rien compromis. Donnez-moi quelques jours.

– Mais mon ouvrage, tes notes…

– Maître Bruyerin-Champier, au nom de l'amitié que vous portiez au père d'Anicette, aidez-la.

Bruyerin-Champier regarda Anicette prostrée sur une chaise et Olivier qui serrait les poings de colère contenue. Levant les mains, il fit signe qu'il acceptait qu'Olivier apporte son aide à Anicette, puis il ajouta gravement :

– Tu as raison. Je t'accorde une semaine. Pendant ce temps, je resterai ici. Je commencerai à rédiger quelques chapitres. Montre-toi prudent. Il y a déjà assez de Catalan en prison.

*

C'est ainsi qu'Olivier de Serres entra dans la danse. Descendant de ces rudes cultivateurs des montagnes ardéchoises, c'était un travailleur acharné. Son souhait le plus cher était de bâtir un domaine agricole modèle où il expérimenterait les techniques agricoles les plus appropriées. La nouveauté le passionnait. Le mystère de ces plantes inconnues aiguisait sa curiosité.

Pour lui, le cœur du complot était à Montpellier. Inutile de courir à Nîmes, Uzès ou Alès. Inutile également de chercher au centre de la ville qui était construite de telle manière qu'il y avait peu de jardins attenants aux maisons. Au mieux y avait-il de minuscules espaces comme chez Anicette, où les voisins disposaient d'une vue plongeante. Difficile dans ces conditions de mener des activités secrètes.

Il lui fallait se concentrer sur les hortalisses, ces petits domaines implantés dans la garrigue entourant Montpellier. Les notables et petits bourgeois y faisaient pousser un peu de vigne, des arbres fruitiers, quelques légumes. Pour les entretenir, ils employaient des jardiniers que l'on pouvait voir chaque matin franchir les portes de la ville munis de leurs outils.

L'eau étant un problème majeur sur ces terres sèches, il lui fallait identifier les jardins équipés d'un puits ou de citernes.

Il traça un grand cercle autour de Montpellier, le divisa en sept rayons, un par jour que lui avait accordé Bruyerin-Champier. La tâche ne serait pas facile. Un brin de chance ne lui ferait pas de mal.

32

À Ferrare, le lendemain du banquet, Domenico était au lit, terrassé par l'émotion. François le soupçonnait de vouloir se repasser les succulentes images de la veille.

Son maître lui ayant donné congé, François flâna dans les rues de la ville, attentif, malgré tout, à ce que personne ne le suive. Il acheta les *Banchetti* de Messibugo. C'était son premier livre de cuisine. Il n'en était pas peu fier. Il caressait la couverture de cuir repoussé, les pages de vélin qui craquaient sous ses doigts. Il se prit à rêver de voir un jour son nom imprimé sur un livre. *La Marmite de l'Univers. Traité des potages, rôts, tourtes et crèmes de tous les temps et de tous les lieux* par François Poquet. Voilà qui serait plaisant ! Arriverait-il à égaler Messibugo ? En tout cas, il ferait figurer son poisson en pâte, si simple à préparer et si délicieux à manger. Un filet de poisson parsemé de cannelle, poivre, gingembre, safran, recouvert de tranches d'orange, de citron et de branches de fenouil qu'on met en pâte et qu'on laisse cuire doucement. Ou bien sa fameuse crème fraîche en tourte : des œufs battus en neige délicatement mélangés à de la crème fraîche aromatisée à l'eau de rose, un peu de sucre, le tout confortablement installé dans une pâte à tarte et cuite au four jusqu'à ce qu'elle prenne une jolie couleur dorée.

Il savait que le chemin serait long. Encore fallait-il qu'ils rentrent vivants à Montpellier. Les souvenirs du bain de Marseille et de la course-poursuite de Bologne n'étaient pas faits pour le rassurer.

Il se dirigea vers le palais de la duchesse pour prendre des nouvelles du malheureux Felix.

Il le trouva en compagnie de Simone Simoni, tous les deux plongés dans de volumineux ouvrages.

— Tu tombes à pic, lui dit Felix. La duchesse vient de me faire savoir qu'elle nous attendait et j'allais envoyer quelqu'un te chercher.

— Mon flair légendaire m'a fait accourir. Tu crois que c'est pour nous signifier notre départ ?

Felix hocha vigoureusement la tête.

— Je l'espère.

Renée d'Este se tenait dans son cabinet de lecture, toujours sobrement vêtue de noir et ne portant qu'un petit médaillon autour du cou. Un portrait de sa mère, Anne de Bretagne, qui ne la quittait jamais, disait-on.

— J'ai de bonnes nouvelles pour vous. Ulisse Aldrovandi m'a fait parvenir une missive. Il semble que la voie soit libre. Il a fait répandre le bruit qu'éperdus de peur, vous étiez partis pour Venise afin de chercher un embarquement pour le Levant. Il dit aussi avoir retrouvé un certain Ugo. Il a avoué vous avoir trahi, mais il n'est nullement lié au complot. Je vais donc, comme je vous l'ai promis, faire préparer une petite escorte armée. Vous partirez demain. Nous n'avons guère eu le temps de nous entretenir de la France. Vous porterez avec vous tous mes vœux pour ce pays que j'aime tant.

François et Felix la remercièrent pour son accueil et ses bontés. Ils l'assurèrent de garder au cœur l'éternel souvenir de leur séjour.

Il leur fallut remettre la main sur Passerotti, ce qui ne fut pas simple. Tout le monde l'avait vu, mais personne ne savait où il était. Un de ses amis leur dit que, le plus simple était de se rendre sur les chantiers où des peintres travaillaient. Bonne idée, sauf que des chantiers, il y en avait des dizaines à Ferrare. À croire que même les pauvres ne pouvaient se passer de fresques et de tableaux.

Ils finirent par le trouver dans la via Copperta, ce passage qui menait de l'ancien palais ducal au nouveau et qui avait été transformé en galerie d'art par Alphonse, le père d'Hercule.

Ils eurent beaucoup de mal à l'arracher aux tableaux peints par le Titien. Ils attendirent patiemment. François n'avait plus à craindre de manifestations d'indignation de Felix devant des corps dénudés. Son coup de cœur pour Isabella avait eu raison d'une partie de son intolérance pour les manifestations sensuelles. Il semblait même porter un certain intérêt à la voluptueuse beauté nue du premier plan…

*

Ils se mirent en route avec quatre hommes armés. Ils allèrent vite, chevauchant sur une levée de terre qui dominait des marécages asséchés. Ils traversèrent le Pô, puis l'Adige. En fin de journée, ils arrivèrent aux portes de Padoue. Si près du but, ils entendaient ne pas traîner. Ils abandonnèrent Passerotti et le remercièrent de sa précieuse compagnie. Toujours aussi jovial, le peintre leur souhaita bonne chance et surtout d'éviter les mauvaises rencontres. Ils se précipitèrent à l'université en quête de Gabriel Fallope. On leur dit qu'il finissait l'anatomie d'une femme. Felix n'allait pas laisser passer une telle occasion. Il entraîna un François très réticent à l'idée de se retrouver dans l'atmosphère empuantie d'un amphithéâtre. Ils étaient dans le sanctuaire d'André Vésale, natif de Bruxelles, le plus grand anatomiste de tous les temps. Felix avait pour habitude de dire que sa vocation de médecin était due à Vésale et à son livre *La Fabrique du corps*. Il faut dire que cet ouvrage, grâce aux dessins réalisés par les plus grands artistes, donnait enfin une vision claire du corps humain.

Fallope faisait ses derniers commentaires. Il rappelait que sa découverte des trompes utérines était un pas nouveau dans l'explication du mystère de la reproduction et encourageait ses élèves à poursuivre les observations en ce domaine.

Il y eut quelques rires gras dans l'assemblée. Fallope lança un regard sévère aux étudiants et enchaîna sur la recommandation qu'il faisait à tous les hommes de porter, lors de l'acte de chair, un fourreau d'étoffe fine préalablement enduit d'une décoction d'herbes. Le seul moyen pour se protéger de ce qu'on appelle en France le mal napolitain et en Italie le mal français et que Fracastor nomme syphilis.

François et Felix n'avaient jamais entendu parler d'une telle pratique. Mais là n'était pas leur propos. Une fois l'assistance dispersée et le cadavre emporté, ils se présentèrent à Fallope.

– Ah! vous voilà enfin. Ulisse m'a envoyé un courrier à votre sujet et je me demandais où vous étiez passés. Je n'ai pas une minute à vous accorder. Demain, vous irez voir Luigi Squalermo, le directeur du jardin botanique, il est au courant, il vous attend.

L'accueil était si froid que ni François ni Felix n'osèrent argumenter et demander à s'y rendre le soir même.

Devinant leurs pensées, Fallope ajouta :

– Inutile d'y aller. Le jardin est fermé et ne rouvrira ses portes que demain matin. Maintenant, laissez-moi, j'ai à faire.

Tant pis pour Felix qui aurait tant aimé lui parler de Vésale, son illustre prédécesseur, et de toutes les découvertes médicales qui avaient eu lieu à Padoue.

François n'aspirait qu'à du repos. L'idée de passer une nuit entière sans avoir à s'enfuir à pied ou à cheval ni à servir des centaines de plats le faisait bâiller de bonheur.

Ils retournèrent à l'auberge des Trois Syrènes, où les hommes de la duchesse d'Este jouaient aux dés en attendant le souper. La soirée fut idylliquement calme. Ils ne voulurent rien voir de Padoue, l'aventure avait assez duré. Ils n'aspiraient plus qu'à une chose : prendre le chemin du retour, la clé du mystère en poche.

*

Le lendemain matin, à l'aube, Felix et François étaient devant la grille d'entrée du jardin botanique. Ils battaient la semelle, pestant contre ces couche-tard/lève-tard d'Italiens. Des étudiants padouans commençaient à arriver. Le sieur Squalermo finit par apparaître. Il envoya les étudiants aux quatre coins du jardin avec des tâches précises et daigna enfin se préoccuper des deux compères.

– Ah ! C'est vous qui cherchez les plantes d'Amérique. Fallope me rebat les oreilles de votre arrivée. Vous avez tardé. Bien entendu, vous avez dû trouver en chemin quelque amusement qui vous a retenus, leur dit-il d'un ton hargneux.

Pas aimables, les maîtres de l'université de Padoue !

— Bon, je vous emmène au carré des exotiques.

François et Felix suivirent en silence, ne voulant pas, par une parole malheureuse, gâter la bonne humeur flagrante de leur cicérone.

Soudain, ils le virent gesticuler, comme pris par la danse de Saint-Guy, courir à toute allure le long des plates-bandes, s'arrêter net, tomber à genoux et, crurent-ils, enfouir son visage dans la terre. C'était bien leur chance d'être tombé sur un dément. Ils le virent se relever, leur faire de grands signes montrant un carré… vide. Squalermo hululait d'une voix stridente :

— Plus rien, il n'y a plus rien. Les sauvages, les barbares, les assassins, ils ont tout arraché, tout pris. Mes *tumatl*, mes ananas, mon blé d'Inde, mes piments…

Si près du but et voir leurs espoirs fauchés… Ils virent le maître des lieux se précipiter vers eux, brandissant une fourche. Et voilà, ils allaient finir empalés par un botaniste enragé. François esquissa un signe de croix. Felix recommanda son âme à Dieu. Squalermo les apostropha :

— Jamais je ne vous le pardonnerai ! C'est de votre faute. Disparaissez ou je vous saigne !

Ils détalèrent, bien heureux d'échapper aux griffes du jardinier. Il leur fallait retourner auprès de Fallope pour lui rendre compte de la catastrophe.

Ce dernier les accueillit aussi fraîchement que la veille :

— Encore vous ! Je vous croyais au jardin botanique.

Felix et François se mirent à parler en même temps.

Fallope les arrêta d'un geste de la main et pointant son index sur Felix le désigna comme porte-parole.

À la fin du récit, Fallope rugit :

— Cet imbécile de Squalermo, je lui avais bien dit de veiller particulièrement sur les plantes américaines. Il se prend pour Dieu le Père et n'en fait qu'à sa tête. Ça lui apprendra à écouter mes conseils.

Felix et François se moquaient éperdument des querelles entre Fallope et Squalermo.

— Heureusement, j'ai planté chez moi l'essentiel de la collection. Vous allez venir avec moi. Je vous donnerai les plantes par égard pour Aldrovandi qui a l'air de vous accorder son amitié. Et ensuite, vous disparaissez.

C'était la deuxième fois ce matin qu'on leur disait de disparaître. C'était bien leur plus cher désir. Ils suivirent l'irascible professeur jusqu'à sa demeure. Dans son jardin, ils firent enfin connaissance avec les plantes tueuses. Ils furent assez déçus par les *tumatl* : de petits fruits rabougris, certains verts, d'autres rouges. Par contre, leur feuillage était assez élégant. Fallope leur dit :

— Je crois pour ma part que les fruits sont inoffensifs et que ce sont les feuilles et les tiges qui sont toxiques. Allez-y, prenez-en quelques exemplaires.

Felix cueillit avec précaution les fruits, les enveloppa dans du papier fin et les plaça dans une boîte. François se chargea d'apprêter les feuilles selon la méthode apprise à Bologne. Ils reviendraient ainsi avec une plante presque vivante. Ils regrettaient de ne pas avoir demandé à Passerotti de les accompagner. Il aurait pu en faire un dessin fidèle.

Fallope reprit la parole :

— Pour ce qui est de la fleur blanche, je crois qu'il s'agit de celle-ci. On me l'a présentée comme fort dangereuse. Une expérience réalisée sur un chien et un cochon a abouti à la mort rapide des deux animaux. On l'appelle datura.

La fleur que Fallope désignait était magnifique. On avait du mal à croire qu'elle puisse être mortelle tant elle était gracieuse. Une immense corolle en forme de trompette d'un blanc pur, une odeur d'une suavité confondante, de grandes feuilles alanguies : cette belle vénéneuse cachait bien son jeu.

François procéda comme avec les feuilles de *tumatl*, regrettant de ne pouvoir en rapporter des bouquets entiers.

Ils remercièrent avec effusion Fallope qui n'en avait cure et qui leur faisait signe avec la main de partir.

*

Felix et François exultaient. Une fois dans la rue, ils esquissèrent une gigue, mais, craignant d'abîmer leurs précieux témoins végétaux, ils se calmèrent. Ils rentrèrent sur-le-champ à leur auberge et rassemblèrent leur escorte. Ils négligèrent les propos de l'aubergiste les invitant à aller visiter la merveille de l'univers : Venise, qui n'était distante que de quelques lieux.

Non, non, Montpellier sans escale et sans incident, c'était dorénavant leur seul but.

33

François et Felix embarquèrent à Gênes sur une tartane faisant voile jusqu'à Sète. Un vrai coup de chance qui leur permettait d'éviter Marseille.

Un vent favorable poussait le bateau. Le capitaine leur promit d'arriver à bon port avant deux jours.

Le temps pressait. Fallope leur avait signalé que leurs plantes étaient des estivales. Passé octobre, ils n'en trouveraient plus trace. Sans compter que le jugement de Catalan aurait certainement bientôt lieu.

Ils ne croyaient pas si bien dire. Alors qu'ils voyaient au loin se dessiner le lourd clocher des Trois Maries de la Mer, le crieur public parcourait les rues de Montpellier. Il annonçait que le procès du sieur Catalan, accusé d'empoisonnement et de complot, aurait lieu à la Saint-Michel, soit dans une semaine.

*

Ils ignoraient qu'Olivier de Serres battait la campagne autour de Montpellier.

Il suivait les sentiers de chèvres, s'enfonçait dans la garrigue. Il revenait chaque soir fourbu, les bras écorchés par les ronces. Les trois premiers jours n'avaient donné aucun résultat. Les bergers et les rachalans, ces travailleurs des terres ingrates, répondaient tous négativement à ses questions. Personne n'avait entendu parler ou vu de plantes nouvelles. On lui citait l'arbousier, le genévrier, l'olivier, le cade, le thym, le romarin, le serpolet… Rien de bien nouveau sous le soleil méditerranéen.

Bruyerin-Champier commençait à s'impatienter. Il rappelait sans cesse à Olivier qu'il ne pourrait très longtemps se passer de lui.

Au soir du quatrième jour, Olivier trouva Anicette en grande conversation avec Gabriel, l'ancien jardinier de Catalan. Il venait la voir régulièrement pour prendre des nouvelles du prisonnier. Il continuait à habiter le mazet de la Treille Blanche, mais devait louer ses services à d'autres bourgeois de Montpellier. Il travaillait sur un petit domaine dans le quartier d'Aigues-Vives. Tous ces jardins étaient soigneusement cultivés et il avait apporté à Anicette quelques grappes de raisin ainsi qu'un petit sac de pois chiches.

Olivier se joignit à la conversation. Comme il devait attaquer, le lendemain, le secteur d'Aigues-Vives, les informations que pourrait lui donner Guillaume étaient précieuses.

– C'est un dédale, lui dit Guillaume. Les propriétés sont petites, mais assez productives. C'est pourquoi elles sont entourées de murs. Les propriétaires ne tiennent pas à voir disparaître leurs récoltes.

– Combien y a-t-il de jardiniers ?

– Nous sommes une petite dizaine, soit environ un jardinier pour trois parcelles.

– Et les propriétaires, qui sont-ils ?

– Surtout des marchands. Pas les grands marchands de la place de la Loge. Plutôt les nouveaux riches, ceux qui veulent que tout écu en donne dix. Ils voudraient qu'on leur fournisse tous les fruits et légumes de leur table, alors que la terre est sèche comme un coup de trique.

— Il n'y a pas de puits ?

— Il ne faut pas rêver ! Dans mon lopin, il y a une bonne citerne. On récupère l'eau de la moindre pluie. C'est à peu près le cas partout. Il y a peut-être un puits ou deux. Cette année, avec cette effroyable sécheresse, on a bien du mal à tirer quelque chose de la terre. Il y en a qui s'acharnent. J'ai vu monter des ânes chargés de barriques d'eau. C'est de la folie. Ces années-là, il vaut mieux se contenter d'une poignée de pois chiches. Ce qu'on cultive là-haut ne vaut pas tous ces efforts. Au moins, chez Maître Catalan, j'étais près du Lez et je pouvais puiser dans la rivière pour arroser autant que je voulais.

Voilà qui est intéressant, se dit Olivier. Des ânes chargés d'eau…

— Et tu n'aurais pas remarqué des choses nouvelles, de nouvelles plantes ?

— Pas du côté de chez nous. Mais à Fontfroide, il y a un fada qui fait pousser un arbre qui donne, paraît-il, des fruits blancs et qui a de très belles feuilles. Un arbre qui vient du bout du monde et qu'il a trouvé chez un ami à Nîmes. Il paraîtrait que les feuilles servent à nourrir des vers qui font de la soie. Les gens inventent n'importe quoi pour faire leur intéressant !

— Non, non, Gabriel, cet arbre existe bel et bien. Il vient de Chine. On l'appelle mûrier. Vous verrez, si on arrive à l'implanter, il peut apporter la richesse à cette région. Moi-même, dès que j'aurai un bout de terrain, j'en planterai. Mais ce n'est pas lui que je cherche. Tu ne vois rien d'autre ?

– Voir, non, mais sentir, oui. Quand le vent vient du sud, au soleil couchant, il m'est arrivé de sentir une odeur extraordinaire, inconnue, d'une suavité et d'une puissance étonnantes. Une odeur à vous donner envie de vous coucher, de fermer les yeux et de penser à votre belle.

– Tu as vu la plante ?

– Non, elle doit être dans un jardin proche.

– Qui sont tes voisins ?

– Eh bien, juste derrière c'est un lopin abandonné et encore après c'est Chazal, l'épicier.

En entendant ces mots, Anicette tressaillit et fit signe à Olivier de continuer ses questions.

– Et ce Chazal, il a un jardinier ?

– Non, il l'a renvoyé en début d'été pour une sombre histoire de vol de semences. Aubin crie partout qu'il est innocent et que Chazal est une vipère.

– Il vient souvent dans son jardin ?

– Je ne me préoccupe guère des allées et venues des gens.

– Gabriel, je viendrai te voir demain. Cette plante m'intéresse.

Surpris par l'intérêt du jeune homme, Gabriel lui expliqua le chemin et prit congé.

Anicette arborait un air triomphant. Elle s'était levée et arpentait la petite pièce.

– C'est là, j'en suis sûre. Chazal est un grand ami de Sihel et Sihel est le plus acharné contre Catalan. Tout s'expliquerait. Les épiciers en ont toujours voulu à mort aux apothicaires. La femme de Sihel est une bigote catholique qui voue les protestants à l'enfer. Quand je pense que j'avais son fils sous mon toit pendant qu'ils tramaient tout ça.

264

— Calme-toi, lui répondit Olivier. Il ne s'agit que d'une plante qui sent bon. Peut-être est-ce tout simplement un lys.

— Tu en as vu beaucoup des lys dans la garrigue ? l'interrompit Anicette qui avait retrouvé toute sa fougue.

— Non, bien sûr. Mais ne t'échauffe pas. Il faut aller voir.

— Alors, allons-y. Il n'y a pas de temps à perdre.

— Tu es complètement folle. La nuit est tombée. Tu te vois, à la lueur d'une lanterne, partir dans la garrigue ? Laisse-moi faire. J'irai demain. J'observerai les lieux. Et si tu dis vrai, nous ne pourrons pas agir seuls.

— Tu as raison, bien sûr. Si seulement François et Felix étaient là…

*

Ils n'étaient pas loin. Ils venaient de débarquer à Sète. Pas question de rejoindre Montpellier de nuit. Ce serait trop bête de se faire dérober leurs précieuses preuves.

Le lendemain, Olivier se mit en route pour Aigues-Vives où il retrouva Gabriel en plein travail. Il pénétra dans l'enclos abandonné. Les ronces rendaient sa progression difficile. Derrière une capitelle, abri de berger fait de grosses pierres sèches, il découvrit un jardin cultivé. Il y avait de grandes fleurs en trompette d'un blanc immaculé qui dégageaient une odeur enivrante. Il y avait aussi des plantes bizarres aux feuilles découpées qui portaient des petits fruits, les uns rouges, les autres jaunes.

Il avait réussi. Il avait découvert ces maudites plantes. Mais que faire maintenant ? Il se décida à cueillir une fleur blanche, un fruit jaune et un fruit rouge. Les broussailles garderaient le secret sur son passage. Il rejoignit le jardin où Gabriel l'attendait. Il lui fit jurer de ne rien révéler de sa venue.

Il attendit que le soleil soit à son zénith pour repartir. Il était ainsi assuré de ne rencontrer que peu de monde sur les chemins. Il fallait faire preuve de la plus grande prudence.

Arrivé au coin de la rue aux Laines, il vit un petit groupe d'hommes qui s'apprêtaient à frapper chez Anicette. C'était Felix, François et Rondelet. Il courut vers eux, leur faisant de grands signes. Il les rejoignit alors qu'Anicette ouvrait la porte. Elle découvrit avec stupeur et ravissement les quatre hommes. Elle les fit entrer en toute hâte, tourna, virevolta, leur offrit des sièges, de l'eau. Tout le monde parlait en même temps jusqu'à ce que la voix furibonde de Rondelet se fît entendre :

— On se calme, hurla-t-il.

Ce qui eut pour effet immédiat de ramener le silence.

— On a tous des choses à se dire. Felix et François sont de retour avec des éléments essentiels. Olivier, tais-toi, rugit Rondelet en voyant le garçon lever la main pour prendre la parole. À Padoue, ils ont découvert les plantes qui peuvent être à l'origine des morts suspectes…

Il se leva d'un bond et s'approcha d'Olivier qui s'agitait de plus belle.

— Olivier, laisse-moi parler, tu auras la parole à ton tour. Felix et François en ont rapporté des spécimens fort bien conservés, je dois dire… Olivier, je vais te botter les fesses si tu continues à vouloir m'interrompre.

Anicette était aux anges. Elle lançait des regards furtifs à François qui lui répondait par de grands sourires.

266

Felix semblait fatigué, mais écoutait avec attention Rondelet :

– Maintenant, il nous faut savoir où et par qui ont été cultivées ces plantes. Ça ne va pas être facile. D'autant que le procès de Catalan va avoir lieu dans une semaine. Olivier, tu vas arrêter de te prendre pour un moulin à vent ?

– Maître Rondelet, je sais, gémit Olivier.

– Tu sais quoi, morbleu ?

– Où poussent les plantes et peut-être qui les a plantées.

– Mais pourquoi ne le disais-tu pas ? s'exclama Rondelet.

Olivier raconta sa matinée dans la garrigue. Felix avait sorti précautionneusement d'une pochette en cuir souple les planches rapportées de Padoue. On pouvait y voir la fleur de datura et les feuilles de *tomatl*. Les petits fruits, conservés dans du papier, avaient gardé toutes leurs couleurs malgré le voyage. Il les présenta à Olivier qui s'écria :

– Oui, c'est ça. Regardez… Il posa sur la table la fleur et les fruits qu'il avait cueillis quelques heures auparavant.

Tous étaient silencieux. Aucun doute, les plantes étaient identiques.

Rondelet reprit la parole :

– Il s'agit donc d'une machination de ces maudits épiciers, mais nous n'avons aucune preuve. Le lopin dont tu nous parles étant abandonné, n'importe qui aurait pu se l'approprier. Chazal est cul et chemise avec le Prévôt. Il niera tout en bloc. Il nous faut les prendre sur le fait. Felix, François, vous allez, de nouveau, être mis à contribution. Il faut organiser une surveillance permanente de cet endroit. Peut-on compter sur la discrétion de Gabriel ?

– Oui, j'en réponds. Il est très attaché à Maître Catalan. Il fera tout pour l'aider, répondit Anicette.

– Alors, François et Felix, vous irez dès la fin du jour vous installer là-bas. Nous n'avons pas de temps à perdre.

– Mais comment ferons-nous si nous découvrons qu'il s'agit bien de Chazal ? demanda François qui se voyait mal affronter à mains nues les assassins.

– Vous revenez dare-dare m'en faire part. J'ai une petite idée sur le moyen d'obtenir les aveux de ces bandits. La chance commence à être de notre côté. Espérons qu'elle nous tienne encore un peu compagnie.

Dieu l'entende, se dit François.

Une fois Rondelet parti, ils mirent au point une stratégie pour leur veille champêtre. Olivier serait leur messager. Gabriel, se rendant tous les jours aux hortalisses, leur apporterait des provisions.

François regrettait amèrement de ne pas passer cette première nuit avec Anicette. En la voyant, il avait compris qu'il l'aimait profondément. Il avait envie de la protéger, de prendre soin d'elle. Il se reprenait à rêver de l'emmener au bout du monde.

Il désirait son corps menu, la douceur de ses seins et de son ventre.

Sous le fallacieux prétexte de lui remettre les gourdes indispensables à leur équipée, Anicette l'entraîna dans la petite pièce aux herbes sèches.

Il enfouit son visage dans ses cheveux qu'elle avait dénoués. Il lui embrassa doucement les lèvres, se remémorant le baiser que lui avait donné Aldrovandi. Il la désirait autant qu'il avait désiré cet homme. Cette évocation lui fit encore resserrer son étreinte autour d'Anicette. Elle murmura :

— Mon tout beau, je te veux autant que tu me veux.

Rien, ni le pape ni le roi entrant dans la pièce, n'aurait pu les arrêter. Anicette délaça sa braguette pendant qu'il relevait ses jupes. Il s'enfonça en elle, brûlante et fondante. Ils se regardèrent tout le temps que dura ce voyage vers l'infini, captant dans les yeux de l'autre les ombres du plaisir. Pour tous deux ce furent mille étoiles et mille soleils qui éclatèrent, les laissant étourdis et merveilleusement complices.

34

Le départ de Felix et François pour l'épreuve de la dernière chance se fit discrètement à la nuit tombée.

Accompagnés de Gabriel, ils pénétrèrent dans l'enclos abandonné. Il leur fallut trouver une cachette d'où ils pourraient observer les plantations. La garrigue pour cela était bonne fille. Ils arrangèrent une sorte de grotte dans les broussailles. Ils essayèrent de la rendre plus confortable en y étalant les couvertures catalanes données par Anicette. Elle les avait pourvus de gourdes en peau de chèvre qui gardaient l'eau fraîche. Sans oublier un panier où saucissons et pâtés abondaient. Au moins ne mourraient-ils pas de faim.

Felix et François s'étaient réparti des veilles de quatre heures. Pour le moment, aucun des deux n'avait envie de dormir.

— Saloperies de ronces, si on sort vivants de cette histoire, plus jamais je ne mettrai les pieds dans la garrigue, s'exclama François qui cherchait en vain une position confortable.

— Pour moi, une chose est sûre. Si Catalan est condamné, je quitte sur-le-champ cette maudite ville, lui répondit Felix.

— Mais ton diplôme ? Ton père ?

– Mon père sera le premier à ne pas supporter l'idée qu'on brûle un protestant. Quant à mon diplôme, il y a d'autres universités, que diable ! Padoue, Bologne ne sont pas faites pour les chiens.

– Si tu pars, je pars aussi. De toute manière, pour moi, les études, c'est fini.

– Et ton père, il va en dire quoi ?

– Qu'il me déshérite, bien entendu ! Ça m'est égal. Il n'a que l'argent en tête. De toute manière, je n'ai aucune envie de retourner à Paris.

– Où iras-tu ?

– Je ne sais pas. Bologne, Padoue ne sont pas faites pour les chiens, n'est-ce pas ? À vrai dire, j'ai envie de courir le monde. L'Amérique, peut-être, ou les Indes, pourquoi pas…

– *Le Cuisinier aventurier,* voilà le titre que tu devrais donner à ton futur grand livre.

– Pas mal ! J'y mettrai les recettes des sauvages mangeurs d'hommes. L'art et la manière d'accommoder un cuissot de jeune homme, de faire un ragoût d'Espagnol, une tourte de Portugais…

– Tais-toi, on est déjà en plein cauchemar, inutile d'en rajouter. Essaye de dormir. Je prends la première veille.

Il ne se passa rien cette nuit-là. Ils se retrouvèrent au petit matin, rompus. À tour de rôle, ils allèrent se dégourdir les jambes dans le jardin de Gabriel.

En fin de journée, ils reprirent leurs places, côte à côte. Ils avaient l'air de deux gros oiseaux dans un nid trop petit. Fatigués, ils restaient silencieux. Jusqu'au moment où un long reptile s'insinua dans leur cachette et vint se lover tranquillement sur leur couverture. François agrippa Felix. Dans un grincement de dents, il marmonna :

— Éjecte-moi cette chose, je ne supporte pas les serpents.

— Du calme, c'est une couleuvre, tu vois bien. Elle ne te fera rien.

— Je m'en moque. C'est elle ou moi.

— Elle est magnifique. Je pourrais l'attraper et faire comme Aldrovandi, la naturaliser et la pendre au mur.

— Fais ce que tu veux, mais qu'elle parte…

Des pas furtifs se firent entendre. Gabriel apparut à l'entrée de leur cachette, ce qui eut pour effet de déranger la couleuvre. Dans un glissement silencieux, elle passa sur les jambes de François tétanisé, puis disparut dans les broussailles. Gabriel leur annonça qu'il venait de voir des individus pénétrer dans le jardin Chazal. Il repartit aussi rapidement et silencieusement que la couleuvre.

Quelques minutes plus tard, deux hommes franchirent le muret qui séparait le jardin de Chazal de l'enclos abandonné. Felix et François se figèrent dans une immobilité parfaite. À travers les minuscules lucarnes qu'ils avaient aménagées dans les ronces, ils purent reconnaître Chazal en personne accompagné de Jean Sihel. Les deux hommes se penchaient sur les plantations. Bien que parlant à voix basse, Felix et François pouvaient entendre distinctement ce qu'ils disaient :

— Nous voilà au bout de nos peines. Nous pouvons dire sans barguigner que le succès est total. La clientèle a déserté les boutiques des apothicaires et nous, nous faisons des affaires en or, commença Jean Sihel.

— Ces orgueilleux n'ont rien vu venir. Ils sont encore à se demander ce qui leur vaut tant de malheurs.

— À vrai dire, je n'aurais pas cru que ce serait si facile. Nous n'avons rencontré aucun obstacle.

– À part ces deux étudiants sous la coupe de ce fumier de Rondelet.

– Je dois dire que quand mon fils Géraud m'a raconté ce qu'ils tramaient, j'ai eu peur. Encore plus quand ils ont échappé au guet-apens à Marseille.

– D'après les nouvelles que nous avons reçues de Bologne, ils ont détalé comme des lapins. Ils doivent se terrer quelque part, la peur au ventre.

– J'aurais préféré apprendre que leurs corps gisaient en terre italienne. Ne pas savoir où ils sont passés m'inquiète un peu.

Felix et François se serrèrent un peu plus l'un contre l'autre.

– Il n'y a plus aucune crainte à avoir. Nous savons qu'ils n'ont rien trouvé à Bologne. Même s'ils revenaient maintenant, ils ne pourraient plus rien empêcher. Catalan est trop compromis. On peut vraiment remercier le Prévôt d'en avoir fait la victime idéale.

Soudain, Chazal se tut. D'un geste, il intima silence à son compère. Des craquements se faisaient entendre dans les fourrés. Pétrifiés, les deux hommes se regardèrent. Silencieusement, Chazal s'empara d'une fourche, bondit et la planta dans les broussailles d'où provenaient les bruits. Ils virent alors une grosse couleuvre s'échapper en toute hâte du buisson. Ils éclatèrent d'un rire nerveux et reprirent leurs arrosoirs.

La fourche était passée à deux doigts du visage de Felix.

– Après le coup de dimanche prochain, il n'y aura plus personne qui tentera d'élever la voix pour défendre Catalan et sa clique, reprit Chazal.

– Pour sûr ! L'idée d'empoisonner les hosties pour la Saint-Michel est fameuse. Personne ne pourra imaginer qu'un acte aussi abominable puisse être l'œuvre de chrétiens. Quand je pense que ce sont nos chers moines célestins qui ont eu cette idée démoniaque.

Felix et François se regardèrent effarés.

– Il n'y a pas plus féroces qu'eux envers les juifs et les protestants. Notre alliance est parfaite. Pour le moment. Ils imaginent qu'on va les aider à faire de même en Italie. Là, ces saints hommes se trompent. Une fois que toutes les boutiques d'apothicaires seront à nous, nous tirerons notre révérence. Qu'ils aillent au diable.

– Ils y sont déjà, non ?

Le ricanement de Chazal fit frémir les deux garçons.

– Bon, nous en discuterons une fois nos affaires terminées. D'ici là, il nous faut encore être prudents.

– Demain à la même heure, il n'y aura plus trace de nous ici. Dans deux jours tout Montpellier pleurera des centaines de morts catholiques. Les apothicaires seront à jamais discrédités.

– Tu as raison. En tout cas, l'Espagnol ne s'est pas moqué de nous. Ses graines étaient parfaites. Elles ont donné de belles fleurs et de beaux fruits. Dommage qu'il ait cru bon revenir et vouloir nous faire chanter.

– Ce n'était pas très intelligent. Il a bien failli tout faire capoter. Encore heureux que nous l'ayons fait suivre par Géraud et que nous ayons pu l'occire discrètement.

– Ton fils est une fouine de première. On lui doit une fière chandelle.

– Je compte le récompenser en lui offrant la boutique d'Anicette Prades… Non seulement elle est la protégée de Catalan, mais en plus elle a eu le culot de traiter Géraud de bon à rien et de le mettre à la porte.

– On dit qu'elle fricote avec un des étudiants ?

– Sous ses airs de grande dame, c'est une traînée. En voilà encore une qui n'aura que ses yeux pour pleurer.

François esquissa un geste que Felix retint aussitôt.

– L'idée de ta femme d'envoyer ses amies faire un esclandre chez Catalan n'était pas mal, non plus. Le petit Marsile nous a coûté cher, mais sans lui nous n'aurions jamais pu subtiliser les poisons dans le droguier.

– Avec de l'argent, on arrive à tout ! Bon, ne traînons pas trop. Arrosons une dernière fois nos jolies plantations. Demain nous couperons tout et livrerons notre récolte aux Célestins. À eux de fabriquer les hosties direct pour le Paradis.

Les deux hommes firent plusieurs allers et retours pour arroser.

Felix et François n'avaient qu'une idée : courir raconter leur découverte. Ils attendirent encore un long moment après le départ des deux hommes, craignant de les voir revenir.

Ils s'extirpèrent de leur cachette et rejoignirent Gabriel. La nuit était tombée. Ils revinrent à Montpellier en prenant bien garde de ne pas se faire reconnaître. Ils passèrent la porte de la Saunerie avec des couvertures sur le dos et tenant devant eux un gros fagot. Ils se rendirent directement chez Rondelet, laissant Gabriel aller prévenir Anicette de les rejoindre.

*

Le professeur recevait des collègues pour discuter de sa prochaine nomination au rang de chancelier de la faculté de médecine, en remplacement de Jean Schyrron à l'article de la mort. Felix et François durent attendre. Ils mirent à profit ce moment pour se débarrasser des épines incrustées dans leurs chairs. Ils burent à grandes lampées l'eau fraîche apportée par la servante de Rondelet.

Anicette arriva au moment où les médecins prenaient congé. Tous se retrouvèrent dans la salle de travail de Rondelet.

Felix et François rapportèrent les propos des deux épiciers. Rondelet et Anicette les écoutaient avec la plus grande attention. Rondelet était rouge de colère et Anicette blanche comme un linge. Un lourd silence s'installa à la fin du récit, chacun mesurant l'étendue de la traîtrise. Rondelet prit la parole :

— Il faut emmener le Prévôt et quelques notables sur place pour constater leurs méfaits.

— Mais ils vont nier, raconter n'importe quelle histoire, s'exclama François.

— Je t'ai dit hier que j'avais une idée sur la manière de les faire avouer, s'impatienta Rondelet.

Craignant de le voir piquer une de ses habituelles et mémorables colères, François se tut. Rondelet reprit la parole :

— Vous allez tous rester ici cette nuit. Inutile d'attirer l'attention. Je me rendrai dès demain matin chez le Prévôt et chez ceux sur qui je sais pouvoir compter.

— Maître Rondelet, dit Anicette, vous ne craignez pas que le Prévôt ne fasse partie des comploteurs ? Il pourrait faire savoir à Chazal et Sihel qu'ils sont sur le point d'être découverts.

Rondelet caressa sa barbe, l'air hésitant, puis déclara :

— C'est un risque à courir. Je ne crois pas qu'il soit de mèche. C'est un fieffé crétin arrogant, mais la seule chose qui l'intéresse, c'est de mettre à mal les hérétiques. Je ne pense pas qu'il sera ravi d'apprendre que toute cette affaire n'avait finalement pour but que d'enrichir les épiciers. Si je me trompe, eh bien, je quitte cette ville immédiatement. Je m'exile dans quelque coin de France ou d'Italie.

Décidément, pensa François, tout le monde veut partir. Bientôt, il n'y aura plus que les épiciers pour vouloir rester !

Rondelet appela sa servante afin qu'elle leur apporte de quoi boire et manger et qu'elle prépare des chambres pour ses hôtes impromptus.

Le vin de Thau fut le bienvenu ainsi que les caillettes, les petits rougets frits et les dorades accompagnées d'une sauce au verjus. Un repas improvisé qui permit à chacun de se détendre un peu. Rondelet fit parler François et Felix de leur séjour à Bologne. Lui-même dressa un portrait très chaleureux d'Aldrovandi.

François l'écoutait avec une pointe d'émotion. Il laissait parler Rondelet et Felix, observant Anicette qui lui souriait. Des pensées folles lui vinrent à l'esprit. Il se vit dans un grand lit s'offrir aux caresses jointes d'Anicette et d'Aldrovandi. Il avait hâte de retrouver la jeune femme, de se perdre en elle, de conjurer ces images, de les oublier.

Une fois le souper terminé, Rondelet leur rappela qu'ils ne devaient sortir sous aucun prétexte, ni se faire voir par quiconque viendrait dans cette maison. Il les envoya à l'étage où des chambres avaient été préparées, une pour Anicette, une pour Felix et François. Aucun ne se fit prier.

Felix facilita la tâche de François qui comptait rejoindre Anicette une fois son ami endormi. Il lui dit en souriant :

– Vas-y. Ne la fais pas attendre, lui dit-il. Quoique je ne comprenne pas comment vous pouvez vous livrer à vos ébats alors que nous sommes en plein drame.

– Tu devrais savoir que c'est un excellent exercice pour clarifier le sang, purifier les humeurs. Les baisers les plus chauds, les caresses les plus folles…

– Arrête, je ne veux rien savoir. La débauche n'est pas mon fort, tu le sais bien.

– Et c'est bien dommage. Je te confie aux bras de Morphée et moi, je vais rejoindre ceux de ma belle.

Ce fut une nuit passionnée. Aucune image d'Aldrovandi ne vint troubler François. Ils s'aimèrent et se le dirent. Le matin, leur premier matin ensemble, les trouva tout rassotés d'amour.

Respectant les ordres de Rondelet, ils restèrent invisibles, ne quittant leur chambre que pour aller chercher quelque nourriture à la cuisine. Leur bonheur les rendait optimistes. Ils étaient sûrs que Sihel et ses complices allaient être confondus. Catalan retrouverait la liberté. Les apothicaires leur honneur… et leurs clients. François évoqua l'idée de l'épouser. Anicette le traita de fou en riant. Elle lui dit que Montpellier n'était pas une ville pour lui, qu'un jour prochain il partirait.

– Alors, suis-moi, lui dit François.

– Je ne peux pas. Ma vie est là. Et de quoi pourrions-nous vivre sur les routes ?

– Je sais que je vais réussir. Quoi, je ne le sais pas encore.

– Tu vois bien…

– Nous pourrions aller, je ne sais pas, à Londres, à Rome… Tu ferais de merveilleuses confitures et moi des plats de rêve que nous vendrions aux seigneurs et aux bourgeois.

– Tu rêves, mon bon. Tu rêves mais c'est bon.

Felix interrompit leur félicité en début d'après-midi. Rondelet était rentré et désirait les voir. François et

Anicette s'arrachèrent l'un à l'autre. Ils se promirent de reparler de tout cela, une fois le calme revenu.

Rondelet semblait très content de lui :

— J'ai trouvé le Prévôt dans de bonnes dispositions. Bien entendu, il ne croit pas une seule seconde à ce que je lui ai raconté. Mais pour montrer qu'il est attaché aux principes de justice, il est prêt à nous accompagner. Il aimerait beaucoup me voir perdre la face. Il ne rêve que d'une chose : me mettre dans un grand sac et me jeter à la mer. Jusqu'à présent, je n'ai pas été inquiété pour mes convictions protestantes. Il espère que je vais lui donner les verges pour me faire battre.

— Ça ne vous inquiète pas ? demanda Anicette.

— Au point où nous en sommes, nous n'avons plus le choix. Je crois Sihel et ses acolytes assez bêtes pour tomber dans le piège. Ne penser qu'à l'argent obscurcit l'esprit.

— Quel est le plan pour ce soir ? s'inquiéta Felix. Qu'aurons-nous à faire ?

— Vous, pas grand-chose. Si ce n'est récolter les fruits de la gloire. Voilà ce que je propose : vous retournez dans votre cachette…

Non, pitié, se dirent Felix et François. Si c'était ça le « pas grand-chose » de Rondelet, quelle allait bien pouvoir être la suite ?

— Des hommes du Prévôt prennent actuellement place discrètement aux alentours du jardin. Nous les rejoindrons un peu plus tard, le Prévôt, trois Consuls et moi-même. Nous nous installerons dans le jardin de Gabriel. Dès que les traîtres auront pénétré dans l'enclos et commencé leurs sombres manœuvres d'arrachage, vous donnerez l'alerte. Nous interviendrons alors. Voilà, c'est tout simple ! Vous n'avez plus qu'à vous mettre en route. Une charrette bâchée vous attend à la porte et vous emmènera là-bas sans risque que votre présence soit remarquée.

Felix et François échangèrent un regard inquiet. Le plan de Rondelet leur paraissait terriblement succinct. Comment comptait-il confondre les criminels ? Ils n'osèrent pas aborder le sujet. Avec un soupir, ils s'apprêtèrent à prendre congé. Anicette s'adressa alors à Rondelet :

– Maître Rondelet, je vous en supplie, laissez-moi venir avec vous.

– Pas question, cela peut être dangereux.

– S'il vous plaît, je voudrais tant voir la honte de ces abominables personnages.

– Après tout, tu as bien mérité une petite vengeance. Vas-y. Mais, une fois là-haut, promets-moi de rester auprès de Gabriel.

Elle acquiesça et courut rejoindre François. Désormais, leurs destins étaient liés. Elle s'en réjouissait. Quand ces drames seraient terminés, elle en était sûre maintenant, elle le suivrait…

35

Gabriel, l'âne et la charrette les attendaient dans la cour. Felix et François s'enfouirent sous des sacs de jute. Cahin-caha, ils prirent le chemin d'Aigues-Vives. Anicette partit à pied avec Olivier de Serres.

Arrivés à destination, ils cherchèrent en vain la trace des hommes du Prévôt. Ils devaient eux aussi avoir trouvé de bonnes cachettes. C'est avec un enthousiasme très mitigé qu'ils se réinstallèrent dans leur nid de broussailles. Ils durent de nouveau déloger la couleuvre qui semblait apprécier les lieux.

L'attente leur parut interminable. Ils n'osaient parler. Ils redoutaient et espéraient l'arrivée des épiciers.

À la même heure que la veille, le soleil étant sur son déclin, Sihel, son fils Géraud et Chazal apparurent. Ils étaient munis de couteaux et de sacs de toile. Felix et François attendirent qu'ils commencent leur cueillette. Puis Felix rampa hors de la cachette et alla prévenir le petit groupe qui se tenait dans le jardin de Gabriel. Comme prévu, il y avait le Prévôt, Rondelet et trois Consuls : Puech, Fabre et Grées.

Le Prévôt en tête, ils firent irruption dans l'enclos. Les trois complices arrêtèrent leur cueillette. Le jeune

Géraud fit mine de s'enfuir, immédiatement rattrapé par son père qui s'adressa jovialement au Prévôt :

— Monsieur le Prévôt, quelle surprise ! Et messieurs les Consuls, et Maître Rondelet ! Seriez-vous en train d'herboriser ?

— Vous ne croyez pas si bien dire, gredin ! lança Rondelet.

— En voilà une manière de souhaiter le bonjour. Monsieur le Prévôt, pourriez-vous m'expliquer ce que vous venez faire chez mon ami Chazal ?

— Je crains tout d'abord, mon cher Shel, que nous ne soyons pas exactement chez lui, lui répondit le Prévôt.

Chazal eut l'air gêné, se reprit aussitôt et déclara :

— C'est exact, mais je manquais de place. Vous savez ce que c'est…

— Et pourriez-vous me dire quelles sont ces étranges plantes que vous cueillez ?

Un sourire patelin se dessina sur les lèvres de Chazal.

— Oh ! des nouveautés qu'un cousin m'a fait parvenir, poursuivit-il. Je les destine à ma femme. Son goût pour les fleurs est si grand que je m'efforce de lui faire des surprises.

— Voilà qui est admirable. Vous êtes un mari très attentif. Et quel est le nom de ces plantes ?

— Je l'ignore. Leur beauté me suffit.

— N'auraient-elles pas quelques effets indésirables ?

Chazal prit un air scandalisé.

— Sûrement pas. Nous en avons été entourés tout l'été et je n'ai rien remarqué de tel. Mais pourquoi une telle question ?

— Nous avons tout lieu de penser que vous vous êtes rendus coupables d'empoisonnements et d'assassinats.

— Vous voulez rire ! Nous sommes les premiers à déplorer les terribles agissements de Catalan et de ses complices juifs et protestants.

Felix et François se demandaient avec inquiétude pourquoi Rondelet n'intervenait pas. Le Prévôt n'allait pas tarder à se laisser fléchir si les épiciers agitaient sous son nez le chiffon rouge des hérétiques.

Rondelet avait perçu le danger. Il fit signe au Prévôt qu'il souhaitait intervenir.

— S'il s'agit comme vous le dites de plantes inoffensives, vous ne verrez aucun inconvénient à vous soumettre à une petite expérience.

Les regards furtifs que se lancèrent les trois hommes n'échappèrent à personne. L'aveu était dans leurs yeux. Rondelet continua :

— Felix, prends quelques-unes de ces fleurs blanches et de ces fruits rouges et pile-les soigneusement. (Il sortit de son ample manteau un mortier et un pilon qu'il tendit au jeune homme.) François, va demander un peu d'eau à Gabriel.

François s'empressa de courir jusqu'au jardin voisin. Il revint avec un pichet d'eau. Gabriel, Olivier et Anicette l'avaient suivi et se tenaient en retrait.

Dans le mortier, une purée rouge, couleur sang-de-dragon, attirait tous les regards. Les deux Sihel et Chazal avaient pâli et semblaient hypnotisés. Rondelet sortit un verre épais et reprit la parole :

— Felix, remplis ce verre de ta mixture. Toi, François, ajoute de l'eau. Voilà un bien beau breuvage. À qui vais-je l'offrir ? À vous Chazal qui semblez aimer les fleurs autant que votre femme ? Ou bien à vous Sihel qui les avez soignées, arrosées et cueillies ?

Un terrible silence suivit les paroles de Rondelet. Chazal, dont le teint avait viré au verdâtre, se précipita aux pieds du Prévôt.

– Ce n'est pas moi, je vous le jure ! C'est Sihel qui a tout manigancé. Je ne suis au courant de rien. J'ai juste indiqué l'emplacement de ce lopin de terre.

– Fort bien, répliqua Rondelet. Si vous n'y êtes pour rien, si vous ne savez rien, vous pouvez fort bien goûter au verre que nous vous offrons.

– Non, non, c'est impossible. Vu mon âge et l'hydropisie dont je souffre, mon médecin m'a formellement interdit de boire la moindre goutte d'eau. Je peux en mourir, m'a-t-il dit.

– C'est vrai que l'eau peut présenter de grands dangers si elle n'est pas d'une bonne source claire. Qu'à cela ne tienne, nous allons proposer ce breuvage au jeune Sihel qui vu son jeune âge ne saurait la craindre, reprit Rondelet.

Géraud Sihel, voyant Rondelet s'approcher de lui avec le verre rempli du breuvage, s'affola. Il jeta un regard à son père et en deux bonds franchit le muret du jardin de Chazal.

Le Prévôt hurla « À la garde ! ». Trois soldats surgirent et n'eurent aucun mal à maîtriser le fugitif.

L'incident et la confusion qui s'ensuivirent permirent à Sihel père de s'emparer d'Anicette. Il avait sorti son couteau dont la pointe était dirigée sur la gorge de la jeune femme.

– Ne touchez pas à mon fils, sinon je l'égorge comme une truie !

François se précipita pour arracher Anicette à l'emprise de Sihel. Le voyant, Sihel fit glisser le couteau sur la peau d'Anicette et un filet de sang apparut.

– Cet homme est fou, hurla François.

– Toi, le petit fouille-merde, j'aurais bien aimé qu'on te troue la peau comme on l'avait prévu. Tu ne sais pas ce que c'est que de mouiller sa chemise en travaillant.

Tu aurais dû finir comme nourriture pour les poissons de Marseille. Ton cher maître t'aurait retrouvé dans l'estomac de ces bêtes qu'il aime tant. Et tu vois, ta petite amie, c'est elle qui va payer pour toi.

François regardait avec horreur Rondelet et le Prévôt, impassibles. Il leur cria :

– Mais faites quelque chose, il va la tuer…

Sihel reprit la parole :

– Oui, je vais la tuer. Comme j'aurais aimé étrangler de mes propres mains Catalan et les autres apothicaires.

– Laissez cette jeune femme, lui cria le Prévôt. Vous ne faites qu'aggraver votre cas. Le refus de votre complice de boire le mélange et la tentative de fuite de votre fils signent votre forfait.

– Allons donc, monsieur le Prévôt, vous étiez pourtant bien content de faire porter le chapeau aux juifs et aux protestants. Nous vous avons rendu un sacré service et vous voudriez que maintenant, je me laisse accuser sans rien dire ? Si je lâche cette fille, je m'enfoncerai le couteau dans le cœur et vous n'aurez plus de coupable.

– Un crime tel que le vôtre ne restera pas impuni. Aviez-vous vraiment l'intention d'empoisonner les hosties pour la Saint-Michel ?

– Allez demander aux Célestins. Après tout, ils sont tout aussi coupables que nous. Ce sont eux qui nous ont approvisionnés en plantes américaines tueuses. Ce sont des moines de leur ordre qui les ont découvertes. Elles nous sont arrivées par l'intermédiaire d'un mercenaire espagnol.

Pendant qu'il parlait, Sihel continuait à appuyer son couteau sur la gorge d'Anicette. François était fou de rage. Il suffisait au Prévôt de donner l'ordre à ses hommes de désarmer Sihel et Anicette serait libre. Hélas, le Prévôt avait besoin d'aveux complets. Pour lui Anicette ne pesait pas lourd. Il continuait son interrogatoire, impassible.

– Cette opération se limitait-elle à Montpellier ?

– Non, nous en étions les fers de lance. Les Célestins devaient voir quels en étaient les résultats. En cas de succès, ils l'auraient répétée en Italie, en Pologne et ailleurs. Toujours de la même manière : en promettant aux épiciers qu'ils récupéreraient le commerce des apothicaires. Tout le monde y trouvait son compte. Vous le premier, monsieur le Prévôt.

– Je n'ai rien à faire avec de vils marchands comme vous. Il y a assez de griefs contre les protestants et les juifs pour les poursuivre jusqu'à la nuit des temps. Ils finiront sur le bûcher, n'ayez crainte. Nous n'aurons pas besoin de vous pour les y envoyer.

Felix, ne pouvant supporter de telles paroles, fit un pas en avant, vite retenu par Rondelet qui gronda entre ses dents :

– Reste coi. Ne bouge pas. Tu ne ferais qu'aggraver la situation.

François, lui, n'avait d'yeux que pour Anicette, les filets de sang qui tachaient son corsage, son regard éperdu, son silence. Les entailles n'étaient que superficielles, mais il en savait assez en anatomie pour savoir qu'il ne faudrait qu'un petit geste de Sihel pour qu'elle se vide de son sang.

– Qui sont vos autres complices à Montpellier ? continua le Prévôt.

– À part cet imbécile de Chazal, il y a cinq autres épiciers qui sont dans le coup. Je tairai leurs noms. Croyez bien que je ne vais pas vous faire le plaisir de les dénoncer.

— Nous vous soumettrons tous les deux à la question. Si votre ami Chazal est aussi couard que vous le dites, il ne faudra guère serrer les brodequins pour qu'il nous donne la liste complète.

Ledit Chazal tremblait comme une feuille et semblait prêt à se jeter aux pieds du Prévôt. Sihel lui lançait des regards pleins de mépris. Il lui cracha à la figure. Anicette profita de cet instant pour tenter de s'échapper. Hélas, Sihel la retint d'un coup brutal et la lame de son couteau s'enfonça dans la gorge de la jeune femme. Le sang se mit à jaillir par saccades. Sihel la lâcha, François se précipita pour la prendre dans ses bras, ses mains cherchant à arrêter le flot rouge et chaud. Rondelet et Felix se ruèrent pour lui venir en aide.

Des vagues de terreur passaient dans les yeux d'Anicette. Elle ne pouvait plus parler. Sa bouche s'arrondit pour un dernier message d'amour à François. Il la sentit devenir poupée de chiffon. Il chercha ses lèvres et reçut le dernier souffle de la jeune femme.

Il resta prostré sur le corps d'Anicette, éperdu de douleur. La nuit était tombée. Tous étaient pétrifiés devant le terrible spectacle.

Le Prévôt donna l'ordre à ses hommes de lier les trois prisonniers et de se mettre en route vers la ville. Il se recueillit brièvement devant le corps d'Anicette et quitta les lieux sans un mot pour Rondelet et ses compagnons. Les Consuls, témoins silencieux, commencèrent à s'ébrouer. L'un d'entre eux, très choqué par la mort d'Anicette, s'agenouilla et resta un long moment en prières avant de rejoindre ses compagnons sur le chemin de Montpellier. Tous avaient hâte de raconter en ville le dénouement de cette sombre histoire.

Rondelet, Felix, François, Olivier et Gabriel restèrent seuls. La terre avait bu le sang d'Anicette.

— Je viendrai y planter des iris, les roses n'y pousseraient pas, dit Gabriel.

À ces mots, François éclata en sanglots. Il avait couvert la blessure d'Anicette avec son châle et lui avait fermé les yeux. Elle paraissait simplement endormie. Il la prit dans ses bras comme quand il la portait vers le lit en riant et la déposa doucement dans la charrette. Il lui tint la main tout le temps que dura le retour vers Montpellier.

Arrivés chez elle, ils virent plusieurs amis attendant devant sa porte. Les nouvelles étaient allées très vite. Ils la montèrent dans sa chambre et laissèrent les femmes s'en occuper.

Elles la revêtirent d'une de ses robes de fête en panne de soie émeraude dont le corsage en tulle gaufré cachait l'horrible blessure. Elles tressèrent ses cheveux en étroits bandeaux. Elles disposèrent autour d'elle des bouquets de ces herbes et fleurs odorantes qu'Anicette aimait tant. À la voir ainsi, on pouvait croire qu'elle allait se relever et choisir parmi ces bouquets quelques brins qu'elle piquerait dans ses cheveux comme elle avait l'habitude de faire.

À la voir si jolie, François avait le cœur en miettes.

Elle fut veillée toute la nuit par ses amis.

36

Anicette fut portée en terre le lendemain, accompagnée par une foule immense.

Au premier rang venait Catalan, tout juste sorti de prison, brisé par les épreuves et le chagrin ; François, livide, qui ne pouvait retenir ses larmes ; Felix et Guillaume Rondelet qui se tenaient à ses côtés, unis dans la prière ; Gabriel et Olivier qui portaient des brassées de romarin destinées à recouvrir la tombe d'Anicette.

Chacun de ces hommes se sentait coupable de la mort de la jeune femme. Leur vie ne serait jamais plus la même.

Le Prévôt n'assistait pas à l'enterrement. Rondelet lui avait fait clairement comprendre que sa présence n'était pas souhaitée et qu'on attendait de lui qu'il mette sous les verrous tous les coupables.

Ce qu'il fit, du moins pour ce qui est des épiciers. Les conjurés furent emprisonnés, promptement jugés et pendus. Par contre, il n'osa s'en prendre aux Célestins. Le scandale aurait été trop grand.

La ville reprit ses activités, les vendanges eurent lieu dans la liesse habituelle. Les apothicaires retrouvèrent leurs clients. Les épiciers les leurs.

Le 18 octobre, jour de la Saint-Luc et début de l'année universitaire, François fit ses adieux à l'école de médecine.

Il réunit ses amis chez Rondelet pour un dernier souper. Un souper frugal où ne furent servies que des châtaignes braisées, la moruade chère à Rondelet et la tarte de massapan de Nostradamus.

Tous avaient le cœur gros, mais chacun essaya d'apporter une petite note allègre à ce qu'ils savaient être un adieu.

Rondelet :

— Mon cher petit, ma porte te sera toujours ouverte et je serai ravi de goûter à tes élucubrations culinaires.

Olivier :

— François, quand j'aurai mon domaine et que j'écrirai mon grand livre d'agronomie, je ferai appel à toi pour les recettes.

Gabriel :

— Si vous revenez par ici, je vous montrerai mes meilleurs coins à asperges sauvages.

Felix :

— Si Madlen me donne des enfants, je te nommerai précepteur et tu leur enseigneras les manières de table d'Érasme. Et je ne dirai pas à Calvin que tu nous ruines en crèmes, gâteaux et confitures.

François avait les yeux brillants de larmes. Ce n'était pas si facile de partir. Il prit une grande inspiration et leur dit :

— Je ne sais pas où je vais. Je vais me laisser guider par l'air du temps, le soleil et les étoiles. Mais je sais que vous m'accompagnerez dans mes errances, comme j'aurais aimé qu'Anicette m'accompagne. Je vous promets que vous entendrez parler de moi, ici ou ailleurs, dans cette vie ou une autre.

À Bologne ou ailleurs, la vie l'attendait.

Épilogue

Felix Platter devint un grand médecin. Il repartit à Bâle le 25 février 1557. À 34 ans, il fut nommé professeur de médecine à l'université et médecin de la ville, puis recteur et doyen de l'université. Auteur d'ouvrages médicaux, il fut le premier à attribuer la sensibilité visuelle à la rétine. Il étudia les maladies psychiques. Il créa le jardin botanique de Bâle. Ardent collectionneur, il constitua un célèbre *Cabinet de curiosités* que Montaigne visita en 1580. Il épousa Madlen, mais ils n'eurent pas d'enfants. Son père s'étant remarié à 73 ans, il s'occupa de l'éducation d'un de ses demi-frères : Thomas qui avait 38 ans de moins que lui. Il l'envoya faire ses études de médecine à Montpellier de 1595 à 1597. Il mourut le 28 juillet 1614.

Guillaume Rondelet devint chancelier de l'université après la mort de Jean Schyrron, le 15 novembre 1556. Il se consacra à la défense des intérêts de l'Université de médecine et à l'enseignement. Il suscita de nombreuses vocations de botanistes. Son ouvrage sur les poissons connut un immense succès. Il devint le chef des protestants de Montpellier. Il s'éteignit le 30 juillet 1566.

Antoine Saporta lui succéda comme chancelier. Ce fut lui qui mit fin à la guerre entre apothicaires et médecins avec la promulgation des statuts de 1572, codifiant les rapports entre les deux professions.

Laurent Catalan donna naissance à une lignée d'apothicaires. Son fils Jacques hébergea Thomas Platter, le demi-frère de Felix, lors de ses études de médecine. Laurent, son petit-fils, fut l'auteur de nombreux ouvrages dont une *Histoire de la lycorne*. Il créa un cabinet de curiosités qui connut une certaine célébrité.

Michel de Nostre-Dame fut nommé par Catherine de Médicis médecin ordinaire du roi. Ses *Centuries* publiées en 1555 le rendirent célèbre. Il mourut le 2 juillet 1566 à Salon-de-Provence.

Jean Bruyerin-Champier fit paraître en 1560 sa grande œuvre *De re cibaria* (*L'Alimentation*). Après, on ne sait plus rien de lui…

Renée de France quitta Ferrare le 29 janvier 1560 après la mort d'Hercule d'Este. Elle s'installa dans son château de Montargis dont elle avait fait un refuge pour les protestants pendant les guerres de Religion. Elle échappa à la Saint-Barthélemy grâce à sa fille Anne, épouse du duc de Guise. Elle restera fidèle à la Réforme jusqu'à sa mort en 1575.

Olivier de Serres devint un grand agronome. Il introduisit plusieurs plantes : la garance, le houblon, acclimata le maïs et surtout le mûrier qui sera à l'origine de la production de soie dans le sud de la France. Il publia en 1600 le *Théâtre d'Agriculture et Mesnage des*

Champs. À la demande du roi Henri IV, 16 000 exemplaires furent envoyés dans les paroisses de France. Il s'éteignit en 1619 dans son domaine du Pradel.

Ulisse Aldrovandi se consacrera pendant quarante ans à l'enseignement. Il obtint en 1561 la première chaire d'Histoire naturelle, créa le jardin botanique de Bologne en 1568. En 1603, il légua ses collections à la ville de Bologne. Il faillit partir en Amérique en 1565, mais se jugea trop vieux. Il se maria en 1563 avec Paola qui mourut deux ans plus tard. Il se remaria en 1565 avec Francesca Fontana, sa collaboratrice. Il continua à herboriser et écrire jusqu'à sa mort en 1605. Ses collections sont toujours visibles à l'Université de Bologne, installées au Palais Poggi.

Bartolomeo Passerotti continuera à faire des séjours à Rome pour répondre aux commandes de Grégoire XIII, pape d'origine bolonaise. En 1560, il ouvrit son atelier à Bologne, à deux pas des tours Garisenda et Asinelli. L'atelier devint le cœur de la vie artistique de Bologne. Portraitiste et peintre religieux de renom, il peint aussi des scènes de la vie quotidienne : boucherie, poissonnerie, marchandes de volailles et de légumes. Le naturalisme dont il fait preuve dans ses toiles n'est pas loin des préoccupations d'Aldrovandi. Il y ajoute une ironie toute personnelle. Il aura, entre autres élèves, les deux frères Carracci. Il meurt en 1592, laissant son atelier florissant à ses trois fils légitimes, Tiburzio, Passerotto et Aurelio.

Gabriel Fallope quittera Padoue pour enseigner la médecine à Bologne. Il fut le premier à décrire le clitoris, les trompes utérines qui portent son nom, le tympan, les nerfs de l'œil. Il fut également l'inventeur du bonnet pénien, ancêtre du préservatif.

À **Montpellier**, le conflit entre protestants et catholiques va rentrer dans sa phase aiguë dès 1560. La grande majorité de la population est acquise aux idées calvinistes. En 1562, la ville se dote d'un gouverneur protestant. La plupart des édifices catholiques sont détruits. En 1598, l'édit de Nantes assure aux protestants la liberté de culte. Sa révocation en 1685 par Louis XIV remet le feu aux poudres. Plus de 200 000 protestants choisissent l'exil. Le Languedoc s'embrase. Il faudra attendre 1789 pour que la liberté religieuse soit instaurée.

François n'écrira pas de livre de cuisine, mais participera grandement à l'écriture et à la diffusion du fameux *Opera* de Bartolomeo Scappi, cuisinier privé des papes Pie IV, Jules III et Pie V. Publié en 1570, cet ouvrage contenant plus de 1 000 recettes sera un véritable best-seller européen. François vivra à la cour du pape et sera aux prises avec les intrigues cardinalices. Grâce à son amitié avec Passerotti, il découvrira le monde des peintres et sculpteurs et connaîtra des liaisons tumultueuses tant féminines que masculines. Jusqu'au jour où il rencontrera, sur les bords du lac Léman, Esther, jeune personne raisonneuse mais gourmande. François abandonnera-t-il la *dolce vita* romaine pour l'austérité de la Genève calviniste ?

LA TOMATE

La tomate mit près de trois siècles à se défaire de sa réputation de toxicité.

Drôle de destin pour cette ancienne paria devenue aujourd'hui le légume/fruit le plus consommé au monde.

DES ORIGINES AMÉRICAINES

Pas plus grosse qu'une cerise, c'est ainsi qu'elle est apparue aux Espagnols débarquant dans le Nouveau Monde. Les Aztèques du Mexique et les Incas du Pérou consommaient cette *tomatl* et peut-être la cultivaient-ils.

Il est impossible de dater précisément le départ de la tomate vers le Vieux Continent. On parle de 1528, en compagnie d'Hernan Cortez, mais rien n'est moins sûr.

Comment est-elle partie ? Sous forme de graines, c'est certain. Mais qui en eut l'idée ? Un conquistador/jardinier à l'affût de nouveautés botaniques ? Un conquistador/cuisinier conquis par la sauce tomate-piment que lui avaient servie les Indiens ? Nul ne le sait. Dommage qu'on ne puisse rendre hommage à celui qui est à l'origine des 100 millions de tonnes de tomates produites chaque année !

Il semblerait qu'à son arrivée à Séville, lieu de débarquement des caravelles, elle ait été accueillie par des monastères qui se spécialisaient dans la culture des curiosités du Nouveau Monde.

Puis, très vite, elle atteignit l'Italie par le Royaume de Naples qui était alors possession espagnole.

En 1555, elle est mentionnée pour la première fois par le botaniste italien Pietro Andrea Mattioli qui la surnomme *pomo'doro* et note qu'elle peut être consommée frite comme l'aubergine. La tomate devient alors un sujet de vives discussions entre les médecins et les botanistes. En 1557, Constanzo Felici dans une lettre à Ulisse Aldrovandi la décrit comme originaire du Pérou, d'un jaune intense ou d'un rouge vif, lisse ou côtelée, et lui accorde un intérêt plus esthétique que gastronomique.

En 1581, Mathias de l'Obel, botaniste flamand, n'est pas tendre : « Ces fruits sont mangés comme les melons par quelques Italiens, mais leur odeur forte et nauséabonde nous signale suffisamment combien il est dangereux d'en consommer. »

En 1589, José de Acosta, jésuite explorateur et auteur d'une *Histoire naturelle et morale des Indes*, assure qu'elles sont « fraîches et saines » et qu'elles font « une très bonne sauce ». Il témoigne ainsi du goût des Indiens et des conquistadors présents en Nouvelle Espagne (Mexique) pour la tomate. Voilà qui est bien, mais elle restera pendant des siècles, en Europe, un objet de curiosité, de méfiance et de crainte. Elle avait le tort de ressembler à la belladone et par extension à la mandragore, plante défendue s'il en fut, et on lui attribua d'office leur mauvaise réputation.

Olivier de Serres, agronome français de grand talent qui publia en 1600 son monumental *Théâtre des champs*, la conseille pour « *couvrir cabinets et tonnelles, grimpans gaiement par-dessus* » mais n'est guère encourageant : « *Leurs fruicts ne sont bons à manger : seulement sont-ils utiles en la médecine, et plaisans à manier et flairer.* »

On lui reconnaît tout de même quelques vertus : celle d'éloigner les moustiques et les fourmis grâce à son odeur.

Au XVIIe siècle, John Gérard, botaniste et médecin anglais, continue à écrire qu'elle est toxique et ne doit être consommée sous aucun prétexte. Il refuse catégoriquement de la classer comme aliment et la tomate continue à s'étioler comme plante ornementale.

En France, la situation n'est guère meilleure, sauf en Provence et Languedoc où elle est couramment consommée.

EN ROUTE POUR LA GLOIRE

Elle apparaît en 1760, dans le plus ancien catalogue Vilmorin, comme plante d'ornement. En 1778, elle y figure cette fois parmi les plantes potagères. La reconnaissance est en vue et c'est avec la Révolution de 1789 que la tomate va commencer sa marche triomphale vers le Nord.

Grimod de la Reynière, premier critique gastronomique, écrit en 1804 dans son *Almanach des Gourmands* : « Ce légume ou fruit, comme on voudra l'appeler, était presque entièrement inconnu à Paris, il y a quinze ans. C'est à l'inondation des gens du Midi que la Révolution a attiré dans la capitale, où presque tous ont fait fortune, qu'on doit de l'y avoir acclimaté. »

Il y eut en effet beaucoup de soldats fédérés montés de Provence pour sauver la nation et qui devaient s'étonner de ne pas voir de tomates sur les marchés parisiens. Mais Grimod fait surtout allusion au restaurant des « Frères provençaux », ouvert en 1786 rue Helvétius (rue Sainte-Anne) par des Marseillais, qui fit découvrir la bouillabaisse, la brandade de morue, les olives vertes et qui connut un immense succès.

La tomate acquit ses premières lettres de noblesse culinaire avec un plat dont la France de Napoléon s'enticha : les tomates farcies. Mais ce n'était pas complètement gagné : les bourgeois du Nord considérèrent longtemps la tomate comme un mets vulgaire qui n'avait pas sa place sur leurs tables.

Son véritable essor date de la seconde moitié du XIXᵉ siècle. Elle commence à envahir l'Hexagone grâce aux plantations massives en Provence et en Languedoc (Barbentane, Chateaurenard, Mallemort, Roquemaure, Perpignan...). Le développement des réseaux d'irrigation, des transports par train, de la pasteurisation, permit une spectaculaire augmentation de la production et de la consommation de tomate fraîche et de sauce en conserve.

Retour en Amérique

À propos de sauce, au pays du ketchup, aux États-Unis, la période de purgatoire de la tomate fut encore plus longue qu'en Europe.

Elle connut la même mauvaise réputation liée à la mandragore. De plus, les puritains la jugeaient trop rouge et trop fessue pour être honnête et la considéraient comme un péché au même titre que la danse, la boisson et les cartes.

En 1800, les habitants de Caroline du Sud commencèrent à exporter des graines et des recettes dans les états périphériques. En 1809, Thomas Jefferson, troisième président des États-Unis, prend la défense du fruit tentateur et en cultive dans son domaine de Monticello.

Mais les superstitions demeurent. En 1820, manger un kilo de tomates était pour les médecins du Massachusetts un exploit funeste. La légende veut qu'il fut tenté à Salem devant 2 000 personnes par Robert Gibbon Johnson qui mourut… quarante ans plus tard.

Miracle en 1834 : une campagne médiatique du *New York Times* met la tomate au goût du jour et les éditeurs se lancent dans la publication de livres de recettes, de périodiques horticoles, de chroniques médicales. On lance sur le marché des « tomato pills ». On assiste à des cures miracles…

Mais la tomate n'était jamais consommée crue et on conseillait au moins trois heures de cuisson !

LA TOMATE AUJOURD'HUI

Bien pâlichonne, malgré les couleurs rutilantes dont elle se pare sur les étals. Bien décevante, malgré ou plutôt à cause de sa présence tout au long de l'année dans nos assiettes.

La tomate a été une des grandes victimes de la frénésie productiviste des années 1970 et de la toute-puissance de la grande distribution. Pour avoir des fruits résistants aux voyages et aux longs séjours dans les rayons des supermarchés, la « science » agronomique a créé des tomates aussi dures que des balles de tennis en sacrifiant leur goût. Eh oui, pas de chance : le gène de la fermeté est antagoniste de celui de la saveur.

Pour avoir des tomates toute l'année, on a tiré un trait sur le soleil et on l'a remplacé par la culture hors sol, qui, si elle permet de s'affranchir des conditions naturelles climatiques et culturales, est une aberration écologique vu son coût en énergie et en eau. Les plants de tomates, placés sur un substrat de laine de roche ou de fibres naturelles (écorce de pin, de noix de coco), sont nourris au goutte-à-goutte sous contrôle informatique et sont appelés à produire pendant sept mois.

Cerise sur le gâteau, on s'est débarrassé des variétés traditionnelles au profit de variétés nouvelles produisant deux fois plus, soit 20 à 25 kg par plant.

On comptait plus de quatre-vingt-dix-neuf variétés cultivées entre 1856 et 1966. Aujourd'hui, c'est à pleurer. Nous avons droit en tout et pour tout à trois types de tomates qui ne correspondent plus à des variétés mais à des formes : la tomate cerise, la tomate ronde, la tomate grappe. Cette dernière est d'ailleurs une énorme escroquerie : l'odeur de tomate ne vient pas du fruit, toujours aussi insipide, mais de la tige !

LA TOMATE DEMAIN

Dans cet océan de malheurs, une petite lueur d'espoir est apparue. Grâce à quelques passionnés comme Victor Renaud ou Jean-Luc Danneyrolles qui ont recherché et conservé les variétés anciennes, une nouvelle vie s'offre à elles, pour notre plus grand plaisir.

Des cuisiniers comme Pierre Gagnaire, Hélène Darroze ou Christian Étienne proposent des menus tout tomate. Un jardin conservatoire où l'on peut observer plusieurs centaines de variétés a été créé au château de la Bourdaisière, dans l'Indre.

Bon nombre de maraîchers, notamment bio, ont été touchés par la grâce et l'on peut aujourd'hui, entre juillet et octobre, trouver ces petites merveilles sur bon nombre de marchés. Elles sont, bien entendu, plus chères que les tomates de la grande distribution. Normal : elles font l'objet de soins beaucoup plus attentifs et sont moins productives que les tomates standard.

Amateurs de tomates, renoncez, d'octobre à juillet, aux insipides salades où surnagent de pâles tranches au goût de carton. Vous ferez des économies que vous réinvestirez dans les tomates d'été !

Redécouvrez qu'une tomate peut être douce, violente, sucrée, acidulée, ferme, juteuse, rouge, rose, jaune, verte, noire, orange, blanche, ovale, ronde, côtelée, en forme de poire, de poivron et que son poids peut varier de quelques grammes à plus de deux kilos.

La tomate est capable de tout. Rejetez le pire, adoptez le meilleur.

Et pour finir, quelques conseils pour choisir les variétés selon l'humeur du moment :

Pour l'intensité : la tomate *Mirabelle* qu'on goûte à l'heure de l'apéro avec ses cousines *Poire* rouge et jaune, *Cerise* blanche, rouge et jaune. Ces toutes petites éclatent sous la langue et vous emmènent directement au vrai pays des vraies tomates.

Pour la délicatesse : la *Petite plate côtelée*, douce et fragile, qui vous invite à passer à la *Pêche* rose ou jaune, à la peau veloutée et mate, au jus sucré comme une caresse. La *Prune noire* un peu violente qu'adoucit la *Rose de Pologne*, si lisse qu'on ose à peine la toucher.

Pour la fermeté : la tomate *des Andes*, la rouge, la jaune, l'orange, avec leur air de petit piment biscornu, les *Banana legs*, les *Kaki, Carotina*, et *Berao*. Ce n'est plus une salade, c'est un festival de couleurs et de saveurs.

Et puis, il y a les grosses, les joufflues, les charnues, les fessues, celles qui inquiétaient tant les puritains anglo-saxons qui au XIXᵉ siècle voyaient dans les tomates l'œuvre du diable.

Les *Géantes rouges* qui peuvent faire près d'un kilo, les *Toujours vertes*, les *Jaunes St-Vincent*, les *Cœur de bœuf*, rouges, jaunes, orange, et la splendide *Ananas* dans laquelle on taille des tranches aussi grosses que des steacks qui fondent sous la langue avec juste la petite larme d'huile d'olive de circonstance.

Enfin, il y a les mariages subtils : celui de la *Blanche du Québec* et de la *Noire de Crimée*, la douceur de l'une tempérant l'acidité de l'autre.

La *Poivron jaune* et la *Rayon de soleil*, très peu charnues, sont prêtes à farcir.

La *Zébrée verte*, translucide, fraîche, acidulée, idéale au réveil d'une sieste et qui peut très bien s'allier avec la *Tigrée rouge* tout aussi sucrée.

Toutes ces variétés anciennes ne demandent qu'une chose : reconquérir le palais de ceux à qui on a fait oublier que les tomates sont un univers de goûts, de saveurs et de plaisirs nés du soleil d'été.

Son appartenance à la famille des solanacées lui confère une légère toxicité, concentrée dans la tige et les feuilles. Cette grande famille comprend la pomme de terre, l'aubergine, le piment, le tabac, mais aussi des plantes réellement toxiques : la jusquiame, la belladone, la mandragore et… le datura.

Le datura connaît toujours un grand succès en tant que plante d'ornement, recherchée pour ses superbes fleurs à l'odeur suave. Il fait aussi partie des plantes « à trip » des cérémonies chamaniques. Ses puissants alcaloïdes : atropine, hyoscyamine et surtout scopolamine provoquent d'intenses hallucinations délirantes. Il suffit d'une cuillerée à soupe de graines pour provoquer la mort.

RECETTES DE LA RENAISSANCE

POISSON EN PÂTE
Cristofaro Messibugo, 1549

Pour 4 personnes

1 fond de tarte brisée, 400 g de filets de saumon, 1 petit fenouil, 2 rondelles de citron et 2 rondelles d'orange, 1 pincée de filaments de safran, 1/4 de cuillerée à café de cannelle en poudre, 1 cuillerée à café de poudre de gingembre, sel, poivre.

Préchauffer le four à 180 °C (th. 6). Couper le fenouil en petits morceaux. Mélanger le safran, le gingembre, la cannelle, le sel et le poivre et enduire les filets de saumon de ce mélange. Placer les filets sur la pâte brisée et y déposer les tranches de citron et d'orange ainsi que les morceaux de fenouil. Refermer la pâte en forme d'enveloppe. Percer un orifice au milieu de la pâte. Faire cuire 20 minutes.

TARTE BOURBONAISE
Platine en Françoys, 1505

1 fond de tarte brisée, 300 g de ricotta, 4 œufs, beurre, 500 g de bettes, une vingtaine de tiges de persil, marjolaine, poivre, muscade, 1 pincée de filaments de safran.

Faire cuire le fond de tarte à blanc, rempli de haricots secs, pendant 15 minutes à four chaud (th. 7, 200 °C). Laver et faire cuire les bettes 10 minutes dans de l'eau bouillante. Les égoutter et les faire revenir à la poêle avec une noix de beurre et la muscade pendant 5 minutes. Écraser la ricotta à la fourchette, y ajouter les œufs, le safran, le sel et le poivre. Mélanger avec les bettes et les herbes. Garnir la tarte et faire cuire 30 minutes à four chaud.

CRÈME DE HARICOTS AUX FIGUES
Platine en Françoys, 1505

Pour 4 personnes
300 g de haricots secs, 1 litre d'eau, 2 oignons, 2 figues fraîches, sel.

Faire tremper les haricots pendant une nuit. Les cuire 1 h 30 dans l'eau. Les égoutter, les saler, les passer au mixeur. Couper les oignons en rondelles, les faire frire dans du beurre. Ajouter les figues coupées en 4. Faire dorer quelques minutes et servir sur la crème de haricots.

FÈVES FRITES
Maître Martino, 1456

Pour 4 personnes
400 g de fèves fraîches épluchées, 1 oignon doux, 1 pomme golden, 2 figues fraîches, 1 feuille de sauge, quelques tiges de persil et de menthe, 2 cuillerées à soupe d'huile d'olive, 1 pincée de cannelle, 1 pincée de muscade, sel, poivre.

Mettre l'huile dans une poêle. Ajouter l'oignon émincé, la pomme coupée en lamelles, les quartiers de figues, la sauge, le persil et la menthe effilés, les épices. Faire cuire à feu vif pendant 4 minutes. Ajouter les fèves. Poursuivre la cuisson 5 minutes.

TARTE AUX ÉPINARDS
Maître Martino, 1456

1 fond de pâte brisée, 600 g d'épinards en branches (surgelés), 125 g de ricotta, 2 œufs, 25 g de cerneaux de noix, 50 g d'amandes mondées, 50 g d'œufs de lump, quelques filaments de safran, sel, poivre.

Décongeler les épinards. Ajouter la ricotta, les œufs, les œufs de lump, le sel, le poivre et le safran. Mixer les cerneaux de noix et les amandes. Les ajouter aux épinards. Garnir le fond de tarte avec le mélange. Faire cuire au four à 180 °C (th. 6) pendant 30 minutes.

ŒUFS FARCIS
Maître Martino, 1456

Pour 4 personnes
4 œufs, 30 g de raisins secs, 50 g de ricotta, 20 g de parmesan, 4 cuillerées à soupe d'huile d'olive, quelques tiges de persil, marjolaine et menthe, 4 filaments de safran, sel, poivre.

Faire cuire les œufs durs, les écaler, les couper en deux et enlever le jaune. Mélanger les jaunes avec les fromages, les raisins secs, les herbes finement coupées, le safran, le sel et le poivre. Farcir les blancs avec le mélange. Faire chauffer l'huile dans une poêle. Faire rissoler les œufs 5 minutes en les retournant et servir bien chaud.

Courge frite
Maître Martino, 1456

Pour 4 personnes

600 g de courge, 2 gousses d'ail, 1 cuillerées à café
de graines de fenouil, 30 g de chapelure, 15 cl de verjus, 5 filaments de safran, 3 cuillerées à soupe de farine,
4 cuillerées à soupe d'huile d'olive, sel et poivre.

Couper la courge en bâtonnets de l'épaisseur d'un couteau. Les faire cuire à l'eau bouillante 10 minutes. Les
égoutter et les sécher avec du papier absorbant. Les fariner
et les faire dorer à feu vif dans l'huile chaude 5 minutes.
Réserver. Dans la même poêle, mettre l'ail finement
haché, les graines de fenouil, la chapelure et le safran.
Laisser cuire 2 minutes et ajouter le verjus. Bien mélanger et verser ce mélange sur les bâtonnets de courge.

Oreilles de porc, sauce d'enfer
Livre de cuisyne très utile et proufittable, 1539

Pour 4 personnes

2 oreilles de porc par personne (fraîches ou salées),
30 cl de verjus, 3 oignons, 2 cuillerées à soupe de moutarde forte.

Si les oreilles sont salées, les faire bouillir à grande
eau 15 minutes. Si elles sont fraîches, les faire cuire
1 heure au court-bouillon.

La sauce : hacher finement les oignons et les faire
cuire dans le verjus pendant 45 minutes à feu très doux.
Ajouter la moutarde et garder au chaud.

Couper les oreilles en petits morceaux, les faire rissoler à la poêle dans un peu d'huile. Servir en nappant
de la sauce d'enfer.

POLPETTE (PAUPIETTES)
Cristofaro Messibugo, 1549

Pour 4 personnes
4 escalopes de veau fines et aplaties, 2 cuillerées à soupe de vinaigre balsamique, 1 jaune d'œuf, 1 gousse d'ail, 1/2 cuillerée à café de graines de coriandre, 100 g de lard, 50 g de raisins secs, 10 cl de jus d'orange, 1 tasse d'un mélange d'herbes hachées : persil, sauge, menthe, romarin, marjolaine, sel, poivre, crépine de porc.

Arroser les escalopes de vinaigre, saupoudrer de poivre écrasé et sel et laisser reposer 1 heure. Hacher des herbes et ajouter 1 jaune d'œuf, l'ail écrasé, le lard en petits morceaux, les raisins secs, le fenouil. Former des paupiettes. Les envelopper de crépine. Les mettre au gril 10 minutes puis dans une casserole avec le jus d'orange. Faire cuire à feux très doux 45 minutes.

POULET AU RAISIN
Platine en Françoys, 1505

Pour 4 personnes
1 poulet, 3 litres d'eau, 1 cuillerée à soupe de persil haché, 1 cuillerée à soupe d'herbes aromatiques hachées : marjolaine, romarin, sauge, sarriette, 5 filaments de safran, 100 g de raisin blanc, sel, poivre.

Faire bouillir l'eau salée ; y plonger le poulet et le faire cuire 1 heure. Ajouter le persil et les herbes aromatiques, le poivre, le safran et le raisin. Faire cuire 30 minutes supplémentaires. Sortir le poulet de l'eau, enlever la peau et le servir en morceaux.

Le bouillon du poulet peut être utilisé pour faire un potage.

TARTE DE CERISE
Maître Martino, 1456

1 fond de pâte sablée, 800 g de cerises très noires, 250 g de ricotta, 3 œufs, 75 g de sucre, 1,5 cm de gingembre frais, 1 cuillerée à soupe d'eau de rose.

Faire cuire les cerises avec un peu d'eau pendant 15 minutes. Les égoutter. Mélanger la ricotta, les œufs, le sucre, le gingembre broyé, l'eau de rose. Ajouter les cerises. Garnir le fond de tarte avec le mélange. Faire cuire au four à 180 °C (th. 6) 30 minutes.

DARIOLE

Pour 6 personnes
1 fond de tarte brisée, 6 jaunes d'œufs, 50 g de crème épaisse, 200 g de sucre en poudre, 1 cuillerée à café de cannelle, 1 cuillerée à soupe de gingembre en poudre, 5 filaments de safran.

Faire cuire le fond de tarte à blanc garni de haricots secs pendant 15 minutes à four chaud (th. 7, 200 °C). Battre les jaunes d'œufs avec le sucre. Ajouter la crème, le gingembre, le safran et la cannelle. Continuer à battre. Garnir le fond de tarte de ce mélange et mettre à four chaud pendant 30 minutes.

CRÈME FRAÎCHE EN TARTE
Cristofaro Messibugo, 1549

1 fond de tarte, 4 blancs d'œufs, 250 g de crème fraîche épaisse, 60 g de sucre en poudre, 4 cuillerées à soupe d'eau de rose.

Préchauffer le four à 220 °C (th. 8). Monter les blancs en neige. Quand les blancs sont fermes, y ajouter le sucre, puis l'eau de rose. Incorporer délicatement la crème. Verser sur le fond de tarte. Faire cuire 35 minutes en surveillant la coloration de la tarte. Elle doit être dorée. Saupoudrer de sucre lorsqu'elle est froide.

TOURTE DE COURGE
Platine en Françoys, 1505

Pour 4 personnes
2 fonds de tarte brisée, 500 g de courge, 1/2 litre de lait, 50 g de beurre, 100 g de sucre, 3 œufs, 1 petit morceau de gingembre, 1 demi-cuillerée à café de cannelle, quelques filaments de safran, 1 cuillerée à café d'eau de rose.

Éplucher la courge, la couper en morceaux et la faire cuire dans le lait pendant 15 minutes. L'égoutter, la passer au mixeur. Y ajouter le sucre, le beurre, les œufs, le gingembre, la cannelle, le safran. Mettre ce mélange sur la pâte. Recouvrir avec le reste de la pâte. Faire cuire 45 minutes au four à 180 °C (th. 6). Au moment de servir, asperger d'eau de rose.

BEIGNETS DE POMMES, RAISINS SECS ET PIGNONS
Cristofaro Messibugo, 1549

Pour 4 personnes
2 pommes reinettes, 50 g de pignons, 50 g de raisins secs, 4 cuillerées à soupe de confiture de citron ou d'orange, 200 g de farine, 50 g de sucre, 25 cl de vin blanc, 5 filaments de safran, 200 g de miel, huile pour friture.

Couper les pommes en tranches fines. Mélanger le vin et la farine. Ajouter les pignons, les raisins secs, le sucre, la confiture, le safran. Ajouter les pommes et laisser reposer une heure.

Faire chauffer l'huile et quand elle est bien chaude y jeter des cuillerées de pâte. Les faire dorer. Égoutter les beignets. Les napper de miel mis à chauffer dans une casserole. Servir immédiatement.

CRÈME DE POMME
Philippine Welser

Pour 4 personnes
1 kg de pommes reinettes, 10 cl de vin blanc, 1 œuf, 2 cuillerées à soupe de sucre, 1 cuillerée à café de gingembre en poudre, 5 filaments de safran.

Éplucher et couper les pommes en quartiers. Les faire cuire dans le vin 10 minutes. Les passer au mixeur. Ajouter le sucre, l'œuf, le gingembre et le safran. Remettre le mélange sur feu doux 5 minutes.

TARTE DE MASSAPAN
Nostradamus 1555

350 g d'amandes avec leur peau, 165 g de sucre en poudre, 4 cuillerées à soupe d'eau de rose, papier de riz ou papier sulfurisé. Glaçage : 150 g de sucre en poudre, 1 blanc d'œuf, jus d'orange.

Plonger les amandes dans l'eau bouillante et les laisser tremper quelques minutes. Les égoutter et enlever la peau. Les étaler dans un grand plat et les faire sécher au four (75 °C, th. 1) pendant 15 minutes.

Passer ensuite les amandes au mixeur avec le sucre pour en faire une poudre fine. Ajouter l'eau de rose pour obtenir une pâte souple.

Recouvrir la plaque du four avec une feuille de papier sulfurisé.

Préchauffer le four à 150 °C (th. 5). Étendre au rouleau la pâte d'amandes et la mettre sur la plaque. Faire cuire 20 minutes. Baisser le four à 120 °C (th. 4).

Pour le glaçage : mélanger le blanc d'œuf battu avec le sucre. Ajouter 1/2 cuillerée à café de jus d'orange. Battre encore deux minutes. Étaler ce mélange au pinceau sur le massepain et laisser au four 15 minutes. Découper et servir froid.

Hypocras

1 litre de vin (blanc pour l'apéro, rouge pour le dessert), 1 cuillerée à café de cannelle en poudre, 20 g de gingembre frais (1 morceau de 4 cm), 1 clou de girofle, 100 g de sucre.

Broyer le gingembre au mixeur. Écraser le clou de girofle. Mélanger les épices avec le vin, le sucre et la cannelle dans un récipient qui ne soit pas en métal. Bien remuer pour dissoudre le sucre. Laisser macérer 2 heures, puis filtrer dans une passoire garnie d'un tissu de coton fin.

Table

Composition réalisée par ASIATYPE

Achevé d'imprimer en septembre 2010 en Espagne par
LITOGRAFIA ROSÉS S. A.
Dépôt légal 1ʳᵉ publication : octobre 2008
Edition 03 – septembre 2010
LIBRAIRIE GÉNÉRALE FRANÇAISE – 31, rue de Fleurus – 75278 Paris Cedex 06